РАЗОРЕНИЕ И ЛЮБОВЬ 2023 г.

没落と愛 2023

工藤正廣

未知谷
Publisher Michitani

プロローグ

かれこれ三年ばかり前の晩秋のことだったと覚えているが、ウラルの錦繍の美しさはすべて終わってしまっていた。寒さも半端でなかった。たちまち過ぎ去った夏が最後の夏であろうなど誰も思っていなかった。

そして、その或る日の夕べ、奥地のダニール修道院へ行くためにだけあるような無人駅の木小屋で、ほとんど虫の息の状態で倒れている男が発見された。風で吹き溜まりになった枯葉に覆われていた。大男の農民御者は大慌てでその行倒れの男を荷馬車に乗せて修道院に引き返した。

この行倒れの男は手厚い介抱をうけてようやく意識がもどった。ひげぼうぼうで、僧衣も毛布の被り物も悪臭を放っていた。この数日間、水だけで、歩き詰めだったのだ。名はセルゲイ・モロゾフといい、モスクワから一五〇〇キロメートルをも、よりによって徒歩でザウラリエまで横断する旅の途中だというのだった。彼が聖像画家であること、修道士としてあちこちの修道院に身をよせながら聖像画の研鑽をしているということが分かった。忘れもしない、彼の眼はただただ悲しみでたまらないような灰色の静かさだった。

こうして、彼、聖像画家の修道士セルゲイ・モロゾフはこの修道院に身を寄せさせてもらうことになった。この物語は、その三年後の冬から春、初夏にかけての出来事である。前年の冬に始まった戦争はもはや遠景ではなくなっていた。

目次

主な登場人物

セルゲイ（モロゾフ）　漂泊の聖像画家・修道士　38歳
プッチョーン（ゲオルギー）　84歳　サンクトペテブルグのN財団会長
ダニール・ダニールィチ　ダニール修道院長　プッチョーンの同志　90歳
アリスカンダル老師　修道院教導顧問　70歳
ヴァレリー修道士　元外務省勤務　74歳
セーヴァ（ニェザブドキン）カザン大学休学中　ダニール長老助手　20歳
リーザ（カザンスカヤ）　さくらんぼう園の娘　サンクトペテルブルグ大生　23歳
ライサ（ヤズィヴァ）　独立系メディアの活動家　43歳
ユゼフ（ローザノフ）ＦＳＢ大尉　35歳

場所　ペルミ州ウラル山脈北西部　フセヴォロド・ヴィリヴァの北奥の修道院
時　二〇二二年冬から二〇二三年初夏

没落と愛　二〇二三　РАЗОРЕНИЕ И ЛЮБОВЬ 2023г.

第1章　吹雪と悪霊

1

冬の日はもう沈みかけていた。セルゲイ・モロゾフは時計を見た。一時間もの遅れだった。遠くに針葉樹の防雪林が洞窟のトンネルのように黒ずんでいる。吹雪きだして来た。連山は駅舎の背後になだらかに、そう、一番近い峰で千メートルはあろうか、それに続く峰は突兀《とっこつ》としてはいるが、やがて五百メートルから二、三百メートルほどの山裾になって、数キロ先にひろがる市街にせり出しているのだった。風はこの北緯59度ウラル山脈の背骨をこえて一斉に駆け下り吹き下ろして来る。

悪鬼のように、いや、悪霊《ベスイ》のように、いや、汚鬼《おき》のように、とセルゲイは口に出しながら、冷え込んだプラットホームを行きつ戻りつした。吹雪は足元から絡みつき吹き上げるのだ。きっと事故があったに違いない。駅舎でアナウンスは何もない、ないも当然だが、この駅はジマヴォという無人駅だったからだ。彼が待っていた列車は、この先、フセヴォロド・ヴィリヴァに行き、そこで本線に乗り入れると、さらに南下して、あの美しいペルミ市に至るのだった。彼は修道士の黒衣に分厚いラシャのオーヴァーを着こんでいた。ブーツは編み上げ靴だった。オーヴァーは裾が踝《くるぶし》までとどくので、吹雪ももぐりこむことが出来なかった。行きつ戻りつしながら、彼がどうして、悪霊《ベスィ》とか汚鬼とかいうことばで何事か想念をめぐらしていたのは、そうか、やはり、あの、ドストイエフスキーの『悪霊《ベスィ》』を昨夜まで読みふけっていたせいだったのか。エピグラフにプーシキンの詩の一節がまずあがっていたではないか。セルゲイはもうそらんじていたので、吹雪に吹きさらされながらそのエピグラフの詩句を声に出した。

眼を皿にしたって轍の跡は見えない
道に迷ったか　さあどうするか
さては悪霊《ベスィ》めわれらを荒野につれまわし
右に左に旋回ときたか
…………
悪霊《ベスィ》めいかほどの数なりや　どこへ追われていくのか
なぜにかくも悲し気に歌うのか
家霊《ドモヴォイ》の葬《とむら》いなのか
それとも魔女の嫁入りとでも

セルゲイのラシャのコートに吹雪がぶちあたり、ほんとうにひーひー泣いているような歌だった。まずは、ロシアの冬の荒野で道に迷うというのはただただぐるぐる同じところを廻《めぐ》るということだ。

運命とか歴史とか人生とか、みんな堂々廻りとでも言うのか。バカな。それじゃ困るのだ。道の里程標、いや現代の記号に過ぎない標識だって雪に埋もれて見えない。でも、吹雪の歌はみょうに悲しいのだ。どこへ追い立てられて行くのか。シベリアならまだしものこと、そのような物理的な問題じゃあなかろうに。歴史の埒外《らちがい》へと、ロシア精神の没落へと追われて行くとでもいうのか。少なくとも旧石器時代からの久しい土着民俗、魂の文化の零落へと追われて行くのだ。そうとも、プーシキンから何百年たったのか、いや二百年そこそこか。セルゲイはまだ姿を見せない列車を無人駅のホームで待ちあぐねながら、自分がプーシキンのように一月の幌馬橇にのって荒野に迷っているようにさえ思った。

今日は一月の十九日であった。旧暦の一月六日ということだ。よりによって、今日は、主の洗礼祭だった。朝日が昇って、近在の人々がやって来て、凍ったヴィリヴァ川の氷をぶち割って、どぼんどぼんと湯気を立てて水中に飛び込み、主顕節にじぶんの肉体を浄めた。水から上がると人々は生きた魚のように痙攣していた。焚火が豪勢に燃え盛っていた。修道士たちももちろん飛び込んだが、セルゲイ・モロゾフは飛び込むわけにいかなかった。

やがて小一時間も過ぎたころ、ようやく列車の汽笛が鈍くつんざくように鳴り響き、貨客列車が夕べの吹雪の中から次第に現れ、ぐんぐん大きくなり、客車車輛が目の前で停止した。後部にはまだウラルの伐採丸太を積んだ荒々しい貨物車輛がプラットホームからはみだしてのびていた。車輛が吹雪の雪の瘡蓋《かさぶた》で真っ白に覆われていた。マンモスたちだった。

セルゲイは到着の人物の下車を待ち、窓を探して動いた。こんな無人駅で下車する乗客は稀だった。セリョージャは人影の動くのをかすかに認めて、下車するデッキの出口に進んだ。待っていた人物は右足を慎重に引きずるようにして、デッキの踏み段に足をかけた。セルゲイが駆け寄ったが、人物はだまってそれを制し、自力でプラットホームに立った。なぜ、このような北回りのヴィリヴァの支線に乗って来たのか不可解だった。シベリア鉄道本線に乗ってペルミ第一から、この支線に乗り換えるほうがずっと快適だったろうに。

セルゲイはラシャコートのフードを後ろに脱ぎ、ひげもじゃの顔を出し挨拶した。相手は無言だったが、うむ、とうなずいたのが分かった。はい、馬橇が待っています。吹雪もおさまってきたようです。客人はもうかなりの老人だった。セルゲイは大柄ではないが、じぶんよりも小柄に思われたのだった。いや、待たせたかね、と老人はようやく口を開いた。すると意外に親しみ深い声になった。クソ、ロシアの吹雪は何百年たっても変わらない。そうだよ、防雪林なのか原始林なのか、あれが何キロでも限りなく続いておって、それが切れたところで、巨大な吹き溜まりが鉄路を阻んでいた。乗客が総出で、吹き溜まりの雪かきをした。驚いたね、シャベルが何十丁も積んであった。斧だってある。わたしゃ、老人だし、脚が悪かったので、車中に残ってよかったがね。都で贅沢三昧しているうち、こんなロシアだとはすっかり忘れてしまっていた。大地の現実、つまり、レアリノスチを、すっかり忘れてしまっていたのだ。はい、そうでしたか、とセルゲイは言った。老客人は言った。おお、頭の中の思念がすべてレアリノスチだと勘違いしてしまっていたのさね。ところで、きみのお名は？　はい、失礼いたしました。セルゲイは、セルゲイ・モロゾフです、と答えた。すぐに、父称は？　と問いが来た。セルゲイはさらにあわてて、しかし嬉しくなり、オシポヴィチ、と答えた。老人はそれとなく笑いを浮かべたのだった。ふむ、モロゾフとな。そして、親密な声で、ところでセルゲイ君、セリョージャでよろしいかな。はい、ありがたいです。二人はこうやりとりしながら、無人駅舎の改札からこの小さな雪を山のようにのせた木小屋を出た。修道院の馬橇が待っていた、御者は修道院の隣の村の農民ペーチャ・ググノフだった。雪をかぶったまま居眠りしていたので、セルゲイはたたき起こした。御者はウオッカを飲んですっかりご機嫌だった。ひっかけると身体がぬくいくらいだ、と言うのだった。お客さん、お荷物は、と御者が言った。老人は、何もない。この身一つじゃ。たしかに、杖一本だけだった。もちろん背に肩から斜めに革製の小さなショルダーをかけてはいた。旅なれたお人だとセルゲイは妙に感心した。ダニール修道院長の賓《まろ》客《うど》なのだ。馬橇は走り出した。吹雪はおさまり、山裾の雪野の襞々に虹のような七色が輝いている。このウラルの山塊が、ほんとうに南北千五百キロものびているのか。二人を後部に乗せた馬橇はやがて、一月の枯葉のように山裾に姿を消した。

2

一面凍結した川に乗り出した時、河面はまるごと雪野だったが、再び吹雪が押し寄せて来た。農民御者が二頭立ての先頭馬に悪態を吐いて叫んだ。ベシ！　ベシ！　烈風で、正しくはベスィという語がひん曲がったのだ。悪霊とも悪鬼とも、汚鬼ともいう意味なのだけれど、吹雪が悪霊なのか、馬どもが悪霊なのか、それはそうだ、セルゲイは賓客の右手に坐って橇の底に沈みながら、やはりプーシキンのエピグラフの詩のことばが実現したのだと思っていた。おお、こんなに清らかで純白の雪ひらの花たちがこのように無数になって歌っているのだ。誰の葬いだって？　家の竈《かまど》の精が殺されたのか、追放されたのか、いや、魔女たちがみんな焼き殺されたというのか、なんと悲痛な歌声か。凍結した河面は蒼ざめた鏡のようだったが、そのうえを地吹雪が舞い上がり繰り返し襲い掛かって来てはまた流れ去る。その短い合間に、埋葬の歌が聞こえるのだった。

　となりで無言のまま吹雪に見惚れてでもいるような賓客が、いい、いい、実にいい、と一人ごちた。セルゲイは何が、と大声で訊いた。いや、わたしはね、戦争のことを思っているんだよ。おお、戦争ですか。ウクライナですか。もちろんじゃね。動員令がまた今度は大々的に発出されようがね。またですか。そうじゃよ。果てしなく死なせるんじゃ。死んでこそ命の使命だと御託をならべておるやからだがね。いずれ死ぬのだから、いやはや、ロシア人はとくに死にたがるのが好きなんだよ、この世で飲んだくれたり、失敗の現世であるならば、いっそのこと華々しく戦場で地吹雪みたいにあばれてやろうなんて、そのようにあざけられる愚かな者たちが犇《ひし》めいているのはほんとうだがね、大帝国のドンが平気でそう言っちゃあ身もふたもないニヒリズムじゃ、そんなご仁でなかったはずじゃが、そんなことは教えたこともない。それはそうとじゃ、で、どうかね、修道院に逃げ込めば、動員されることもあるまいかな、モロゾフ修道士、そう、セリョージャ、きみもその口かな。この賓客のロシア語訛りはどこかかな、いかなる党派の、いや、階層の、といぶかりながら、セルゲイは答えた。いいえ。戦争と動員が怖くて、修道院に逃げ込んだわけではありません。とっくのむかしに兵役は終えていますが。客人は、冗談だよ、と言ってセルゲイを見つめた。

　ところで、老ガスパヂン、とセルゲイはそう呼ぶしか思いつかなかったので、ご老体《スタリチヨク》、とでも聞こえる響きになったにちがいない。おお、たしかに、わたしゃガスパヂンじゃ。むかしなら、同志タワーリシチで済んだがね。セルゲイは言った。あなたのお名をまだ聞いておりません。セルゲイは修道院長のダニール・ダニールィチからも今日の賓客については何ら詳しい説明をうけていなかったからだった。老いた賓客は答えた。ははあ、そうきたか。よろしゅい。うむ、そうであったね、わたしはゲオ・プッチョーンだ。父称は残念ながら無い。よそ様からいただいたが、実の父の名ではないから捨てた。土台、父系つまり家父長制の名残で父称をつけられたのではたまったもんじゃない。わたしとしては生母の名からこそ、母称をいただきたいものさ。子は男が生むもんじゃあない。みな母の胎からこそ生まれる。ナザレのイイススだって、どうかね。父称なんてありようがあるまいぞ。ヨゼフだって、影も薄いのう。みな一人として女のあれから生まれない者はいないぞ。セルゲイはそうきたかと思った。ブッダだって然りだぞ。セルゲイは当惑した。

　見たところ馬橇は吹雪に撒かれて、方角も分からなくなり、一つ所をぐるぐる回っているような気配だったが、とにかく必死になって馬たちは走っている。御者が鞭を振って悪態をついている。セルゲイには悪態をつかれている雌馬の立派な二つの小山のような臀部、ベルト、金具、轅《ながえ》にぶらさがった獣避けの銅製の大鈴が、音色までも悲しく美しく憂いに満ちて、いかにもこの世らしく思われた。これがロシアだ。この雌馬もロシアなのだ。ふさふさした尾の毛並みは女の長い髪でさえあった。セルゲイはつぶやいた。はい、やはり、女ですね。いいですね。賓客のプッチョーン老人は、それはそうだ。やっかいなものだがね。命をもたらすのだからね。どの女ごでもみな聖母と言うべきではあるまいか。二人の話し声が聞こえたとでもいうように、吹雪の雪ひらがひとしきり二人の前で魔女たちの輪踊りしたように盛んになった。

　アイヤヤ、ヤー、こりゃ万事休すだ、と御者が吹雪の眼のなかで叫んだ。周りが吹雪いているのに、ここだけ薄明のように静寂だった。とうとう日が落ちたのだ。ウラルの白銅の山塊が黒々とぎらついた。日没は雪雲の上空で無関心に西の地平に落ちて燦然と輝き、そのおこぼれをこの凍河の白い荒野の遠くに与えて、暮れなずんでしまった。曳馬たちの体躯は湯気をあげ、このままでは冷え切って、動けなくなるのだ。とにかく動かなければ凍死は避けられまい。賓客のプッチョーンが手綱を引き締めて馬橇を停止させた御者の背に、なんだね、おまんさん、いまどきスマートフォンの携帯電話をもっておらんとか！　何という僻遠のロシアか、文化果つる地か！　すると御者は反論した。買いたくとも、半導体《ポルゥ・プロヴォドニーク》とやらが不足して、いまは入手が困難です。手前の罪ではないす。二十一世紀の世紀末に至ってもなおロシア・ナロードはこれだものな。自然任せで生きている。よろしゅい。で、ガスパヂンはお持ちなんですか。故意に持たんことにしとる。プッチョーンは言った。ついでセルゲイに言った。修道士セリョージャ、きみはどうかね？　セルゲイは、いいえ、持っていません、と答えた。おお、持っていない？　よろしゅい。若い隠者がスマートフォンなどいじくるようになっては終りだ。デジタル情報の地獄に誘惑されようさ。いいかね、デジタル情報とはすべからく、悪霊《ベスィ》のプラットホームと申すべきだ。いやいや、実は胸にわたしがぶら下げている理由は、あくまでも万が一のためだ。ふむ、いまがその好機ではあるが、いやいや、軽々にこれを、と言いざま、ラシャのコートの襟を広げ、首にぶらさげた金色のスマートフォンをちらつかせた。しかし、ここで使用はすまい。位置情報が知られてしまう。まあ、しばし、ここで吹雪の成り行きを待ってのち決断しよう。

御者は馬橇からとびおりて、馬体の汗を荒布でふきとり、御者台の箱から馬布のシーツを取り出して、二頭に押しかぶせた。馬たちはおとなしかった。農奴時代からこうだったとでもいうように粘り強くこらえているようだった。賓客ゲオ・プッチョーンとセルゲイは御者から馬臭い襤褸《ぼろ》布をもらい、体を寄せ合ってすっぽりと頭からかぶった。この五分間がセルゲイにとっては一時間もの長さに感じられた、いや、一世紀の長さとでもいうべきだったのではあるまいか。彼はまるでだれかの手紙をここで夢うつつに読んでいるような気がした。しかもあろうことかおよそ百年も前の、一九一六年の冬、この同じまさにフセヴォロド・ヴィリヴァ発の手紙ではないか。しかも宛名が、その名が、自分と同名のセルゲイ宛てではないか。ほんの少しセルゲイはうとうとした、意識が低血圧か、あるいは低血糖でか、すうっと遠のくようなめまい感だったのだ。

親愛なるセルゲイ

雪、雪、毛皮の山だ（カササギだ）、橇たち、煙突、燈明皿、暖炉、燃える蝋燭たちだ、——かかるばあいに手紙がわりこむ隙間があろうか。で、手紙たちはどうなったかって。ワタリガラスが雪原でつつかなかったとでも、はたまた不幸なひとたちは邪悪なポロヴェッ人に出くわした！　兎たちは運ばれる、耳のわるいライチョウたちが運ばれ、運ばれて、ついには、疑いようのないほら話に至り着く。

かかるばあいに手紙だなんて何になる。前線から台所むけに書かれることが何だと言うのか。

　ぼくもまた前線にむけて書かないとでもいうのか。はっきりしているのは、この先、このまま続くわけがないということ。ぼくはこの冬を、雪を、毛皮を、耳の悪いライチョウたちを、廃止する――これはさもないと、ということ。これがもちろん、シンボリックにだが、同時代の相貌を提示するが言うまでもなく、にもかかわらず、この顔には同時代となんら共通性はないのだよ、であるから、ぼくの同時代人よ、マヤ人のかぶりものなしで己の顔をぼくに明らかにせよ。ぼくはむしろそれを選ぶ。

　セルゲイが夢のなかの独り言じみてもぐもぐ声に出しているのを、耳ざとく聞きとった老プッチョーンが、いかにもその通りだ、と一人ごちた。ことばもまた夢のごときものだが、どうやら、この修道士は百年前のロシアと西欧との戦争の夢を見ているようだ。ふむ、第一次世界大戦のことじゃろう。とにかく総動員令で戦場に行った。志願兵も多かった。有識の知識人《インテリゲント》らは高揚した。まあ、よく聞き取れないとはいえ、きみの要旨は分かった。要するにこの手紙の主は、戦時下の銃後で、ここと同じ僻遠のウラルで暮らしている一冬のことだろうよ。手紙どころじゃないってことだ。冬の生き延び方。いや、兵役逃れではない。ここで一冬の労働をして、戦場には行かない。その代わり、働く。過酷なロシア自然のなかで。ふむ、この手紙主は、どうやら駆け出しの、まだ山のものとも海のものとも分からん、迷いの詩人らしい。この僻遠のウラルの地から、自分もまた戦場の現実に向けて発信しているらしいが、それはただ同時代の醜面《しこづら》を明らかにするということではなく、そういった現象の問題ではなく、直に事の本質に迫るというのが、書き手の主張らしい。よし。戦争を突き抜けてのことだ。ふむ、マヤ人の帽子を脱いで、同時代人よ、己の顔を見せよ、と言っているのか。なるほど、これはホンモノ。

賓客ゲオ・プッチョーンは毛布をかぶったまますがに懐かしい加齢臭を嗅いだ。わが年齢も忘却寸前だった。思った。これは今戦争についてもその通りだ。現象に右往左往して、法螺話に花を咲かせている場合か。死者累々たる中で、大地が砲弾の重金属の毒で使い物にならなくなっているのに、これが同時代性の善だなどと、とんでもない悪霊《ベスイ》の仕業であろう。わしにはその素性が分かっているのだ。問題はつねにわがナロードの記憶のフラッシュバックに存するのだ。

馬もわだすも尿《しと》も凍えます。もう我慢できずに御者が言った。ガスパヂン老の電波が作動なさったら一発で救われるんですから。プッチョーン老はすかさず答えた。ねえ、あんた、言うはやすいが、こんなエリアだから、環境が整っておらない。電波がない。神と同様に、いらっしゃらん。それでは、このまま吹雪の中で凍死しますが。そうじゃ、一切自然に任せなさい。いや、ここに不在中の神のご加護にまかせなさい。わたしはこの老齢ゆえ、いつ死んだって構わないが、あんたはまだ惜しいな。もちろんです。女房子供が。いや、これも同時代だからね、しかし、これが真の同時代であろうわけがない。わたしが修道院に来たのも修道院長ダニールと過去と未来について総括するためだった。われわれは没落を見たいのではない。愛を見たいだけの話じゃ。

このとき、突然吹雪が一斉に、軍が退いて行くさに、さっと悪霊たちが吹き晴れ、その一瞬の合間に、ぽつんと橙色の灯りが仄見えた。馬橇は荒野の中のかなり大きな家の玄関先の菜園の柵木の傍らに止まっていることが判明したのだった。窓灯りが明るく見えた。煙の匂いが強く香ばしく鼻を突いた。曳馬たちはもっと先に知っていたのが分かった。

3

吹雪の夕べの突然の客たちに一家は驚き、迎え入れてくれたものの、よく燃えたペチカの火のように喜ばしく明るくはなく、それとなく悲しみにうち沈んでいるのがセルゲイに伝わった。この世紀になってもロシアの古民家は、無事に生き延びていて、頑丈な丸太組みの造りで、控えの廊下から通された居間もまた絵に残るような飾り窓のある民家と同じような間取りだった。オホー、間一髪でありましたな、ありがとう《スパシ〜》、神《ボーク》よ、そうプッチョーン老は慇懃な挨拶をし、吹雪を礼讃し、道に迷った幸運を感謝した。

セルゲイがラシャのコートを脱ぐと僧衣だったので、修道士だと分かったのだ。修道院からでございましたか、と六十の年を越えたかにみえる主人がほっと安心した気持ちでか、どうぞお掛けくださいと丁寧に席をすすめてくれた。そこへ、御者がばたばたと入って来て言うのだった。何せ、橇は馬つきのまま納屋の上屋に寄らさせてもらいました、具合よく、飼葉があったので無断だが食べさせてもらいました。いや、いい馬を飼われておるのですね。なんだか仲良くさせてもらいました。そう主人に言った。それにしても、こんなところに農家があったとは驚きました。この吹雪で、魔女にでも騙されたかと思いました。いったい、ここはどのあたりでしょうかね。エッ、まさか、何と、まったく反対方角へ走っていたのか。いや、ぐるぐる回っていたのか。凍った川は渡ったつもりだったが、どうりで、修道院の森さえ見えなかった。右岸のつもりが左岸であったとは。ともあれご主人、ここは熱いチャイの一杯でもいただきたいものですがと言って、どすんと腰かけた。農民御者のペーチャは林業従事者と同様、ウラル地方によくある大男だった。主人はすぐに用意させますよと言いながらも、やはり表情が沈んでいた。

セルゲイにはこの家の雰囲気がことに懐かしく思われたので、あたりを見回した。暗いながら裸電球が灯っているし、緑色の笠のランプも灯っている。セルゲイはここまでくる間、確かに雪原に傾いた棒杭のような電柱に凍りついた電線がさびしく続いていたことを思い出した。修道院にはいまだに電気が引かれていなかったのだ。見回すと聖像画《イコン》が架かった奥の角に燈明が灯っている。その下に箱型の横椅子があり、小机があって、ほんのり明るいそこに互いに寄り添っている二人の人影が坐っているのだった。そこに向かって主人が、ジェーニャ、お客さんのお茶を淹れてくれなさい、と言った。イコンが架かっている奥から、彼女がしずかに進み出て来て、涙をぬぐいながら顔をあげ、客人たちに挨拶し、ペチカの前に行き、お茶の用意にとりかかった。

プッチョーンは主人と親し気にことばを交わしながら、客間も居間も知っているとでもいうように遠慮もなくテーブルについていた。吹雪は飾り窓にまだ吹き荒れていたが、音はなりをひそめていた。セルゲイは小机の席に俯《うつむ》いているような若い娘に気がついた。この家の娘だったのだ、母の声が、リーザ、と呼んだ。娘は、今すぐ、と答えて、何か本を置いてから、こちらに足早にやって来てみんなに会釈した。リーザです、と母親が言った。なにかお困りのことがあるのかな、とプッチョーンが主人に問いかけている。大男の御者は、手をこすりながらペチカのそばに立ち、お茶の手伝いを申し入れた。セルゲイはぶしつけとは思いながらも、部屋の角の聖像画《イコン》が気がかりになり、そっと奥まで行き、イコンを見上げた。金色の暗い額縁に入っているのだった。どうやら年代物らしい。ウラルの家では時おり立派な聖像画に出会うのだ。セルゲイはしばし見惚れた。赤い色が剥げた箇所があるが、名品のように思った。かなり古い作に違いない。聖母の微笑が古拙だったからだ。指は細くなく、強くふっくらとしている。嬰児《みどりご》は元気よく聖母の腕から逃げたがっているような印象だった。そしてテーブルに戻って来て、家の主と差し向かいになっているプッチョーンの横に腰を下ろした。

なるほど、そういうことでしたか、それはもう心配でなりますまい。そうですか、この九月の部分動員《チャスナヤ・モビリザツィア》ですな。なるほど。年輩の予備役ならまだしも当然だが、いきなり若い者を、ああ、兵役をすませてあったんでしたか、ふむ、とくに僻遠の地から秘かに無差別にかき集めている。知っています。クソ、何と。くじ引きだからと！　それはまた何という野蛮極まりない！　しかし、さすがにそれは怪しいですな。わけがあるのではあるまいか。ロシア・ルーレットみたいな、これだからロシアは熊の糞だとみなされましょうな。いや、糞、などと、忌まわしいことばで申し訳ないが、糞だ！　え、そのくじを売買する。いや、ここは何でもある。どうとでもやる。耳付きの冬帽を脱いだプッチョーンは禿げかかった髪毛をかきむしるようにして言った。何というモシェンニーチェストヴォ！　何という詐欺ペテン、何といういかさまの大地か！　われらの寛大な文化精神の伝統はどこに消え失せたのか、どこに滅び去ってしまったのか。おお、なるほど、ご子息は、そのくじ引きでというのは言いがかりで、わけありで動員されたに相違ない。心当たりはありませんかな。なるほど二十七でしたか、おお、それで、今、ご子息から届いた手紙をみなさんで読んでおられたわけですか。

そこへお茶の用意ができ、耐熱ガラスのコップにたっぷりと入った臙脂色の紅茶がくばられた。お母さんも、リーザさんもどうぞ一緒にかけてください、とセルゲイは気を利かせた。プッチョーンも言った。さあ、エヴゲニアさん、おかけなされな。われわれみなで、一緒に考えましょう。リーザがセルゲイの隣に腰かけた。分厚い手編みだと分かる明るい色のセーターを着て、肩に暖かそうな肩掛けのショールをかけている。紅茶茶碗に延ばされたリーザの手指は聖像画《イコン》の手指のように美しく長く見えた。主人がお茶を啜りながら、息子がいなくなったわが家の今後について話した。それをひとしきり聞いてのち、プッチョーンは言った。まさにまさに。そうでしたね。ロシアの歴史とは一体何であったのでしょう。ただただ、ナロードの、いや、いまや死語になったことばで言うわけですが、そう、市民ですがね、いったいロシアはどれほどの死を重ねないと病から癒えないのか！　少なくとも一八六〇年の農奴解放の時代から考えてみて、何という歴史であったことか。後ろを振り向こうものなら、戦争、革命、内戦、戦争、無量無数、厖大無量のナロードの死によって支えられているようなものだ。しかし、いまそれらの過去をいちいちこと上げしている暇はありません。これから何をするべきかです。ご子息のこと。人一人の命についての哲学が必須です。ご子息のために祈りましょう。衷心から祈ります。われわれがいまこの一日一日をどう生きるか。そのことに集中しましょう。決して悲観してはなるまい。

　ところで、ご主人は、ええと、カザンスキーさん。パーヴェル・ミロノヴィチ、そうですか、代々の地主貴族の末裔だったのですか、なるほど、果樹園で生き延びたということですね。おお、何と広大な、リンゴ畑と、サクランボウ畑とは。春はどんなにか美しいでしょうぞ。おお、ナシ畑もですか。ペルミの市場まで出荷なさっておられる。しかし、ご子息が動員されたでは、この先が思いやられる。暮らし向きだって、決して、言うも何ですが、楽ではありますまい。そうそう、都市部じゃ、先般の部分動員令で、動員逃れに国外へ脱出している数十万とも聞く人々は、みなそれなりに裕福な人々でしょう。貧しい人々は相変わらず、国家の軛《くびき》のもとで身動きがならない。馴れきっている。諦めですか。いや、歴史的に言うなら、無関心が逃げ場だ。しかし、そのこともまた決してマイナスだけとばかりと悲観的に思うこともなりますまい。というのも、人は自然の中で、自然とともに生きるのがどれほど重要なことか。とくにロシア生活は、大地と自然から切り離されたとたんに、言うなれば、悪霊がここを先途とつけこむのではあるまいか。この大地は苦悩《ムーカ》と受難をこそ運命とするけれども、気休めに言うのではないが、苦悩《ムーカ》あっての生ですからね。しかし、これはよろしくない。おお、チャイは熱いのがいい。もう一杯お願いしますぞ。

　プッチョーン老の饒舌が観念的な上滑りになって来たのは事実だった。セルゲイは話題を変えたかった。古風な聖像画についての話題でもよかったが、ふと聖像画の下の小机におかれていた聖書のページが開かれていたのをちらと見ていたので、それを思い出して、話の穂を変えようと思った。

そして、思わず知らず、隣にかけているリーザと母親のエヴゲニアに問いかけた。福音書を読まれていたんですか。ええ、とリーザがすぐに答えた。ゴーシャが、ええ、兄さんが、ええ、ゴーシャの手紙が届いたので、みんなで繰り返し読んでいたんです。ねえ、ママ。それで、お祈りしていたのです。でも同時に、わたしたちロシアのこと。ロシアの運命のこと。未来のこともです。だって、この戦争で、わたしたちロシアは道徳的に没落してしまうのじゃないかしらと。ゴーシャはいまアゾフ海のタガンローグだそうです。ね、お母さま。すると母がうなづき、ようやく口を開いた。はい、お若い修道士さま、ええ、セルゲイさんでしたね、わたしどもは、こんな果樹園経営でやっと生きられている身ですが、ロシア正教徒として篤い信仰心を忘れたことはありません。いつも福音書を読んで、生きる励ましを得ているんですよ。声に出して読んでいるうちに、だんだん心が落ち着くのです。だって、わたしどもは先祖代々、眼に一丁字無い時代から、福音書のおことばを信じて来ているのですからね。ゴーシャのことだって、前向きに考えることにしたいのです。彼女は節くれた大きな手で涙をぬぐった。ええ、ええ、とセルゲイは相槌をうち、で、今日は、マタイですか、いや、ルカ伝でしたか、と訊いた。

するとすかさずリーザが答えた。はい、セルゲイ神父、ルカ伝の、第八章二十六節。セルゲイは思わず笑みを浮かべて、リーザさん、ぼくは神父なんかじゃありません、聖像画家《イコノピセッ》です、修道士です。それはそうと、ルカ伝の第八章でしたか。なるほど。ああ、そうだ、リーザさん、どうかわたしたちに読んでくださいませんか、とセルゲイは言ってしまった。これが聞こえたプッチョーンが、眼を剥いたようにしてセルゲイを見て、オホーと言い、賛同した。これは偶然の一致だ、われわれときたら、みなさん、吹雪に巻かれていたさなかに、まるで吹雪の声が、おお、プーシキンの詩句さながら、雪ひらがどれもこれも魔女たちの悲しい訴えのように聞こえたのですからね。であるものだから、九死に一生というのも大げさですが、お宅の灯りを発見した時は、彼女たちが導いてくれたのかとさえ、わたしなどは内心に思いました。いや、あれは魔女たちではありますまい。そう、古い古いロシアの大地に育まれてそののちに時代遅れになった人間の生活から追放されていった者たちの嘆きだったのではないのかな。キリスト教以前からのこのロシアの声でしょうかね。

　ふたたびプッチョーン老は饒舌に傾いた。そこへ御者が口を挟んだ。いやいや、わたしも代々のウラル人であるから言うのではないけれども、わたしは迷信と言われようとも、自然力がもたらした迷信やその言い伝えには深い信をおきますですよ。吹雪の声も姿かたちも、あれは言うに言われない意味のあることばにちがいないのではありませんか。意味は聞き取れないまでも、家の精だか、魔女たちだか知らないが、あのものたちのこの世への未練が、馬橇をお宅の家まで導いてくれたにちがいありません。そうして、ほら、こんな熱いチャイをいただいて、なおかつこのような睦《むつ》まじき家庭《セミヤー》に出会えるなんずて。もっとも、ご子息の動員については何とも不条理ではあるだが、なあに、ゴーシャさんはかならず試練をくぐりぬけて除隊なさる。わたしは実はこの齢ですが、予備役にとられるところを、間一髪くぐりぬけた。いや、ペテンなどしませんよ。本音は、ペルミの動員事務所に火を放ちたいくらいですがね。アル中の診断書をドクトルから得たからです。ロシアは広大です。銃後でも有益な仕事ができますからね。ゴーシャさんにすまないが。そう言って彼は衣嚢からウオッカの小瓶を取り出してチャイに混ぜた。

セルゲイはリーザに言った。そうでした、お恥ずかしいですが、久しぶりです。ルカ伝第八章、聞いてみたいです。お願いできますか。ことばは眼で読むのもいいですが、やはり、声で理解したいですね。耳だけで聞くのもとても大事ですね。書かれた文字もいいですが、なんだかひどく枠組みが強くて。イイスス・フリストスが発した肉声だけが聞こえるのですから。そうですね、リーザさん。ことばは意味でもありますが、音声として、音楽のようにさえ思われるのです。文字で読む場合は、行ったり来たりして、前後を何度も読めますが、声で聴くのは音楽と同じ、すべてただ一度、ただ先へ先へと、時間のように進むのです。川の水のように。考えが先へ先へと進むように。

セルゲイはこう言って、自分が少しも恥じらいを覚えないのにわれながら驚いていた。

4

もう吹雪の魔笛は鳴りをひそめたようだった。ペチカに薪がくべ足された。福音書の朗読を懇請されたリーザはつと立って、聖像画《イコン》の下なる奥の小机の前から木の椅子を運んで来ると、その椅子に片手をおき、それから椅子に腰かけた。プッチョーンもセルゲイも、両親も、そして窓敷居に背をもたせて寒さを阻んでいるといった姿勢の大男の御者も、思わず彼女の方に向きを変えて、突然炎のようになったかと思われるリーザの、その声を待った。まるで家庭コンサートのようじゃ、嬉しいことじゃ。プッチョーンが言うのだった。と、彼女の手には小型の聖書が開かれた。先ほどと異なった、ふっくらとした小さな手が、黒地に金色縁のロシア正教の十字架の印影に触れているのだった。ページが繰られた。ここですね。

リーザは聖書を手に、うつむき加減になり、額が翳りふっと微笑みを浮かべてから、それではみなさん、吹雪も遠のいたように思います、ルカ伝第八章二十六節から音読します、と前置きをした。その声は聞いたこともないようなひびきだった。ちょうど電球の灯りの加減で彼女のうつむいた顔が翳になった。はい、イイスス・フリストスが悪霊に憑かれた者《オヂェルジームイ》を、悪霊病を治してあげたお話、そう、癒しの奇跡のお話です。セルゲイは初めてこのリーザと言う乙女の声を聞いたように思った。この、憑かれた者、という語は、普通なら、アヂェルジームイと発音されるところなのに、彼女は、くっきりとした発音で、オ・ヂェルジームイ、というふうに発音した。それで不意に、ポーランド語のような音感を覚えたのだった。これは、西だな。いや、ここ西シベリアのウラルでもままあることだが、サンクトペテルブルグだって、ペチェールブルクだし、力点があろうがなかろうが、Oは、オーと発音するのだ。これをアヂェルジームイとやってしまうと、どうもロシア語が哀歌のようになってしまいかねない。一瞬のうちに、セルゲイは感想をもった。

そして彼女のやや嗄《しゃがれ》ぎみ、馬の葦毛色のような低い声がゆっくりとしたリズムで静かにながれだした。特別な声色とか抑揚がある読み方ではなく、淡々として、悪霊たちに憑かれた〝レギオン〟という名だとわかったその者の声も、イイスス・フリストスのまっすぐな声も、さらにその者からイイスス・フリストスの一声で抜け出し豚の中に入ることを懇願した悪霊たちの哀れな声も、ごく自然な水の流れのように聞こえたのだった。打てば響くといった交渉といったところだ。さりげなく事もなく病人の癒しの奇蹟が行われたというような劇的な声ではなかった。野の草花たちが風に身もだえするような静かな騒めきのようでもあった。風が立って、永遠が通り過ぎたのだ。まるで子供らのためのおとぎ話を彼女が一人で読み聞かせてでもいるような声だった。聞くともなく見る間に、二十六節から三十五節までがもう終わってしまっていた。セルゲイはまるで瞬時の出来事のように思った。

読み終わると、リーザは眩しそうに顔を上げた。瞳がなんともいわれず寂しげだった。一、二秒沈黙があったが、間髪を入れず、プッチョーンが感に堪えないとでもいうように、小さく、素晴らしい、素晴らしい、と言い、立ち上がって手を拍いた。思わずセルゲイも忙《せわ》しなく拍手した。御者が元気よく言い放った。わたしだって洗礼名は持っている身だが、信仰なんてからっきし、まして聖書知らず、おお、自分は悪霊の譬え話など知らなかったが、耳で聞いて、一瞬わがことのように思いましたなどと言うのだった。いやはや。わたしの中にも悪霊が潜りこんで、まあ、いまどきのコロンナ・ヴィルスみたくにと思うと、これは大変だ。かたわらで母のエヴゲニアが言った。やはりご一緒して、こうして声で、このようにみなさんと共に聞いていますと、また多くのことが思われるものですね、パーシャ。そうだね、と夫のパーヴェルが相槌をうった。そうですよ、うちのリーザは、サンクトペチェールブルク大の四回生ですが、冬の試験が無事に終わったこともあって、主洗礼祭に帰省したばっかりだった。むこうで、言うまでもなくロシアの現状を憂慮してですが、なによりも兄ゴーシャが動員されたことに驚いて悲しんでいる矢先だったのですよ。はい、リーザは《レンフィルム》の入社試験も通っているのです。

御者のペーチャ・ググノフが言った。何と、サンクトペテルブルグ大学だったとは、これは凄い。シベリアの大学ならいざ知らず、このウラルから、古都サンクトペテルブルグとは、ご両親もこれは将来が楽しみでしょう。セルゲイにも思いがけなかった。西ウラルのペルミからサンクトペテルブルグ大へというのは、意義がありましょう。ええ、モスクワ大学でないところが、また大事ではないでしょうか。そう言うと御者がクレムリンですからねとにんまり笑った。ここだけの話、誰でも分かっていますがね、先ほどの聖書の、ほれ、悪霊の巣窟、貴族の巣ではなく、悪霊の巣。するとプッチョーン老が笑いながら言った。分かっているだけでは分かったことにならん。さあ、それよりも、リーザさん、あなたもこのテーブルに来てください、そして、もう一度、第八章の悪霊の挿話、いや、イイスス・フリストスの奇跡の癒しについて、話し合ってみませんか。わたしも実は、こうして聴いてみて、いや、神父などによって重々しく朗読されようものなら、聞く耳をもたないのだが、あなたのお声で聞いて、実に腑《ふ》に落ちることがあった。リーザは木の椅子を奥の小机に戻すと、すぐにやって来て、テーブルの端っこに腰かけた。まるで居間の頑丈な樫の木のテーブルは円卓の趣を呈したようだった。母エヴゲニアがまたチャイをみんなに出しに、ペチカのそばに行った。火には鉄瓶の湯が湯気をあげていた。熱いチャイがみんなに回ると、ふうふう言って飲み、それから自然の成り行きで、最年長のプッチョーンがいわば司会役になった。

さて、エリザヴェータさんの素晴らしい音読に聞き惚れたのは、このわたしだけではありますまい。そこで、おさらいのつもりで、この悪霊追放の奇跡について、もういちど細部をかいつまんでまとめておきましょう。みなさん、いかがでしょうか。異論はない。よろしい。いま、われわれはリーザさんの兄上が部分動員で取られたという運命を知りました。たいへんつらい思いにあるわけですが、この問題の根源についても、このルカ伝第八章には何らかのヒントがあるように思われたのですが、これは年寄りのわたしだけのことであったのでしょうか。いや、これは、もっと根源的に、ロシア的な、遺伝的な病弊に関する譬えにもなっているのではないでしょうか。いや、セルゲイ・モロゾフ修道士、きみはこれを無駄話だなんてあなたは思っているようだが、急がばまわれということもある。修道院へ急ぐことはない。なあに、吹雪で道に迷ったと向こうに分かったら、ま、ありはしないが雪上車でもなんでも乗って探しに来る。すべからく慌ててはいけない。問題の根本について考える方が先だ。われわれは、ここのイイスス・フリストスの奇跡を本当に読み解いているのかどうか。プッチョーン老はそらで暗唱するとでもいうように、自分の入れセリフを入れながら、第八章の細部について話し出した。

5

さて、われらがイイスス・フリストスは、とプッチョーンは眼をしばたかせ、両頬にも白い頬ひげが汚げに伸びた顎を撫でてのちに、話し出した。おお、それまでは、ガリラヤの海を渡るに際して、荒れる海を鎮めたもうたわけだが、使徒たちときたら大慌てであった。まことに当てにならん。肚が据わっておらん。こうして、ガリラヤの対岸、ガダラの人々が住む岸辺に登られたわけだ。ね、するとどうだ、ここで一人の男がイイスス・フリストスの前に身を投げ出して大声で言うのであった。イイスス・フリストスの名声を伝え聞き、待っておったのでしょうぞ。うむ、市中からわざわざやって来たのだ。この男は、ずいぶん以前から悪霊に憑かれおったのだね。何とまあ、服も来ておらないし、自分の家には住まずに、墓場をねぐらとしていたのだ。まあ、ようするに、狂人だ。

まさか墓場の棺の中に暮らすわけはあるまいが、死とともに暮らしていたわけだった。死霊たちと親しく暮らしておったということになろうかの。だいたいにおいて、このような死霊であれ悪霊であれ、悪鬼、悪魔であれデーモンであれ、呼び名こそあれこれ異なるが、いわば、われらがこの広大無辺の大地に元来生息しておったものたちの姿見えざる霊的未練の生き残りというような存在であろうか。

で、じゃ、あろうことか、この悪霊に憑かれたこの男が、イイスス・フリストスを迎えて大声で叫び、イイスス・フリストスのみ前にひれ伏して宣《のたま》わった次第じゃ。やれやれというものだ。ここのくだり、イイスス・フリストスの音読は実によかった。この者の声色《こわいろ》でもそれとなくつかうものかと、どきどきしたが、さにあらず、さすがにリーザさんは抑制が効き、冷静で淡々としていましたな。で、この者がイイスス・フリストスに何と言ったか。それがふるっているではないか。至上の神の子なるイイススよ、あなたにとってわたしなど、なんのかかわりがありましょうや、あなたに懇願しますが、わたくしめを苦しめないでください。そう言ったのだ。要するに、わたしのことはほっといてくれと言った次第だ。しかし、さて、どうしてこういう運びになったのかなと、耳で聞いていてふっと前後が分からなくなった気がしたんだが、そう、いいですか、聡明なリーザさん、ここの前後はどういうことだったのでしょうか、とプッチョーンは不意にリーザに振ったのだった。セルゲイは、これを、呆けたか、ずるいやり方かなと思った。

リーザは、はい、と答えて、すぐに説明した。イイスス・フリストスが悪霊に対して、この者から出て行けと命じられたからです。この悪霊のことを、聖書では、汚れた霊と言っていますから、汚鬼、とでも言うべきでしょうか。で、続いてこの問答には説明がありました。それは、この汚鬼は久しいことこの者を苦しめていたからです。で、この者は実は鎖や足枷《あしかせ》でしばりつけられていたものですが、それは彼を護る意味で人々がそうしたのですが、ところが彼はその足枷をぶちこわし、汚鬼によって荒野に追い立てられたという過去があります。ということは、ここでは、墓場といい、荒野といい、悪霊が好むところとは、文明の場所はなじまないということだったのでしょうか、と今度はリーザの方がプッチョーン老に、先生と言い、問いを投げ返した。

なるほど、とプッチョーンは息をついだ。では、イイスス・フリストスは、彼の病歴をすでに知っていたんですね。それで、彼に会って、いきなり、悪霊よ、この者から出て行けと命じたということですね。なるほど、それはそうだ。一目見てイイスス・フリストスには万事が分かるのだ。さすがに荒野でもろもろの悪魔との問答をかわすくらいのことは朝飯前だ。いま、リーザさんが指摘した点を、わたしは非常に重要だと思いました。イイスス・フリストスが、この者から悪霊にただちに出て行け、という命令が、この者にはいかにも苦痛そのものだったという点です。いや、おおいなる苦悩《ムーカ》でさえあったのですな。だってそうですよ。われらがロシア語で苦悩《ムーカ》というのはもっとも大切なことばです。人は苦悩の中を行くとも言うではないですか。ロシア的苦悩は果てない受苦だ。際限のない自虐であることさえ稀ではない。おお、自虐よ、このマゾヒズムよ。零落の愛よ。わしは好まん。あだかもわれらが現代のロシア・ナロードそのものではないか。いや、お許しいただきたい、なろうことなら太陽神のごとく燃えていて欲しいのだ、わたしとしては。足枷手枷で、悪霊のなすがまま、それでいて、このままがいいのだと、イイスス・フリストスに懇願するなんて、何つうことか。これがロシアなのだ！　この者は、わたしのことなどあなたには関係ないからほっといてくれとたわけたことをぬかすが、そこはイイスス・フリストスは譲らんのだ。いきなり、命じて、悪霊を追い出す。まあ、ここのイイスス・フリストスには惚れ惚れじゃ。そのことばりは、現代に即して言えば、土着の迷妄的な感性にたいする近代化とでも、いやこれは飛躍すぎる譬えだがね、まあ、そのようなものでもありますまいか。いや、わたしは現代の進化をみな是認してはいない。これらは是々非々じゃ。とにかく何の因果か身に悪霊が入り込んで増殖しているのだ。これもまたロシアの似姿なり。そうである以上、この者は、悪霊といっしょに彼らのいいように生きることの方が楽なんじゃね。裸でいようが、家庭にすまずに墓場暮らしだろうがですな。しかし、これは人の心の病いなのです。イイスス・フリストスはこれを見逃さない。ほれ、古来、ロシアは広大な大地をさすらう人々に事欠かなかったではありませんか。今日だって、貧しい者たちは同じです。それでも荒野を生きる。

ここまで話してプッチョーンは一息つき、セルゲイの方を見た。そしてセルゲイに質問を振った。で、親愛な修道士セルゲイ、この悪霊病に罹患した者の名については、どう思いましたか。セルゲイは何と言うこともないが、なんだかほっと気持ちが軽くなるように思った。で、セルゲイは答えた。ええ、この続きが、ちょっと可笑しいですね。いきなり、イイスス・フリストスがこの者に、悪霊に棲みつかれているこの男に、お前の名は何と言うのか訊くわけです。不謹慎ではあるけれど、ここでぼくはほっとしました。なんだかひどく人間臭く思われたからです。だって、イイスス・フリストスが、久しく懊悩して苦しんでいるこの男に、いや、苦しんでいるのは、悪霊に支配されていることではなく、その悪霊たちがイイスス・フリストスによって出て行けと命じられことで苦しい思いをしているわけですが、自分の名を問われて、咄嗟《とっさ》のことかどうか割り引くにしても、臆面もなく、《レギオン》、だなんて答えるというのは、なんという逆説、喜劇、悲喜劇。いや、無意識裡の批評的諧謔でしょうか。いや。悪霊がそう言わせた名ですね。レギオン、というのは、もともとり古代ローマの軍団をいうことばですが、またこのレギオンとは、無量無数の大多数をもさすことばですから、この男は、大多数の人々という名だというのですから、このようなポピュリズム、これは厄介です。結局のところ、大多数の多くの人々を自分が代表しているというような意味合いになるのではありませんか。多くの悪霊が身中に入っているゆえに、名はただ一つ《レギオン》だというのですから。参りました。それで、ふっと思うのですが、これをいま現代のわれわれロシアに重ねて見るとですが、いや、ロシアだとばかり言うわけではありませんね、世界中にです、こうしたレギオンで満杯になっているのではないでしょうか。そこまでセルゲイは、リーザの美しい清らかな眼をみつめながら話したのだった。そして大汗をかく思いを味わった。

オホー、というようにプッチョーンがセルゲイに目混ぜした。ひょっとしたら、われわれもまたその《レギオン》に数えられるとでもいうように聞こえたが、と彼は言った。で、そのあとは、どうなったか、イイススはどうなされたか。

さあ、御者よ、あんたは予備役をこずるく免れたそうだが、机の下ということもあろうか、ま、それは脇に置いて、次にイイスス・フリストスはどのように命じられたかかな。言われた彼は飛び上った。うずうずしていたに違いなかった。ウラルの男は樅《エリ》の木のような大男が多いが、吹雪が収まった窓敷居を塞いで立ち上がって言った。はい、わたしがリーザさんの音読によってはじめて聞いたように思ったのですが、素晴らしかった。まるで詩歌《ペスニャ》のようだと思いました。いいですか、まだこの者の中に入っているレギオンの悪霊たちにイイスス・フリストスは言われたのですな。いや、出て行けと言わずともですな、悪霊たちの方から懇願したのです。どうか自分たちが奈落に行くように命じないでくださいというようにです。わたしはここが気に入りました。イイスス・フリストスに命じられる前に、いわば、こずるく和睦提案と言うべきでしょうかね、申し入れをしたわけでしょう。悪霊ながらアッパレだと思いました。潔い決断ではないでしょうか。

プッチョーンがやや苛立った。さあ、結論を言ってくださいと促した。御者は大声で言った。はい、このとき、ガリラヤ湖岸の丘にはですな、丘に上がってイイスス・フリストスは説教をなさったと聞きますがね、このときも同然でしょう。この丘山には実に多くの豚が放牧されていた。豚の放牧というのも妙ですが、当時のことですから野飼いですね、豚小屋で豚を飼ったりはしませんでしょう。自由気儘に黒豚なんぞを放し飼いにしておった。それで男の心中に巣くっている悪霊たちは、ここぞとばかりに、奈落へ落とされるくらいなら、豚のなかに入ってでもここは延命するほうが得策と判断してからイイスス・フリストスに、豚たちに入らせてくれるよう頼んだ。イイススは快諾した。これって停戦交渉ですな。するとどうでしょう、まさに現金なもので、悪霊たちは一斉に男の体から出て、豚たちの体内に入った。するとこの豚の群れは一斉に走り出し、崖から湖にとびこみ、溺れ死んでしまった。やれやれ、以上が事件の顚末ですが、わたしはこの情景にえらく感銘しました。はい、何と言うべきか、若かった日々、チェチェンでまさに自分たちはこのような狂気であったかに古傷が痛むのを感じました。いや、とっくの昔にわたしなどは鳴りやんだですが。豚の体内に入って溺死ですよ。

彼がどしんと腰を下ろした。プッチョーンはみなを見回した。それではまとめましょう。このとき、豚追いの牧人たちがこの出来事を目撃して驚き、市中や村々にこのことを物語った。そしてこの次第を見んとて人々が現場を見にやって来たというわけです。そしてイイスス・フリストスのもとに来てみると、悪霊に憑かれたその男が、いまや裸ではなく、ちゃんと衣服をまとい、狂気もとれてしまっているのを見出した。狂気から癒えた。そう、これで一件落着。やれやれ。しかし、どうですかな、このあとは、とプッチョーン老は、ふっとリーザを見つめて、発言を促した。リーザはまっすぐに見つめながら、答えた。はい、でも、このガダラの人々は明らかにこの奇跡の実際であったことを知って、イイスス・フリストスの威力を恐れて、イイスス・フリストスを受け入れようとしなかったのです。

もう吹雪はすっかり過ぎ去り、窓敷居の雪がこびりついた窓ガラスから、星空さえ見えるようだった。ロウソクはイコンの燈明皿でまだ燃えていた。プッチョーン一行はもう辞するべき時だった。主人のパーヴェルが言った。ここは左岸ですが、いいですか、さくらんぼう畑の道は、雪に埋もれていても大丈夫です。畑を下って行ってから、右岸に渡れる場所があります。そこから修道院の樅の木の森が見えるでしょう。セルゲイは、リーザと立ち話を交わした。サンクトペテルブルクに帰るのですね。はい。そうだ、エリザヴェータさん、あなたの将来の希望は何でしょう。するとリーザは、大いにはにかむような笑顔で、《レンフィルム》に入ったら、映画をつくりたいと思っています。え、あの《レンフィルム》ですか。はい、いまも実はヴォランタリーで映像づくりに参加しているんです。セルゲイの心が明るんだ。もっと聞きたかった。どんな映画を、とか、現代についてとか、愛についてとか、そして戦争と平和についてとか。長く立ち話はできなかったが、彼女はきらきらした瞳でセルゲイを見て言った。はい。ちょうど十年前の二月ですが、《レンフィルム》の監督のアレクセイ・ゲルマンさんが亡くなりました。その遺作、途絶していた作品の新たな撮影が決まったので、わたしも加わっています。セルゲイはお別れを言った。またお会いできると幸いですと言い残した。ええ、何かあったら、どうぞ、ダニール修道院の画僧のセルゲイ・モロゾフというとすぐに分かります。ゴーシャお兄さんのご無事を確信します。吹雪の時間が嘘のようだった。

玄関先に立って対岸を見ると、岸辺まで満天の星空が降りて来ていた。

第2章　眠られぬ夜に

1

吹き荒れていた、吹き荒れていた。ウラル颪《おろし》は幾千の風の矢になって針葉樹に襲い掛かった。赤松の梢たちは帆船の帆になって鳴り響いた。修道院は雪に埋もれた中世の城塞の廃墟のようであった。その中で人々は、と言っても修道士の数はと言えばわずかに三十名そこそこだが、それぞれに春を待って暮らしていた。厳しい修行三昧というよりも、それぞれの信仰心に随って自由にと言う方が正確だろう。それぞれの夢想と仕事があった。これまでの経験でセルゲイ・モロゾフは幾つかロシア国内で名のある修道院を転々とした身なので、このヴィリヴァのダニール修道院が他とは一風変わった思想があることにすぐに気がついた。一口に言えば、異端であろうか。現代で名が知れるような《国境なき医師団》の如き性格だった。だから、修道士と言っても単に特化した信仰者のレギオンではなかった。中には医者出身もいれば技術者も学者もいるというような混成群だったのだ。知識人のみならず労働者出の人も農民もあれこれいる。そういった人々が流動的に出たり入ったりしているのだった。イイスス・フリストスの思想を身に繋ぎながら、実際の仕事の中心は、人々の民生のいわば援護だった。どこに何があるといえば、ただちにグループを編成して駆け付けた。このウラル地方では、《ヴィリヴァ人道騎士団》などと呼ばれていた。一方では、修道士それぞれにとっては、何らかの理由による、いわば《asyl《アジール》》としての修道院でさえあった。世俗にも実に積極的にかかわる。中には食いっぱぐれた芸術家なども混じっていた。セルゲイ・モロゾフはどちらかと言うと、このカテゴリーに入った。修道院の経済的基盤はどうなっているかというと、自分たちの無償の労働にたいする人々からの喜捨であったり、または民間企業や地方自治体からの補助金であったり、さまざまだった。匿名個人による寄付金も大きかった。九十歳を越えた修道院長ダニール長老の人脈によるところが大きかった。

　セルゲイが住んでいたのは、修道院の母屋ではなく、屋根まで雪に埋もれた離れの庵《いおり》小屋だった。丸太組で、中は樅の木の匂いがつよかった。小さな自作の聖像画《イコン》が東の壁にかかっている。ほんとうに小さなイイスス・フリストス像だった。セルゲイはイコン画僧を志した。ウラルに流れて来てのち、ここのヴィリヴァのダニール修道院に修道士身分で身を寄せてもう三年になった。庵小屋というのは、正式の修道士身分でなくとも借りられた。そういう人々も幾人も隠棲していた。伝統を発展させながら、それは異端ではあるが、何とかして現代の聖像画《イコン》を生み出したいというのが唯一の夢想だった。ダニール修道院長と十二人の委員からなる面接を受けて、セルゲイは聖像画家修道士として受け入れられた。あなたの夢は何かと問われて、セルゲイは答えた。現代の聖像画によって人々の心を癒したい、と答えた。修道院長ダニールは幽かに笑みを湛えて言った。そう言えば、われわれの修道院の広間には壁画の一つも修復がなっておらないできてしまった。ゆくゆく描いてもらえるかな。それから笑い声をあげた。アンドレイ・ルブリョーフの《至聖三者《トロイツァ》》の現代版とな、頼もしいことよ。励みなさい。こうして修道院内でセルゲイ・モロゾフは、イコン画家《ピッセツ》、と綽名されるようになった。ここに来て秘かに描きたい聖像画は、売るのではなく、縁を結んだ人たちに時として贈り物にした。名を記すべきではなかったが、後の時代のためにもと儚《はかな》い夢を託して、モロゾフという意味で〈ＭＺ〉とだけサインを入れた。修道士の仲間内にも彼の小さな聖像画《イコン》は渡った。それもやがて多くは散逸してしまうに違いなかった。現代ではイコンに祈る人々が次第にいなくなった。災害救助で駆け付けた際などに、小さな自作イコンを贈ることもあった。どこかの集合住宅の何階かの見知らない人の手に、手から手に渡って、自分が描いた聖像画がかかっていて、そこのことばを覚えたばかりの小さな子らが、それを指さして、マリア、マリア、というように言う光景を彼は夢見た。ことばを覚えて、最初の発話のようにだ。そして祈ることを覚える。

賓客のプッチョーン老を修道院に無事に案内したあと、セルゲイは木小屋の庵室で小さなペチカに薪をくべ足しながら、思いがけない感情が湧くのを覚えた。今すぐにでも筆をとって新しいイコンを描きたい。ひょっとしたら、昨日のリーザの笑顔に感銘したからだったろうか。あの悲しみと憂いの静かな笑顔、とても遠くを見ているような。眼をつむるとその瞳だけが大きく見えたが、何を思っているのかは何一つ分からないのだ。しかし遥かな永遠が見えているのだ。

庵室にはイコンを描くための菩提樹の厚い板はいくらでも用意してあった。絵の具は、セルゲイはどうしても現代の新しい油彩絵具を使いたかった。それらも、ペルミに出る折々に画材店に立ち寄って、少しずつ買い集めた。修道院会計からの月々のわずかな手当て、と言っても知れたものだった。ペルミに出たときの快楽は、濃い珈琲を飲むこと、そして画材店に行くこと。そして今一つは、目の覚めるようなウラル石の店に寄ることだった。どうしても欲しい石がいくつかあったが、到底手に入る値段ではなかった。それでも月に一度、修道院の用事でペルミに出ると、ウラル石の店に立ち寄り、うっとりとなって見つめるのだった。店のデスクで若い娘が、店番をしながら、いつものように携帯電話をいじっていた。マニキュアした綺麗な爪指をめざましいスピードで動かしているのだった。彼はすっかり現代から取り残されているのが分かった。世界や世間の情報より、彼は目当ての緑色したエメラルドのようなウラル石が欲しかった。値段が下に記されているが、手が出ない。そうして通っているうちに、ある日のこと、その石がなくなっていた。あわてて、売り子の娘に訊くと、売れましたという答えだった。買い手のアドレスはノートに控えてあるというので、ついでに訊いてみると、分かった。ヴィシュニョヴォ村ですか。そうですね。どこでしょうか。さあ、知りませんが、と娘は答えた。ヤイヴァ川あたりのどこかではありませんか。ほら、あのあたりは果樹園でしょう、と彼女は答えた。

いま、セルゲイはペチカの火に手をかざしながら、ひょっとしたら、そこはあの吹雪の農家ではあるまいかと想像をたくましくした。ヴィシュニョヴォとなれば、さくらんぼうの村、という意味になる。たしかに、われわれの馬橇は雪埋めの果樹園の中の道を通ったではないか。そして彼はあの家のイコンをも思い重ねた。今時、聖像画《イコン》をちゃんと飾ってあるなんて。誰が描いたのにしろ、年代物だということは明らかだった。模写ではなかった。オリジナルであることは一目でわかる。

春になったら、もう一度訪ねてみたいものだ。あの聡明なリーザはサンクトペテルブルグの大学へいつ戻るのだろう。そうだ、彼女の夢は、《レンフィルム》に入って、映画をつくること。そうだいつか監督になるだろう。成功するだろうか。どんな映画だろうか。監督になるんだ。兄のゴーシャが動員されたというが、無事に帰還できるだろうか。セルゲイは修道院の一日を終えて気が緩み、ふっとペチカの前で一瞬居眠りに落ちた。エメラルドのウラル石が真紅のさくらんぼうの実になってたわわに密集しているのだった。

次にどうやらイイスス・フリストスが立っている丘は、カマ川が一気に広大な河域にふくらんだ蛇行部の小さな丘のようだった。彼の足元に、悪霊病から癒えた男がひざまずいている。ちゃんと衣服をまとい、穏やかな顔だった。見ると、悪霊たちが入った豚の群れが、黒黒と艶やかに輝き、漆黒の勢いで、てんでに切岸からカマ川へと飛び込んでいくところだった。豚たちは砲弾の炸裂するような悲鳴を上げ、泡を吹いて水中に次々に溺れ死んでいく。そこに霧が流れて来て、一瞬のちには、今度は悪霊たちが入り込んだ豚の群れが、真っ黒い砲弾になって丘をめがけて打ち込まれた。イイスス・フリストスの上に、狂病から癒された男がおおいかぶさった。そしてペルミの市立図書館の閲覧室で、一人の娘が、いつここに来たのか、窓際の席で、明るい春の陽ざしを浴びながら、空色の表紙の本を開いて読みふけっているのだった。セルゲイ自身ではないのだが、彼自身でもあるような影が、彼女のそばで訊ねている。するとき、ええ、チェーホフよ。そう、彼の書簡集です。ずっとむかし、そう、死ぬ前の年だったかしら、ここまで旅をなさっているんです。そう答えて顔を上げた。リーザさんじゃないですか、とセルゲイはびっくりして言った。

目が覚めると、かたわらにプッチョーン老が立っていた。

2

一月の夜の雪は人知れずにただ静かに降ってただ自然に従って降りつもるだけだった。いつ小鳥たちが出てくるのか、それは彼らの本能の叡智が知っているばかりだった。もちろんセルゲイは鳥たちが現れる二月の冬を、それを春の先駆けの使者として待つだけだったのだ。薪のストックは十分にあった。食料の備蓄も修道院倉庫に十分だった。ふっと目覚めたセルゲイの傍らで、プッチョーン老が左脚をへんにまげて、片膝をつきながら新しい薪片をペチカの火口にくべ足している。ペチカのまわりにある薪片はもちろんセルゲイが斧で割った薪で、乾けば乾くほどいい匂いがする白樺だった。セルゲイは、プッチョーンに声をかけようと思ったが、さて、どう呼んで声をかけるべきかふっと迷った。ガスパヂン・プッチョーンでは、プッチョーンさん、ということではいいが、どうもなじまない。ミスター・プッチョーンという意味になるが、これではまるで外国人みたいだ。ロシア人には思われまい。かといって、老師プッチョーンというのもおかしい。師匠ではない。土台、セルゲイにはこの老人物が一体何者なのかさっぱり分からないままだった。ただダニール修道院長とは旧知で、それもただの知己というだけではないらしいことは気が付いていた。

今回、新年の冬のウラルのこの奥地までわざわざやって来たにはそれなりの理由があるに違いなかった。第一、列車で千三百キロもやって来ながら、ペルミの本線ではなく、わざわざ迂回して来たところなど妙だった。よほどの変人的《チュダーク》趣味でもあるに違いない。それはこちらの思い過ごしで、要するに、いよいよ老齢に至って、末期の旅に日月を過ごそうということだったか。

セルゲイは思った。同志《タヴァーリシチ》といういまや死語でもあるけれど、同志という呼び名ではいかにも失礼にあたるだろうか。タヴァーリシチ・プッチョーン。どうもこれだとソ連邦的《エッセセール》な響きがある。今更そんなセルゲイの迷いを、すぐに感じ取ったのか、目覚めたセルゲイに向き直ったプッチョーンが言った。そうさな、ユーラシア大陸の本体そのものの一大共和国、しかも帝国みたいにだね、悪霊《ベスィ》の帝国、共産主義、いやいや、それは実現も彼方の理想郷故に、とりあえずは社会主義であってね。理念は素晴らしいものだが、人間の欲望社会はそうそう簡単ではないね。思えばそれも一夜の夢のようであったか、それはそれなりに、過ぎてしまえば、物凄い社会実験ではあったが、結構長かった。エウローパの如きは、われらがユーラシアの半島部に過ぎないのに、どうにも困ったことさ。彼の声はとても小さい、つぶやきのようにセルゲイに聞こえた。

どうなさったのですか、敬愛する《ウヴァジャーエムイ》プッチョーン、とセルゲイはやっと声に出した。どうもこうもないがね、と尊敬する老人は言った。冬の夜は眠るには惜しいことよ、不眠でもあるが、ちょっと気がかりになって、きみとしばし語り合いたくなったのだよ。若い人と話してこそ啓示がある。二人は勢いよく薪が燃えだしたペチカの前の木椅子に掛けた。

この庵室の造りは、ペチカと言っても煉瓦積みの立派な暖炉なんかではなく、言ってみればただの鋳鉄のストーブみたいなものだった。煙突がついていて煙は庵室の外に、雨樋みたいに出ていて、煙を吐き出す。ストーブの鉄板上には薬缶がのっていて、お茶が飲めるように湯気を立てている。独立庵室としてはとても贅沢だった。こうした類の木小屋が、まるで蒸し風呂小屋《サーウナ》のように幾つも雪の中に埋もれているのだった。修道院の母屋からはそれらの木小屋への雪道がいくつも伸びている。一人用もあれば、数人用の大きな木小屋まであったし、中には手造りの中二階のある片屋根戸《マンサルダ》建てまであった。みな修道士たちが長い時間を費やして建てたのだ。外からここにやって来る人々には、ここが一つの小さな集落のように思われたことだった。昔の廃墟を再活用した軟石が本体の修道院がそびえて立ち、その周辺に修道士たちの木小屋が点在している。修道院の背後は鬱蒼とした針葉樹の山肌が幾重にも、標高は低いが、奥がどれだけあるか分からないほど岩山の襞々が阻んでいた。旧石器時代の洞窟がヴィリヴァ川支流のあちこちにめぐらされていて、探検に行ったという修道士からセルゲイは聞かされたことがあった。洞窟の奥には何とウラル石の神殿まであったというのだ。いいかい、聖像画家セルゲイ。イイスス・フリストス出現の遥か遥かむかしのことだ。

プッチョーン老氏は手に小型の青色の本をもっていたのだった。しばらくページをめくっていて、おお、ここじゃよ、ここなんだがね、あれから、気がかりだった。それでダニール・ダニールィチから借りたのだ。何しろダーニャの部屋はそれは見事な図書館もどきでね、ずらり新約聖書だってギリシャ語原典から何から何まで並んでいる。彼のやりそうなことだがね。もともとが古典学者だった。それがいろいろ紆余曲折、われわれの世代特有の運命があって、あろうことかこのような修道院長になった。ふむ。それにね、四つの壁一面が書棚になっていて、わがロシア文学の古典は詩人含めて現代までだが、すべて揃えられている。チェーホフ全集、書簡集までふくめて全三十巻もある。うむ、わたしはあまり気に染まないが、同時代人ソルジェニーツィンもすべてある。いやいや、わたしは文学の方は疎いので、今夜は、新約聖書、ポーランド語訳を一冊拝借させてもらった。というのもだ、ほら、もう何日になるかな。あの吹雪の夜の農家で、われわれは、みんなで、ほれ、ルカ伝、悪霊《ベスィ》に憑かれた者をイイスス・フリストスが癒した奇蹟のくだりを読み、そう、あれはリーザさんだったね、そう、リーザ・カザンスカヤだったね、朗読してもらい、そして討論をしたじゃないかな。あのとき、言うまでもなくロシア語訳、つまりロシア正教のテクストで読んだわけだったが、わたしは気がかりになり、ポーランド語聖書ではどうであったかなとね、それで今夜は借り出してきた次第だ。《悪霊》とは何か。やはり気がかりだ。おお、もちろん、ダーニャの執務室の書棚には、ドストイエフスキーだってそろっている。あれは読み物とはいえ、まことのロシア考察の思想書でもあるからね。そう言ってプッチョーン氏は小型の青い表紙を手でさすった。《NOWY TESTAMENT I PSALMY》と金箔押しの文字が見えた。当然ギリシャ語からの訳。セルゲイは訊ねた。尊敬するプッチョーン、ポーランド語が読めるのですか。何を言う、読めぬでどうするか。真実は同じ、ただ言語がそこそこ差異があるばかりだ。同じスラブ語ではないか。で、わたしはポーランド語訳で読んでみたが、ロシア語訳よりも、それとなく、それとなくだが好ましく思われたことだ。ああ、それはどういうことであろうかの。

　セルゲイはポーランドと聞いて、反射的に反応したのだった。いま現在のウクライナ侵攻ですが、と言った。なに、わがロシア、クレムリンの、特別軍事作戦《エスヴェーオー》、かね。そこだよ。紛れもない戦《ヴァ》争《イナー》だ。しかし、今は、まずは、このポーランド語訳で、《悪霊》のくだりを読んでみたいと思ったのだ。議論はそれからだ。どうかね。セルゲイは言った。お願いします。ところで、あなたはポーランドとどんな因縁があるのですか。それはいい質問だ。わたしは半分くらいは西スラブの血が混ざっている。だれしも当たり前のことじゃ。いや、正確に言えば、ウクライナのポーランド地主《パン》のね。まあ、しかし、われわれは多かれ少なかれそういう意味では同じだよ。セルゲイ修道士、あなたはどうなんだね、とプッチョーン老氏が言った。一瞬セルゲイはどう答えていいか詰まって言った。ロシア人には違いないですが、先祖を辿るとなると、度重なる混血によって、七代前だなんて分からないし、今こうしてロシア大地に生かされていることだけです。全部ごちゃごちゃに混ざっています。おお、全部なんだよね まさに、とプッチョーン老は笑い声をあげた。モンゴルもユダヤも、ゲルマン、アングロ・サクソンもかね。問題は血としての民族ではない。血ではない。愛だ、文化だ。文明だ。大地と自然だ。そしてことばだ。その自然がいまや欧米一極覇権の、そうだ、経済から何から何までの管轄下で現代人の未来を丸ごとというのには、迷惑至極だ。互いに誤解しあっている。欧米はじつに分かりやすい。徹底した合理主義だよ。ロシアはそうはいくまい。どうにも、愛の根源が欠落している。ひとびとの愛が。人は本来、細部の愛、つまり、小さな暮らしの中でこそ生きるのだ。いや、セルゲイ君、脱線を許されよ。それよりもいまは、《悪霊》の問題だったね。きみはわたしのポーランド語訳からの翻訳を、聞いてくれるかな。セルゲイは、もちろんです、と答え、熱いチャイを淹れに立ち上がった。プッチョーン老は熱いチャイにたっぷりの砂糖を要求し、ついでにジャムはないかねと訊き、ないと分かると、もうジャムのことなどは過ぎ去ったことでどうでもよくなり、実に美味しい、一月のチャイは実に美味しい、これがロシアだ、などと言いながら飲んだ。それから立ち上がって、左脚を引きずるようにして行きつ戻りつしながら、聖書を片手にポーランド語でひとしきり音読し、ときおりイエズスの声色らしきものに化身し、それから、わたしの逐語訳を披露してよいかね、と言ったのだった。

3

プッチョーン老はセルゲイの筆になる小さな聖像画が立てかけられた机の端に手をかけて、次のように、訳して音読した。最初はポーランド語の響きだったので、セルゲイはいかにも硬質な音韻に聞こえた。そのあとロシア語になってみると、この奇跡の次第はよく民間にみられる小さな不思議な寓話にかかわるのを感じ取った。プッチョーン老はゆっくりと訳した。

かくしてガリラヤの対岸なるゲラセネ人らの地に舟漕ぎ着きたり。

陸に上りたりしに、町より来たれる或る者、イエズスの道を阻みたり、その者悪霊に憑かれて永きこと衣服纏わず家に棲まず地下納骨墓地に棲めるなり。イエズスをみとめるや、その御前に叫びて身を伏し大声にて言い募りたり。至上の神の子なるイエズスよ、我や御身と何の関係ありや。願わくは我を苦しめたもうな。かく問うも、イエズス汚れし霊にたいしてこの者より出よと命じたればなり。永きにわたりこの者汚れし霊に引かれしゆえ、鎖と足枷に繋ぎて守られしも、この繋ぎをばうち破り、悪霊この者を荒野に追い立てたればなり。

ゆえにイエズスこの者に問う。汝の名はいかに？　この者、レギオンと答えたり、なんとなれば悪霊の軍勢《レギオン》数多その身に入りたればなり。ここにおいて悪霊どもイエズスに懇請したり、我らをして奈落の底に落とすこと命じるなかれと。このとき丘山のかしこに放し飼いなる多くの豚の群れあり。悪霊どもイエズスに、その豚に入る許しを請うたり。イエズスこれを許す。悪霊どもこの者より出でて豚の中に入りしとき、その豚の群れことごとく懸崖より海《みずうみ》へと馳け下りて溺れ死にたり。

ここまで訳し読んで、プッチョーン老はため息をついた。セルゲイは言った。ポーランド語では、悪霊はデーモンなんですね。ロシア語ではベス。ロシア語のイイススは、ポーランド語では、イエズス。なんと、あたりまえのことじゃ。言うまでもないことだが、このあとは、悪霊払いが成就したこの者は、気が付いてみると、ちゃんとイエズスの足元に坐っておるんだなあ、これが。すっかり衣服も身にまとい、正気に戻っている。なんだか、われらロシアのどこぞの民譚にでもありそうなもんじゃないかな。ウクライナあたりではどんなものだろうね。前をむけば、グローバル市場主義、NATOだEUだ、というような経済軍事安全保障システムの現在だが、ちょっと後ろをふりむけば、われわれはこの豚の群れに似たり、ではないかな。そうだ、いま、きみのためにポーランド語から訳してみながら、妙なことに気がついた。セルゲイはペチカの熾《おき》を掻きまわしてから振り向いて訊いた。

プッチョーンは椅子に腰を下ろした。左脚が悪いので、右脚をうえにして組んだ。いいかい、セリョージャ、きみは知るまいがね、ほおれ、一九二〇年代に餓死したロシア象徴派の大詩人アレクサンドル・ブロークじゃ、彼の末期の叙事詩《十二人》だ、吹雪のペトログラードの夜の市中をパトロールして行進する赤軍兵だか悪党だか知らないがね、容赦なく撃ち殺すぞ。この十二人の行く手、吹雪の中に姿が見えるのは、イイスス・フリストスだったねえ。革命の血まみれの先頭を行くのがイイスス・フリストスだとはね、何ということか！　今、このように訳したルカ伝第八章では、イエズスの足元に坐っているのは、悪霊のレギオンがぜんぶ出ていったその男が、健全に、そう病が癒えて、穏やかにかしこまっているのだ。できることなら、イエズスのお弟子になって教えを広めたいのだ。何という時代だ。今やこのようなイイススがいない。だれもが見知っているのだが、いないのだ。ウクライナであれどこであれ、現代の戦争を、この悪霊のレギオンを人から出て行けと命ずる存在者がどこにもいない。何という悲惨！　エヴローパのレギオンも、ロシアのレギオンも、もはや果てしがないくらい増殖してしまった。新約のこのくだりの悪霊たちはそれにくらべれば可愛いものではないか。イイススに命じられただけで、大慌てで人間から出て豚の中に入るのを懇請するんだからね。ところが現代は如何に！　どこもかしこも政治権力の棺桶《カンオケ》にある者たちは、正気だと思って、戦争の悪霊になりきっている。ナロードはおおむね別だが、権力の政治家、大統領、首相、閣僚、どの顔も、どの顔も、それなりの仮面をかぶってはいるが、みな汚鬼にしか見えん。彼らの笑顔にぞっとする。いずこにも、イイススはいない。神のことばはどこにあるのか。

プッチョーンの口がすこしひん曲がって、唾と涎が飛び、もう一杯熱いチャイを淹れて欲しいとセルゲイに所望する。そうとも、なぜわたしがこの、わが心友ダーニャの修道院まではるばるやって来たのか、きみはまだ訊かないでいるね。問題はそこにある。心優しい孤立無援のセリョージャよ、どうかね、さくらんぼうジャムなどないかな、おお、ないのか、ならば砂糖《サハル》はたっぷりとお願いだ。彼は熱いチャイを啜った。それからまた立ち上がり、気になっていてね、ついでに、マルコ伝第五章ではどうなっているかと思い、ポーランド語で読んでみることにしよう。うむ、こちらはまことに散文的だ。入れゼリフのない聞き書きの記録のようにそっけないが、いいものだ。さもあろうと思う。いま、二千年後、おお、ここの時空の人々の信ずる心はどこに消えたのか！　マルコ伝では悪霊はどうなっているのか。またまた老師はポーランド語で音読し、生徒はセルゲイ一人なのだ、第五章のくだりをロシア語に逐語訳しながら、まるでその場にいて、自分が悪霊に憑かれた男と対面してでもいるかのようだった。セルゲイはふたたび静かに耳を澄ませた。これは事実なのだ。記憶に残った事実なのだ。

かくて海の向こう岸、ゲラセネ人の地に到着した。

舟から上がるや、イイススに向かって、汚れた霊に憑かれた一人の男が地下墓地からイイススめがけて飛び出して来た。

かれは地下墓地に暮らしていて、誰一人この者を鎖で繋ぐこともかなわなかった。

かれはしばしば足枷と鎖で繋がれていたが、鎖を千切り、足枷を砕き、だれもこれを制することが出来なかったからだ。

昼も夜もたえず地下墓地や山上で叫び、己を石でもって自傷した。

遠くからイイススを認めて、走って来て、御前にお辞儀をした。

そして大声で呼ばわりながら言った。至上の神の子イイススよ、われは汝と何のかかわりのあるものか。神に誓って請いねがう、われを苦しめることなかれ。何となれば、これはイイススがこの者に、汚れたる霊よ、この者より出て行け、と命じたからだった。

そしてまたイイススはかれに訊いた。おまえの名は何と言うのか。かれは答えて言った。わが名はレギオンなり、われらは大勢であるからだと。

そして己らをこの地より追放せざらんことを切に願った。

ところでそこの山のふもとに多くの豚の群れが放し飼いされていた。

汚れた霊たちはこう言って懇請した。われらをつかわしてあの豚の中に入るを許されよ。

イイススはこれを許した。このとき、多くの汚れた霊が体外に出て来て、豚たちの中に入った。するとその豚の群れは険しい崖から海《みずうみ》にむかって駆け下り、その数二千匹ばかりであったが、海に落ちて溺れた。

夜の老教師はいかにも満足そうだった。わがロシアの如きかな。悪霊の数が、二千匹ばかり、というのが気に入ったのに違いない。セリョージャよ、この二千匹が目下、各国の権力者たちに潜り込んでいるとなれば如何に！　ふむ、マルコ伝第五章の記述の方がルカ伝よりリアリズムと言うべきか。セルゲイは答えた。ええ、ここのイイススはそれとなく怖いですね。悪霊たちは、イイススのことを、至上の神の子イイスス、とみな言っていますね。すでに知っているのですね。神の子だと。優しいイイススだけではないですね。そうだね、かかる奇跡をいとも簡単にして行うイイススに、ゲラセネの住民たちは震えあがって、イイススを追い出すことになるんだがね。

こうして眠られない老いの冬夜がふけていった。氷柱が垂れさがった窓敷の外に、半月がかかっていた。凍った星たちがぱちぱちとはぜる音を立てて輝いている。もう夜明けに仕事に出る修道士たちが起き出す時刻だった。セリョージャ、きみの今日の仕事はどうなっているのかね、とプッチョーンが訊いた。はい、ペルミに出張です。修道院長からの直々の話です。なんとも解せないのですが、動員兵リスト調査を委嘱されたのです。修道士と言っても、ぼくは一介の聖像画家にすぎないのに。ぼくには選別当否についてある権限があるとのことです。ふむ、やるんだね、とプッチョーンは頷いて見せた。人の運命に直にかかわる。試されるということだ。良心とは何か。

第3章　美しいペルミへ

1

珍しく晴れ上がり、まるでウラルの春が一気に来たかのような青空に、長閑《のどか》なる雲たちは小舟を浮かべて山を越えていくような日だった。セルゲイは朝早く修道院を出た。フセヴォロド・ヴィリヴァまでの雪道は、ひとすじ青く空の翳《かげ》りを映し、馬橇の轍《わだち》がてらてら光っていた。車の轍あとがあったが、それは傾いた電柱がどこまでも続く道路へと交差して消えていた。セルゲイは修道士背嚢《ザック》を背負っていた。修道院賄い係から受け取った油紙に二重に包まれたライ麦パンのサンドイッチが入っている。チーズの一塊と焼きカルトシュカも一緒だった。保温魔法ビンには熱いチャイが入っていた。行き交う人はだれもいなかった。純白なシーツの雪野には皺ひとつなく、その上に、とびとびにウサギや狐の足跡が見え隠れしていた。彼がただ無心に歩き続けているのを、川沿いの柳の林の中で一頭の美しい雌鹿《オレヌーハ》が見つめていたのに気が付いた。気が付いて見つめると、鹿の方はつぶらな瞳で、こちらをなつかしげに見つめ返した。まるで春の花のようなとでもいうべき文様が彼女にはあった。雪の白をそこだけが淡く燃え上がらせていた。それとなく反射的にセルゲイは心中に、鹿革を着たリーザならば、という淡い思いがよぎったのだったが、それはすぐに後ろに過ぎ去られた。これから自分が、動員令に出頭をうけた若者たち、あるいは中年予備役兵たちに面接することになるのか、心が重くなったが、いや、そうとも、実際に面接というわけではないのだから、とまた思い返した。対面でとなったら、もうお手上げじゃないか。どこかで、そうよ、という心地よい声が聞こえたのだった。花模様の鹿はヤナギの木の皮を齧っていたのだが、気が付くともう、うしろも振り返らずに林の中に紛れて見えなくなっていた。ヤナギたちは内部から萌黄色をにじませているようだった。

　しかし川面は凍り付いていた。セルゲイは歩いた。歩きながらそのリズムにのるようにして考えるのだったが、彼の思念はすこしも展開せず、これといった閃きも歩みを止めさせなかった。物思う人であるよりも、まるで狐か鹿の心にでもなったようだった。感覚の本能だけで思考し、すべてを判断しているのか。ことばで判断しているのではなく、もうことばは威力がなかったのだ。まわりの自然が彼を包み込んでいたからだった。これで、あちこちに人工物でもあったなら、彼のことばはただちに思考を始めたにちがいなかった。はじめのうちは無言でいたが、そのうちに、声のことばが、ハミングのように、ことばになって、歌のようになって、口から、出まかせのように即興的に生まれて、それが淡い旋律をもたらした。きみとの出会いは奇跡、だとか、雲は流れて帰らない、とか、しかし、その奇跡ということばの誕生に、それがリーザ・カザンスカヤだとか鮮明な輪郭があるわけではなかったのだ。《きみ《トゥイ》》という時、それはどこかしら擬人化的で、リーザという乙女の像が、周囲の自然のあちこちに遍在しているというような人称だったのだ。

そうして、小一時間、ことばが意味を失い、心が空っぽになった頃合いには、ようやくフセヴォロド・ヴィリヴァ行きの無人駅に着いた。あの夕べに、あの出会いにめぐり合わせた吹雪の夕べに、プッチョーン老を出迎えた無人駅。小さな丸太組の駅舎の前に、菩提樹の木が立っているのだったが、縮れかえった枯葉たちが枝先にしがみついていた。風雪で木の葉が全部もぎとられているかと思うと、そうではなく、まだ緑色を凝固させたまま幾つもとびとびにひらひらさせている。そのそばにもう一本、まだ若い樫の木が、乾いた茶色葉をみごとにつけたまま、からからと鳴っているのだった。お前さん若木だからな、とセルゲイは声をかけた。自分で自分の春の若芽を守っているということだ。自分で自分を守るのだ。陽ざしが当たっているので若い樫の木は黄金の葉に包まれているように見えた。

無人駅には近くの集落からやって来た乗客は一人もいなかった。丸太組の駅舎のなかの木椅子《ラフカ》にセルゲイは腰掛け、魔法ビンから熱いチャイを一口飲んだ。喉に通すとき、ふっとセルゲイは思いがけず、プッチョーンが昨夜、帰りしなにつぶやいた、ポーランド語聖書のフレーズがよみがえった。昨夜老師は、これはヨハネ伝からだがね、と言って、口にしたフレーズ。その瞬間に、セルゲイはどういうわけか記憶していたのだったらしい。イイススは、まさにいいことを言う。そうプッチョーンが言ったのだった。

《**Jeszcze krótki czas będę z wami …**》、分かるかいセリョージャ。エシュチェ　クルトゥキ　チャス　ベンデン・ズヴァミ――、まだ短き時間わたしはきみたちとともにあるだろう、そう言ったのだよ。つまりだよ、いましばらくはきみたちと一緒にいるけれども、やがてそれが終れば神のもとに帰る、というような意味だねえ。では、この《神》とはいかなる存在であろうかな。これはイイススお一人だけの感懐ではあるまい。われわれ皆の感懐でもあろうではないか。まあ、俗に言えば、人生は短い、とでもいうような理解でもいいがね。この短い、ともにある時間において、われわれは為すべきことを為して、帰らねばならない存在だということだ。《クルトゥキ・チャス》、短い時間、ふむ、時は短し。これをゆめゆめ忘れてはいかん。若ければなおのことだ。

セルゲイは熱いチャイをもう一口飲み干した。列車の、まるでラッセル音のように響く音が遠くから聞こえだしたので、セルゲイは慌てて立ち上がり、雪凍りに覆われたプラットホームに出た。

そして地響きと轟音が汽笛の雄叫びもなく雪野の大地を揺るがしながら漆黒の軍用列車が見る間に巨大な鼻づらと鼻腔をふくらませて接近し、思わずセルゲイは地べたに身を伏せようとした瞬間、広軌鉄路の防雪林になっている針葉樹が叫び、漆黒の巨大な貨物台車上には、次々に、凍りついた岩のようなシートを被ったキャタピラ群が眼前を過ぎ去り、雪煙が青い蜃気楼のよう燃え上がり、そして長大な編成の車輌は荒野のすそ野に消え去った。何事もなかったような静けさが戻った。ペルミ方面から疾走して来たのだから、ウラル山脈を越えて、この支線に迂回して入って来たに違いない。東シベリアからの軍用列車に違いなかった。シベリアのどの軍管区からであるにしろ、ロシア大地の鉄路の動脈は昼夜なく脈打っているのだ。一瞬の爆風になぎ倒されそうになったセルゲイに、ひらめきのように黙示録《アポカーリプシス》の風景が眼に見えた。いや、黙示録《アポカーリプシス》の光景はこんなものじゃない。黙示録《アポカーリプシス》は、モダン・アートの絵画的メタファーだ。戦場がその現実化だ。真逆なのだ。

我に返って突っ立っているところに、にわかに聞き覚えのある上品なロシア語が聞こえた。振り向くと、セルゲイと同じように修道士背嚢を背にしたヴァレリー修道士が微かに笑みを浮かべているのだ。驚くことはない、あれはバイカル、そうだねえ、イルクーツクから来た軍用列車だね。いよいよ本腰を入れたということだが、いよいよ慌て出したか、危機的でもあるのにね。そう、わたしがここにいるのは、修道院長から急に言われてね、あなたの補佐をするようにとの指示だった。わたしはもともと官吏だったからね、事務処理については詳しい。あなた一人では手に負えない事例もあろうとね。そう言いながら、ヴァレリーは両切りの安煙草《マホルカ》を取り出して火をつけた。あなたは吸わなかったかな。わたしの唯一の快楽だよ。紫煙は清らかな大気のなかで馨しくさえ匂った。セルゲイは言った。誘惑にのります、ぼくも吸いたくなりました。禁欲はあまりよろしくないものだ。ヴァレリーは眼を細めてセルゲイを見つめ、タバコを差し出し、セルゲイが銜えると、手品のようにシュッとマッチを擦るや、セルゲイのタバコを手で囲うようにした。セルゲイは深く吸いこんだ。やはりこんなにも美味しい《フクースナ》、とセルゲイは煙を吐いた。煙は悪霊なんかではない。自然の草の葉、薬草香草だね。ヴァレリーは唇にちびたタバコの火がくるところまで、親指と人差し指で銜え、惜しんでいる。一日三回、お祈りのごときかな、アハハハ。

　そこへこんどはゆっくりとペルミ行きの三輌編成の普通列車が入って来た。北の奥地から出て来る人々が着ぶくれて乗り込んでいた。二人は席を探した。車室は老朽化しているが、乗客は少しも気にしていない。塗料も剥げちょろけた木製のベンチ型の席だった。向かいの席には若い農婦と小さな女の子がおとなしく坐っていた。いいですか、とヴァレリーが言うと、どうぞ《パジャルスタ》、神父さま、と謙《へりくだ》るのだった。金髪のもじゃもじゃした頭の女の子も赤いプラトークをかぶっていて、母親の口真似をして、ポジュラシと舌足らずに言った。きみは天使ですね、とセルゲイとヴァレリーは言った。

2

列車はフセヴォロド・ヴィリヴァの次の無人駅から北上し、ヤイヴァ川を渡り、ベレズニキに停車した。二人はここで下車して、北のソリカムスクから来るペルミ行きに乗り換えた。ベレズニキまでの車窓の景色にセルゲイは見惚れた。名前のとおり、果てしない白樺林《ベレズニク》が幾重にも織物のように雪よりも白い美しさを誇っていた。自然自身が偉大な風景画家なのだ。

ヤイヴァ川の鉄橋を渡った時、凍ったヤイヴァを一面の雪野に呑み込んだ白い河域の岸辺のどこかに、吹雪に迷った夕べの、あのカザンスキー家の農家が隠れているはずだったがと想い起こしたが、さっぱり見分けがつかなかった。列車の轟音は氷結した川に共鳴して響き渡った。こんな大地からあのリーザがよりによってサンクトペテルブルグ大学へ進学したというのが、セルゲイには信じられない気持ちだったが、同時に直感的に分かったように思い出された。数百年はかかった大地なのだ。幾多の地主貴族が勃興し、また零落し、その歴史が大地に沁み込んでいるのだ。ときおり、小さな家や柵木が続く向こう岸が見える。春が来ればどんなに美しい光景に一変するだろうか。あの聡明なリーザはこのような自然を心に蔵しているからこそ、サンクトペテルブルグでその意味を深く理解しなおし、何事かに転換させるのだ。映画監督《レジショルシャ》ということばがあらためてセルゲイの心に響いた。

さらに列車は北上して、ようやくベレズニキに着いた。ここは広大なカマ川が流れ下って来ていて、河域は大きな湖のような広がりを見せているのだった。潮の匂いさえするようだった。プラットホームで待ちながら、活気にみちた冬のベレズニキの古風な市街を眺めやった。ヴァレリー修道士が言った。水が豊富なこともあり、カマ川の水運も発達しているので、この地方は化学工業が発展している。フセヴォロド・ヴィリヴァからここの一帯は帝政時代から、宝の山でもあったんだね、あれは誰だったかな、有力な地主貴族の領地でね、それがゆくゆく転売されてのち前世紀から工業が勃興した。武器産業もだが、化学工場が発展した。このような辺境だからかえって安心なのさ。鉄道の発展で、いくらでもモスクワとつながる。第一次大戦の頃は、ロシアの重要な化学工業の奥座敷と言っても過言ではなかった。

ところで、とヴァレリー修道士はソリカムスクから到着した急行列車に乗り込むとセルゲイに訊いた。セルゲイ、あなたの姓は、モロゾフでしょう。あの一大富豪のモロゾフ家と何か関係あるのかな。突然の質問だったが、セルゲイは顔を顰《しか》め、笑いながら答えた。はい、どこのモロゾフだか……。と、セルゲイは何かを包み隠したのだった。そうだね。ヴァレリー修道士が言った。わたしが思ったのは、ほら、この一帯は、大富豪モロゾフ家が支配していた地方だから、もしや何らかの縁にひかれて、意識的にも、いや、無意識的にもね、ほら、そんなことってよくあるんだが、あなたがヴィリヴァのダニール修道院に来られたのかなとね。セルゲイはふと不思議な思いがした。ぼくはノヴォシビルスクです。ひょっとしたら、ロシア革命時のいわゆる白軍系の難民として、シベリアまで逃げて、あそこで行き止まりになってしまったのかも知れないのだった。それをセルゲイはヴァレリー修道士には言わなかった。どうでもいいことなのだ。一族の歴史など、両親兄弟もいない彼にとって、過去はどこにも存在しなかったし、調べてみようというような気持ちもなかったのだ。齢になって、その時が来たとしても、夢物語だもの。しかし心中では華やかな舞踏が、ワルツが踊られているようだったのだ。

ソリカムスクから来た急行列車はここで乗り換えの乗客たちを慌ただしくのせると、厳寒の空気を切り裂き、押しのけ、プラットホームの雪煙を吹き飛ばし、ペルミに向けて南下した。長い乗車時間になるので途中駅から乗り込んで来た売り子たちがピロシキや酸っぱいサリャンカ・スープを売りさばくと次の駅で降りて行った。二人は黒パンのサンドイッチは携行しているので、紙カップ入りのサリャンカを注文した。出張の楽しみの一つ、そう言ってヴァレリーは具《ぐ》だくさんの酸っぱいスープを啜るのだった。修道院のスープはまるで具なしの精進スープといったところだった。なに、ラーゲリは、バランダーと言ってね、ほとんど水といっていいスープだったが……。おお、夏のサリャンカより冬のサリャンカは美味だ、生き返るよ、とヴァレリー修道士は言った。セルゲイはこのバランダーという語を聞き逃さなかった。この人はラーゲリだったのか、とセルゲイは思った。この、生き返る、ということばを、ヴァレリー修道士は、《復活》と同じ語彙で言うのだった。車中の会話は、それでも二人で自由に交わしたわけではなかった。乗客が一杯なのだ。コロンナ感染が下火になって人々は激しく動き出し移動し始めていた。だれもマスクなどしていなかった。髯もじゃのヴァレリー修道士がマスクをしたら、見てはいられない図だろう。

それでも、二人は戦争を話題にしないではいられなかった。戦争は、ただ頭文字で、《ヴェー》と言った。大統領の名は頭文字で、《ペー》だった。そうですよ、閉塞すると、機を見るに敏な成り上がりは、必ずや、ヴェーに打って出る。ナロードも、自分の大地が無事なうちは決して動かない。無関心の仮面をかぶって日和見するのだよ。常に権力《ヴラスチ》はそれを予め計算済みだ。で、われわれの問題は、宗教界がどうかという点だ。

ペルミに着く頃はもう夕暮れになるだろう。仕事は明日からだから、ペルミの主変容祭教会の離れの僧房に宿泊ができるようになっていた。何日の出張になるかは仕事のはかどり具合による。州都であるペルミ市で、州の次の動員兵の、これはまだ公表されていないが、さらに追加動員の作業を内々にやっておくというものだったのだ。セルゲイにとっては寝耳に水の話だったが、修道院長から直々の指名だった。ヴァレリー修道士に訊いてみて判明したが、それは賓客プッチョーン氏による提案だったという。どういう意図だったのか不可解だった。でも、よりによってどうしてぼくだったのでしょうか。ヴァレリー修道士は言った。何でしょうね、試そうということかな。いや、わたしの理解では、宗教界、つまり総主教があの態度で、政権のポチになっておこぼれにあずかるつもりでしょう。われわれが何か独自の動きをすることも出来ない。その苛立たしさがある。可能なことはないか。それだとわたしは分かった。蟻の穴でもね、いつか堤は崩れる。セルゲイ・モロゾフ、きみは知らないだろうが、ほら、ダニール修道院長と賓客のプッチョーン、そしてもうひと方、修道院顧問のアリスカンダル老師、あのお三方はね、ワハハハ、筋金入りの生き残り賢人、三変人《チュダーク》ですよ。それはともあれ、与えられた任務《ミッシア》です。まさか、わたしをも試そうということですかな。とにかくこれは同時に天職《ミッシア》とも言える。徴兵リストの人々を選ぶ。いやなことばですが、選別です。手当たり次第にということではないでしょう。もちろん、他の委員も当局から加わるが、われわれの担当はフセヴォロド・ヴィリヴァ地域。

セルゲイは問い返した。でも、修道院から修道士がそういう選別に加わるということが不思議です。いきなりデモクラチズムとくれば、裏がありそうじゃありませんか。ヴァレリー修道士は答えた。疑うなかれだ。教会の聖職者とは違うのだ。特にダニール修道院は、知っての通り、越境して行動する修道士団だ。そう、越境するという意味は、単に物理的にではない。腐った聖職者に出来ないことを、われわれは日々やっている。半俗半僧の使命《ミッシア》だ。そう、セルゲイ・モロゾフ、きみはペルミ州の州旗を知っていますか。ほら、白青赤の三色旗。それを背景にしてペルミ州旗は、赤地に白熊、そして白熊が背に十字架を乗せて運んでいる。州にはコミ自治共和国も含まれているが、注目すべきは、この十字架です。まあ、白はベラルーシ、青はウクライナ、赤はロシア、などとも言われているが、さて、現下の戦争はウクライナですね。このような州旗は、いかにも珍しい。熊が十字架を背に載せて、さらにその上方には十字架のついた黄金の王冠をいただいている。これを絵解きすれば、州旗はこの十字架の王冠、十字架を背に運ぶ白熊の意匠には、秘められた思想が含まれているはずでしょう。いいですか、若いセリョージャ修道士、動員徴集者たちの選びにおいて、わたしは一人でも多く救い出したいと願っています。殺すなかれだからね。殺されるなかれです。

ヴァレリー修道士はとても平静だった。車窓の風景は限りなく美しく、地上はまだすべて雪に覆われ、現実の汚れた色彩はどこにも見当たらなかった。神々しくさえあった。見えざる存在者に鳥瞰されているような白い大地だった。招集される動員者個々人の運命がかかっているのだ。覚悟はできているのか。セリョージャは内心で言った。ぼくに可能でしょうか。ヴァレリー修道士が言った。その声はたいへん柔和だった。イイススならどうなさったでしょうか。それを思うこと、それだけでいいのです。そのときになれば、必ず啓示《オトグロヴェニエ》がある。

ヴァレリー修道士は話題を変えるように言った。ペルミから、その先本線でまっすぐに南下すると、ほら、オレンブルグ。覚えているでしょう？　十八世紀の農民反乱のプガチョフが戦った戦場です。ね、それから、ペルミから分岐して別の幹線で南西にまっすぐ南下すると、エラブガです。対独祖国戦争の際に、ソ連の文学者芸術家たちが疎開してきていた町。ここで詩人のマリーナ・ツヴェターエヴァが縊死しました。みんな、モスクワから千数百キロ以上の大地です。歴史的な大地です。いまロシアのどこに、オレンブルグのプガチョフがいるでしょうか。いまどこに、エラブガの間借りした農家で首を吊って死んだ詩人のマリーナがいるでしょうか。そのような人がどこにいるでしょうか。でも、かしこにいるのです。国家によって、権力エリートたちによって翻弄され続ける大地の人々がいるのです。そしていまの現在です。二十一世紀ですよ。われわれに可能なること、可能なる行為、思索、そして祈り。そして行動。一人でもわれわれの選びで誰かの運命を変えられるのであれば、それでいいのです……。車室でヴァレリー修道士はさわやかだった。頬ひげもあごひげも長くのびたままでかえって顔が優雅に見えるのだった。

ペルミは美しい大都市です、とヴァレリー修道士は言った。ペルミに着いたらすぐその足で、わたしは図書館に寄りますよ。ちょっと調べたいものがあってね。セルゲイは答えた。ぼくは僧房に行く前に、ウラル石のギャラリーに寄ってみたいです。ああ、きみは石の蒐集が趣味だった。いいえ、趣味ではないのですが、そう、何と言っていいのか、命がないものをよく木石と言いますが、そうではなく何とも表現しがたい命を感じるのです。なるほど、ウラル石の美しさは奇跡だからね。はい、その奇跡について夢想が生まれます。

ヴァレリー修道士の横顔はまるで聖像画にふさわしい、やわらくて、清冽な哀しみやら憂いやらをたたえていて、もじゃもじゃのひげがあるに拘《かかわ》らず、心中でセルゲイは、中世十五世紀の聖像画家アンドレイ・ルブリョーフの《至聖三者《トロイッツァ》》の淡くうつむき加減の空色の色彩を感じていたのだった。あの至聖三者の三人の天使たち。父と子と聖霊。《神》なる姿を画像でどうして描くことができようか。しかし、三人の天使の姿で比喩として顕すことならできるだろう。ペルミが近くなるにつれ、市中の丘がそびえる空が、ルブリョーフの三天使のまとった衣装の空色の青さになり、晴れ渡り、一足早く春を告げる鳥たちの群れが、空に色とりどりの投網《とあみ》を打っているようだった。

ああ、トレチャコフ美術館で至聖三者のイコンに対面したのはいつのことだったたか、セルゲイは思い出した。ぼくはシベリアのノヴォシビルスク大学の美術専攻の画学生だった。夏休みだった。ぼくは高揚した気持ちで、シベリア鉄道に乗って、モスクワに上京した。新しい二十一世紀ロシアの始まりの中でひと夏モスクワにいるあいだ、毎日のようにトレチャコフ美術館の列に並び、アンドレイ・ルブリョーフの《トロイッツァ》イコンの前に立ち続けた。ぼくらはミハイル・ゴルバチョフが書記長に就任した年の生まれだった。やがてぼくらはたちまち大人になった。ソ連崩壊、そしてやがてプーチン政権の新生ロシアが新たなロシア像を世界にもたらすものと信じた。世界文化におけるロシア的なるものの価値とは何か。欧米資本主義にはみられないような篤信、神を感ずる精神が、芸術が、世界に生きる幸いをもたらすのだと思った。もちろん主要な都市ではそれぞれに資本主義的豊かさが浸透してはいても、広大なロシアの各地方は零落していた。学業を半ばにして、ぼくはロシア中をヒッチハイクで漂泊し始めた。まるで民俗学徒のように広大な様々の地方の大地と信仰に心を寄せていった。人々の幸いは、物質的豊かさもさることながら、心の豊かさをどう保つかという問題にあった。生きてやがて死ぬということ。これをいかに全うするか。それは自然をどう理解するかだったし、その自然に密接しているロシアの、ロシア的なるイイスス・フリストスのことばを信じることだった。イイススを感じることだった。欧米文化では、ぼくが見る限り、《神》は失われ忘却されて久しかった。グローバルな経済世界の、世紀の科学技術の進化は著しかった。いわゆるアナログの世界は、一挙にデジタルにとって代わられた。人間の精神生活まで否応なく、その数理によるデジタル世界によって支配され出した。そのような中でも、ロシアの常民ナロードは、小さい弱い人々はそれぞれの地方で、イイススを思い、《神》を忘れずに、どんなに反時代的だと思われようが、綺麗な論理やことばによってではなく、心で《神》を感じることで、へりくだりを知り、自分たち人の生の短さを知り、日々の具体的な手の届く範囲の仕事にあけくれていた。ぼくは怒りと悲しさに泣きながらロシア中を巡り歩いた。三年、そのように古い時代の痴愚行者のようにであったが、《愛》に目覚めて行ったように思うのだ。大文字の愛でもなく、小文字の愛でもなく、ただいとしいあわれに満ちた《愛》だ。いかなる動乱の時代であれ、最後に頼りになるのは、アンドレイ・ルブリョーフのイコンの表象がもたらす《愛》なのだと気がついたのだ。この世限りの生であるのなら、欲望の勝利だけがテーマで十分だ、もうそれらは見すぎたのだ。

こうして漂泊の果てに、セルゲイはようやく自分が一体何をなすべきかを悟った。ロシア中世以来の聖像画を、今世紀において新しく継承する仕事だった。彼はあちこちの修道院に身をよせさせてもらいながら学び、ようやくウラルのフセヴォロド・ヴィリヴァの山懐の修道院に流れ着いた。

急行列車は無事にペルミに到着した。一月の下旬の冬の日は、日脚がのびていたが、もう夕暮れだった。ペルミは雪花石膏《アラバスター》の彫刻のように冬の光に暮れていくところだった。図書館は九時まで開館しているから、と言ってヴァレリー修道士は別れて行った。

3

セルゲイは一足先に主変容祭教会に着き、予約してあった簡易宿泊室に入った。離れの庵室は宿泊用の別棟になっていた。外庭には白樺の木々、ナナカマドの木々が丈高く植わっていた。離れには回廊にそって幾つか庵室があった。ヒヨドリたちが昼のうちに食べに飛んで来たにちがいなく、雪の上にも回廊の石畳にも赤い実が真っ赤になって散らばっていた。夕食は案内されて、僧房の奥の食堂室でいただくことになった。教会は祈りの時間が過ぎ去っていた。簡素な夕餉をすませたセルゲイは部屋に戻った。小さな暖炉に火が入っていたが、ダニール修道院の木小屋の庵室にくらべてずっと寒かった。彼は重いスコットランド製の純正ウールの毛布を背嚢から取り出して身にまとった。たちまちあたたかくなった。これさえあれば、歩いてでもモスクワまで行けるような幻想を覚えた。まさか、千数百キロメートルもあるはずなのに、こんな小さな喜びで幻想が膨らんだ。いささか興奮していたのだった。

で、おやと思って、気が付くと、どうして日付を間違っていたのか不思議だったが、今日は二月一日だったのだ。ということは、ウラルの春がすぐそこまで来たという日付になるのだ。一日一日、どんなに寒冷の冬であっても、確実に春がやってくるのだ。スコットランド毛布にくるまって彼はあれやこれやと思念の雲に思いをゆだねた。ヴァレリー修道士が待ち遠しかった。どれくらい時間が経ったのか、教会の鐘が鳴っていた。晩禱の鐘だった。三々五々人々が中庭の雪道を踏む、そのときの軋るようなブーツの音が微かに、そして明瞭に聞こえてくる。姿こそ見えないが、市中の信者たちが祈りにやってくるその足音が、それぞれのその人であるような感覚を味わっていた。それにしても、ヴァレリー修道士が帰って来たなら、実に多くの問いを発しなければならない。そうセルゲイは思い続けていた。その考えの芯にあたるのは、どうしてもいまのぼくには、これがミッシアだとは言っても、とうてい無理な話だ、という迷いだった。いきなり、どうしてぼくが動員招集リストの選びに当たることが出来ようか。ぼくとヴァレリー修道士にその権限が与えられているというのは本当に確かなのか。それともぼくらがいくばくかの意見を添える程度のことなのか。いや、そうではなく、たしかにヴァレリー修道士とぼくとに、フセヴォロド・ヴィリヴァ地域から総勢二百人余の召集者数ノルマの、その適正な選びが任せられるというような話だったはずだ。ぼくはそのような重大な責任を負い切れない。どうしてわずかな書面記載の資料だけで、そのようなリストの選びが出来ようか。各人、少なくとも親身になって、まるで精神科医とでもいうように、その対面者の話の本当のところを聞くのでなければ、何一つ決めることなんてできないのだ。それであってさえ、ぼくは州当局の都合のよい手先になるということではないのか。修道院からわれわれを取り込むことで、なんらかの補強を狙ってのことではないのか。教会筋から直接に人が出れば、それは厄介なこともあるのだろう。実質的に教会が戦争に加担している事実が見え見えになる。州当局だけでというのがもっとも妥当な筋だが、兵事の管轄は国防省だろう。宗教の側からの、それも明瞭な教会からではなく、修道院の修道士というような、いわば半俗半僧、いや、隠者のような中からということであれば、うまく言い逃れもあろうか。ぼくなんかは修道士と言っても画僧にすぎない。信仰者ではあるが同時に芸術家、そう、芸術家なのだ。そういう者が、どうして戦争動員者の適正選抜に関与できようか。プッチョーン老も、全体、ダニール修道院長も、何を考えているのだろう。何の利害があるのか。州当局から、兵事課から何らかの利益供与でもあるというのか。いや、それはあり得ないことだ。あのプッチョーンのことだもの、ひょっとしたら、芸術の立場から、この問題にかかわって見よ、ということか。

なかなかヴァレリー修道士が帰って来ないので、セルゲイは毛布を身にまとって室内を歩き回った。汚れた霊の誘惑とは何だろうか。人一人の命がかかっている。戦場に駆り出されれば、いつ死んでもおかしくない。動員の召集令状を受け取った者たちは、そのまま全員が戦場行きなのだ。しかし、そもそも召集令状は法に依拠したと言っても本当に正義なのだろうか。そんなのは国家の暴力機構の手前勝手な法にすぎまい。政権の権力行使を保障したのは誰か。国民ナロードの多数決という民意だ。その多数決の民意は真理なのか。そんなことはない。多数の民意だという名のもとに、権力はいくらでも暴走できる。チェックが効かない仕組みになっているのだ。民意は人々の生活がなんとかなって平穏であるならば、そこそこ権力を認めるだろうが、しかし非常時だ、戦時だと喧伝するとなればどうか。結局は民意という集合意識は踏みにじられる。セルゲイはまた狭い室内を徘徊した。

もとよりセルゲイは絶対非戦論者でしかありえなかった。祖国、母国を救うなどという事大主義的な思想はなかった。いや、祖国《ローヂナ》とは一体何だろう。最愛の人とてこの世で救うこともできない自分なのだ。しかしぼくは故郷であるこの国土、この文化、この言語、蓄積された尊敬に価する諸芸術、この大地の風を棄てて生きることが出来ようか。芸術は祖国という領土を防衛するために存在するわけではない。芸術は、祖国や、未来永劫固有だとされる歴史的領土をも越えるためにあるのだ。人々の心を、まなざしを、大地のさらに遥かなる永遠にむかわせるためではないのか。《神》は死んだのではない。別の理由で都合よく殺されたのだ。殺したと思い上がっているのは何者だ、誰なのだ。愛は神からの唯一のわれわれへの賜物であったではないか。セルゲイは次第に気持ちが昂《たかぶ》り、毛布を纏いながら、しきりに手を振りまわした。その瞬間、悪霊が小耳に囁いた。まるでプッチョーン氏の声に似ていた。いいかい、それならば、聡明なセリョージャ、芸術家のセルゲイ・モロゾフ、きみは思い切って、その二百人とやらを全員、不合格にしたらいいのだよ。その方が正義ではないのか。法など否定せよ。愛国心ほど欺瞞的な扇動はありえん。それが無理と言うのなら、その二百人の中から、数人でも、人道的なる理由によって、不合格者と認定して助け出せ。どうかね。これならあなたの良心も痛むまい。傷が少なくて済む。後悔も少ない。残りの連中は、運悪ければ、戦場で死ぬのだ。それで手を打った方が賢明ではないか。それでは不公平だとでも言うのかな。ふん。仮にも百十九人が戦場で、捨て駒にされたところで、きみが選びをした一人が、無事に生きていれば、それでよしとしていいのではないか。どのみち、今般の動員だなんて、死の捨て駒に他ならないのだ。相手はいいかい、悪霊に憑りつかれた連中だからね。聡明なセルゲイ・モロゾフ、どうかね。一人を選び、のこり百九十九人を見捨てるか。彼らは確実に砲弾で死に、大地に屍となって腐る。だれが遺体を故郷に運んでとむらってくれると言うのか。権力エリートたちにそのような考えはこれっぽちもないね。死ねば死に切りだよ。この国の権力はずっとそうだった。それでも、その死者の側では連帯して信を保った。この国が滅びないのは、その死者たちの連帯と信のためだよ。為政者、権力が勝利した結果ではない。この国のプレジデントは堂々と言っているじゃあないですか。アル中で死ぬよりは、いずれ死ぬのなら戦場で死んだ方がずっとましだと。やくざ言語だね。まるで己は死を悟っているとでもいうように。小心者ほどかくの如しだ。見るところ、あなたらのプレジデントはよほどロシア人の極端すぎる怪物的な情熱がおありで、恐ろしく何かに拭いきれない劣等感がおありのようだ。ともあれ、あなたの国のエリートなる悪党ごろつきブラトノイ、殺人鬼たちの中には、わたしのような汚霊が、汚鬼が、悪霊が、少なくとも二千匹はとっくにウィルスのように内部に食い込んでいますからね。かりに一人を救ったところで、あなたは残りの人々の死について、責任があり、生涯死ぬまで苦しむ。見てごらんなさい、少なくとも二十数万はくだるまい動員逃れ、動員忌避者は、とっくに国外に出ているじゃありませんか。それもね、それなりに裕福な者たちでしょうね。この広大な大地に残っている大半は、若者であれ、国外に逃げたくとも逃げられない人々でしょう。帝政期よろしく農奴だけがいまや動員で戦場に送られる。悲惨な光景だが、われわれ悪霊は好き好んでこうして入り込んでいるのではないのです。彼らがわれわれを誘惑するのです。真逆なんですよ。悪霊を演じている役者ですからね。いずこも同じだよ。戦争の映画監督といったところか。やれやれ。

セルゲイは庵室の小窓から空を眺めた。二月の夜は晴れ上がって、星たちが白樺の梢の枝々に霜花のようにきらめいている。その白樺の下の踏み固められた雪道を急ぎ足で帰って来る耳付きのロシア帽子を目深にかぶったヴァレリー修道士の姿が見えた。その彼のうしろに、もう一人、暖かそうなダウンに着ぶくれた女性が続いている。セルゲイは急いで迎えに庵室を飛び出した。

第4章　審問と絆

1

ヴァレリー修道士は宿泊室に入って来ると、一緒だった女性を聞こえるか聞こえないかくらいの小声でセルゲイの耳に紹介し、直ぐに室を出て行った。彼女はセルゲイを一瞥してすぐに無言で室内をひとわたり見回してから、壁にかかっている小さな聖像画の下に行った。聖像画の裏側にそっと手を入れたのだ。それからこちらを向き、火が小さく燃えている暖炉の上の陶器の花瓶に手を伸ばした。ウラル地方の陶器だった。花瓶にはバラの造花が三輪さしてあった。彼女はその花瓶を手に取った。それから、ええ、大丈夫、さあ、お話ししましょう、そう彼女は明朗な声で言った。やがてヴァレリー修道士が室に戻って来た。ヴァレリー修道士は僧房の入り口のあたりに人影が立っていないか確認して来たのだった。

三人は暖炉の前に椅子を引き寄せて話した。紹介された女性は、ペルミの独立系メディア出身者で、ライサですと言った。ヴァレリー修道士が図書館に駆けつけ、無事に目当ての詩集を書庫から出してもらい、コピーができるのを待っていたところ、閲覧室の開架式の書棚でばったり彼女に再会したというのだ。窓際の斜面机の上には、燭台にロウソクの火が燃えていた。ロウソクの束がそのかたわらに置かれていた。まるで三十年もむかしみたいだね。ロウソクの炎が揺れるつどに三人の話が、まるで火影のように天井に映っているようだった。三人の話は、秘密裏に用意されている次の動員召集についてだった。ライサはすでにヴァレリー修道士からセルゲイたちの仕事について聞き知っていた。彼女は言うのだった。

　言わずもがな、ペルミ住民の多くは、秋の抜き打ち動員令以降、ほら、軍事侵攻の無様な失敗でしょ。動員令についてひとまず動揺は過ぎたものの、それとなく不安は消えていない。ガンガン声高に愛国主義的報道しか流されないので、しだいに馴れきってしまってね。そんなものだろうとね。若者がいる家庭も、予備役の夫たちがいる家庭も戸惑いで凝固した状態だったのにね。プロパガンダは恐ろしい。核保有の軍事大国のロシア、必ず勝利する。ほら、大祖国防衛戦争で勝利したロシアだからね。若い人々はそれなりにメガフォンＭＴＳとか、ＶＫ《フコンタクチェ》アプリなどで秘かに情報を得ているが、それも一部にすぎない。ナロードはその日暮らしでそれどころじゃないよ。それとなく不安であってもロシア本国にミサイルが飛んで来ないんだから、戦争だなんて思っていない。自国領《なわ》土《ばり》が戦場になっていないからよ。そう、もう一年になるでしょ。特別軍事作戦《エス・ヴェ・オー》と名付けて、れっきとした侵攻作戦、侵略戦争だよ。ついこの一月だけで、いいですか、キルギスのビシュケクには動員逃れに六千人余の若者たちが流れこんでいる。ビシュケクに出国して三か月滞在する間に、運よく出国先の領事館でヴィザを入手できれば、ロシアから出られる。その間ビシュケクに住んでとにかくヴィザ発給まで三か月は待つ身。果たしてうまくヴィザが取得できるかどうか。生活費だってバカにならない。ビシュケクのマンション、アパート代は跳ね上がり、モスクワ以上だよ。いや、もうロシアから出国も禁止だ。他方では、動員逃れをするために、自分の腕を折ったり、薬物中毒になったり、さまざまな徴兵忌避の現象が起こっている。つまり、ビシュケクとかタシケントとか、仲間の近隣国に出られれば確率はあるね。でもさ、大方はそれも出来ない。ウクライナ侵攻が始まった時点で、もうこれはあぶないとただちにフィンランドなどへと流れこんだ人々は、それなりに余裕のある階層だ。国外に出ても、国外でＩＴ企業とかに仕事が見つかるよね。そんな技能も知識もない人々では無理よ。坐して動員されるのを待つほかないでしょ。いっそ諦めて、やりすごそうとね。そのうち何とかなるんだと。これはわたしたちの想像力にかかっているのよ。ウクライナ国民の現実を思い起こしてください。着の身着のままで隣国へ、縁者をたよって、あるいは頼る縁者もいなくても、とにかくパニックに駆られて、厖大な人々が難民になって逃げている。恐るべき民族大移動のようにね。ああ、こんなロシアじゃなかった！　ソ連邦崩壊の恨みを今こそ報いるだなんて、二十一世紀新ロシア帝国だなんて、二千匹の悪霊《ベスィ》にとりつかれたクズの被害妄想だよね。

彼女はものすごい早口だった。ああ、こんなロシアじゃなかった、と話の途中で歯ぎしりだ。ライサは髪が真っ黒で、顔立ちがアジア的だった。ヴァレリー修道士は、来る途中にも彼女と語り合ったというのだが、明日始まる、動員リストに載せられた召集者の審査選別について、あらためて彼女の意見を求めた。彼女は明快に答えた。フセヴォロド・ヴィリヴァ地域の、とくに奥地の人々の動員者については、コミ人の若者たちがいる。州当局は、域内の少数民族、その他仕事にあぶれている者たちを狙い撃ちする。もちろん密告もあるね。いいですか、カマ川北部はコミ人の自治区です。母語はコミ語。実を言うとわたしだってコミ人ですよ。ロシア帝国がカマ流域を征服するはるか以前から、わたしたちが根生《ねおい》の民族です。でも、同時にわたしはロシア人だ。ロシア文化で育まれた。父方からウラル人の血が流れている。そしてロシア正教徒。いいえ、政権に媚びを売ったり、スラブ主義の頑迷な妄念の僧衣を政治に纏わせる卑しい了見の権威的ロシア正教などまっぴら。修道士のあなた方だから言うのよ。地上の権力による、法による支配、強制的な戦争行為に対して、イイスス・フリストスのことばに依拠して言いたい。一度としてこの地上ではそれが成就されなかった。すでにうんざりするほど見て来た。でも、今まさに、汝、殺すなかれ、を譲ってはならないわ。

ライサの興奮が収まった。そうそう、あなたはセルゲイ・モロゾフなんですって。で、思わず連想が働きました。そう、実は、わたしの祖父はペルミで、モロゾフ家の領地で別荘屋敷の管理人として働いていた。その時、祖父はサッヴァ・モロゾフさんに会ったという話。そうよ、アントン・パーヴロヴィチ・チェーホフとご一緒だったとか。祖父から聞かされたその話を、父がわが家の大事な家族伝説にしていた。いいですか、祖父は、チェーホフその人にも会っている。たしか一九〇二年夏の六月だったとね！　セルゲイさん、きっとあなたは一族じゃないのかしら。

セルゲイは当惑して応じた。いいえ、そんな大富豪モロゾフとは、ぼくとはなんつながりもありません。だって、モロゾフ姓はどこにでもあります。ぼくはシベリアのチタで生まれ、そのあと父がさらに東へ、ノヴォシビルスクへ出ました。まあ、祖父たちは白衛軍とともに極東共和国へと逃れた組だったんじゃないでしょうか。それもはっきり分かりません。そのような一家の伝承なんて、今のぼくにとってはどうでもいい夢のような話ですよ。すると彼女が、それもそうだと言うのだ。それぞれ個人的に家族の運命があるにしても、それはまさに地上的なことです。イイスのことばを信じて今を生きる。さもなくば、この世は欲望の地獄。未来永劫、悪行は消えない。現にそうだけれど、しかし、真の信の人々は懸命に耐えて待っている。あと十年、ああ、あと十年！　没落の十年！　いや、零落の二十年なのよ！

ヴァレリー修道士は瞑目していたが、眼をあけると、ゆっくり立ち上がった。胸ポケットからマホルカの潰れた安紙箱をとりだして一本銜《くわ》え、彼女にも、いかがですかとすすめた。彼女はよろこんで一本を口に咥《くわ》えた。ヴァレリー修道士はマッチの短い軸木を手前に擦って、小さな火を移した。ああ、こんなロシアじゃなかったわ、あと十年、と彼女は言い、深く吸い込んだ。それから彼女は言った。リスト審査には州当局からの口出しはない。それにはわけがある。フセヴォロド・ヴィリヴァ一帯には、たやすく手が出せない。ダニール修道院長は州当局の弱みを握っている。それなりに、知事も、警察当局をも。ダニール・ダニルィチ長老さんがあなたたちを出向かせたのも一理あるね。

これにセルゲイはびっくりして彼女を見、思わず言った。一人でいるあいだに耳に聞こえた、悪霊の囁きのことだ。全員というわけにはいかないでしょう。動員令状が白紙にされるなんて。すると彼女がきっぱりとした声で答えた。なにも人種で逆差別とか贔屓するという意味ではないね。書面審査もさることながら、最終決定については、まだ急ぐことはない。足を使ってでも個人対面するのが良心だ。兵事課も警察も、圧力をかけに戸別訪問して恫喝している。思い出してください、いいですか、ご存知でしょ。あのチェーホフは、サハリン島の調査で、ひと夏一万人はくだらない流刑囚人たちに面談している。見倣うべきです。こちらは流刑囚ではなく、この先の未来がかかっている。人々の、そう、ロシア・ナロードの生死がね。わたしの個人的利害で言えば、カマ川流域の若いコミ人を動員で死なせたくない。一人二人でもリストから抹消して欲しいね。クレムリン洞窟の小ドラゴンの妄想戦争の使い捨てとして犬死にさせてはならない。コミ語もコミの伝統文化も、彼らにかかっている。もちろん、ロシア人の若者たちも同じだが。ええ、公正に、審査選別にさいしては、根本的に、生と死について哲学的、信仰的に考え、判断してください。国家の法の支配というけれども、法による企みの専横はあってはならない。いいですか、セルゲイ・モロゾフ、一人の若いコミ人を救い出すためなら、あなた自身が、ぼくがその身代わりになりますというほどの肚《はら》が坐っていなくては、話にならない。まあまあ、ライサ、分かりましたよ。ヴァレリー修道士が答えた。彼女はつぶやくように言い添えた。あそこの人々はロシア人もコミ系の人々も、弱者と言われる。なんとかして手をさしのべたいのよ。

セルゲイは吹雪の夜のリーザの話を思った。兄が動員令ですでに戦地に送られた。今ごろ軍事訓練期間が終わって、二月の冬の、どこの戦場にいるのだろうか。久しいこと忘却の彼方ではあったが、極東の兵舎で一年の兵役を果たした時の思い出が甦った。兵舎はラーゲリそのものだったではないか。あれが不変のロシアなのだ。柵囲いに飼われた泥まみれの豚の群れだ。ぼくはそのあと大学を中退して漂泊の旅に出た。セルゲイは思った。忘れていたが、自分だって予備役ということになるが、この年齢では、しかしまがりなりにも修道士としてあるのだから、果して、自分は国家の市民というカテゴリーに入るのか。いま、もんどりうって、彼は現実の地上のリアリズムに打擲したのだ。修道士が予備役兵としてウクライナの戦場に立てというのか。いや、志願兵になって従軍し、死にゆく兵士に神父として祈れというのか。

　室内に電気ポットの湯沸かし器があるのを見つけたヴァレリー修道士はチャイを淹れることを提案した。紅茶の葉は持参していたからだった。しばらくしてチャイができると、三人は小さな茶卓を囲んだ。どうです、とヴァレリー修道士が言った。不謹慎ですがね、こうして三人で茶卓をこの二月の夜に囲んでいるさまは、もし誰かがこの二月の冬の窓からのぞき込んだら、ほら、ほら、セリョージャ。まるでアンドレイ・ルブリョーフの《至聖三者《トロイツァ》》に見えるかも知れない、なんてね。父と子と聖霊と。するとライサが、顔をしかめて、わたしは女《ジェンシチナ》ですよと言った。ヴァレリー修道士は答えた。あなたもその天使です。熱くて濃い臙脂色のお茶をふうふう言いながら喫しつつ、ヴァレリー修道士がライサに言った。このセリョージャは、修道士見習いといったところですが、実は、聖像画家なんです。彼女は黒い瞳でセルゲイをじっと見つめた。お茶を飲み終えると、ヴァレリー修道士は愉快になった。図書館でコピーして来た詩を広げて、朗読を披露させてもらいたいと言った。ライサ・ヤズィヴァさんに再会できた記念に。ええ、わたしも、明日はジョージアに出るその記念にと言い添えた。

　そして詩が駆けめぐり、時は逆流した。時はすでにこの世になかったが、詩のことばが時をとどめた。七十を越えたはずのヴァレリー修道士の声は若返り、憤怒にみちて唸り、銃弾のようにうなった。ヴァレリー修道士はロウソクの灯りを手に、窓敷居を背にして朗読をつづけ、戦場の塹壕に蹲る影になって、詩が駆けめぐり、時は流れ去り、また時は今ここに現れた。やがてそれがほんの数分だったというようにすべてが終わった。二月の夜の宴は終わった。韻文詩にも無韻詩にもくわしくないセルゲイであったが、散文のことばではなく詩のことばが時間を誕生させ、歴史の時間を解体するのだと思ったのだった。時間を永遠の相において掴むということはどういうことなのか。ヴァレリー修道士の声が、上空から地上にハードランディングした瞬間、セルゲイの抱いていた迷いと不安は消え去った。必ず啓示があるとヴァレリー修道士が言ってくれたことが実現したのだった。夜もふけた。あわただしくなった。ライサ・ヤズィヴァがそそくさとし始めた。なぜ、あわただしくジョージアへと飛ぶのかも、セルゲイには分からなかった。彼女は急に優し気になって、別れ際にセルゲイを強く抱擁した。試されることに負けちゃダメ、と言って抱擁を解いた。

2

ヴァレリー修道士はやはり万一のこともあろうかと、ライサを送って行くことにして、タクシーがつかまる駅近くまで見送ることにした。二月の夜は寒気がきびしかった。星空は酷寒の輝きではなかった。僧房の廊下まで見送ってからセルゲイは室に戻り、長かった一日を反芻しながら壁際に二つ寄せてある鉄製のベッドに横になった。質素なマットレスだった。毛布があるが、それだけでは寒い。彼は例の毛布を重ねることにした。それからうとうととした。先ほどヴァレリー修道士が披露した長い詩の声がよみがえった。物好きにもあの人はあの詩のコピーを図書館で手に入れたのだ。このウラルの、自分たちがいま暮らしているフセヴォロド・ヴィリヴァに、かつて駆け出しの未来の詩人パステルナークが働きに来ていて、そのとき書いた詩だったのだ。それが同時期の第一次世界大戦の描写詩で、絵で言えば、立体派とでもいうのだったろうか。独ソ戦という祖国防衛戦争ではなく、それ以前の、何と一九一四年八月の戦争詩なのだ。ここが時代の、つまりわがロシアの運命の分水嶺だった、とヴァレリー修道士は言ったのだ。比喩的に言えば、わがロシア・インテリゲンツィアの〈最後の夏〉とでも言おうかね。だって、まだここでは愛することが憎むことより容易だったと書いているんだ。まるで修道士ヴァレリーはそこまで戦争の時代をさかのぼって考えていたのだろうか。考えて見れば、いいかい、西欧なんか同じキリスト教国の歴史でありながら、戦争ばかりだった。この恐るべき闘争の情欲とは一体何かね。これを宇宙から見たらなどと、他人事のようには言っておられんよ。絶え間ない戦争、その短い合間に、人々は幾たびも甦り、粘りづよく生と文化を、なかんずく愛を、愛の心をつくったのだ。

セルゲイは少し眠りの渚に浮かび、あれこれと雲のように想念が湧きあがっては次々に変わる意識の流れに、ヴァレリー修道士の朗読の声がよみがえっていた。《醜夢》と題された長い詩だった。切れ切れにスタンザが、セルゲイの意識を満たして過ぎ去る。まるでセルゲイ自身がその戦場にいるような空恐ろしさだった。

歯茎から濾過された吹雪に耳すませよ　雪の少ない駆けりに耳すませよ
彼らにはぶつかって砕けるべきものなく　吹き寄せの雪溜まりは　鋳鉄の鎖になって地吹雪と
なって野という野を　入り混じった耕地を　列車の中で　空中を　雪を　風の応答信号の中で

松林を通して　釘のない柵の穴を貫通して　板を貫通して　鼻欠けの場末の歯茎を貫通して
………

圧倒的な冬の戦場ではないか。さらにセルゲイは、ヴァレリー修道士が朗読した詩の後半の映像が見え出した。意味ほとんど不可解だったが、しかしすべてが納得できる。声がすぐ耳底で響き渡った。

歯の水先案内人たちから　艦隊の三叉鉾から　カルパチア鋸歯《のこぎりは》の山なみの赤いギザギザ歯から
彼は（……彼とは誰だ、詩人なのか、いや、現在のわれわれなのか……とセルゲイは朦朧としている……）身動きしたいが　眠りから醒めることができない　閂《かんぬき》をかけて眠らされているので　それもできない　そしてさらに彼は見る　野菜畑主の肥料のように　ストホド河会戦で根こそぎ大地が廃墟と化した　彼には信じられない　空の高みが奈落に向かって　あくびをしその結果空に浮かび出たとは　遠景の横木の鐘のように

むさぼりくらう凹地の銀の鋳塊
舌と凹地のコトバ　天の月のように
否　どもりで鼻声のしゃがれた声の彼は

……セルゲイの意識は朦朧として、ただヴァレリー修道士の聖書を音読するときの声が響き鳴っている。

滑るように動く大砲はシンバルで風の応答信号に取り入る
いずれに加わればいいのか？　露里《ヴェルスター》で計りながら
覆氷と煙霧と砲架の言葉よ
そしておとぎ話は匍匐《ほふく》し　そしてばかばかしい片々は
防腐薬のクセロフォルムの卵黄の中で包帯のように
ほの見えながら　列車から野へと疾走する　雪の上を
夜の信号機へ　プラットホームを疾走する

セルゲイはヴァレリー修道士が朗読した詩のスタンザの記憶を、雪解け期の泥濘の大地のようにまぜあわせながら、まるで自分が、手足切断の痕そのもの、無目的の筋肉に、散弾で撃ち抜かれた腱に、浮腫のある南瓜《かぼちゃ》さながらの火だるまになって見えるのだった。それからセルゲイは泥の中を膝まで浸かり、重くて重くて、必死に歩き続けている。それからいくら乗り換えてもどこにも着かないモスクワの地下鉄に乗っている。十月駅《オクチャーブリスカヤ》から乗ったはずだがどこへも着かないのだ。革命駅から今現在まで、地下鉄はひたすらぐるぐる回り続けている。下車するドアはない。赤い斧は窓際にある。ああ、ぼくは何度も同じ夢を見たではないかと不意に気が付く。それから吹雪の中でプラトークをかぶったたしかに見知った吹雪の淑女の顔を見つめる。これが十四年戦争の始まり、そして今の終わりだったのか。始まりはつねに繰り返される。事後はすべてが無惨な廃墟だ。セルゲイは夢の中で、雪解けの大地の沼のような泥濘と白樺林、その地底のとぐろをまいて永遠に巡っている地下鉄に乗って、窓から闇の吹雪に泣いている淑女の瞳に見つめられる。車室の出口脇に真っ赤にペンキ塗りされた手斧がむき出しで嵌《はま》っている。

そしてセルゲイはいきなり夢からたたき起こされた。

今晩《ドーブルィ・ヴェチェル》は。市民セルゲイ・モロゾフ、僧籍者ですね、反体制活動の嫌疑であなたは拘束されました。三人の男の声が鉄製のベッドを囲んでいるのだ。ダワイ、ダヴァイ！　われわれは連邦保安庁《エフェスベー》だ。セルゲイの所持品が集められた。大きな麻袋の背嚢の中もテーブル上に出された。十字架、小さな三つたたみの聖像画。小型普及版の聖書。食料の黒パンの包み。最後に小さなスケッチブック。身分証パスポート。これだけか。アンドロイドか、アイフォンは？　ありませんね。ふむ、遅れているね。修道士だって所持しているだろうに。で、他に文書はないか。ありません。それでは、ヴァレリー修道士の持ち物もここに集めてくれ。はい。まったく同様です。さしたる文書もありません。なるほど。はい、ここにコピー紙ですが、詩《スチションキ》のようなものがあります。誰の詩かな。はい、さっぱり見当がつきません。

その詩のコピーを上級者が手にして、ざっと目を走らせた。彼はセルゲイを見て、この詩《スチヒー》の作者は誰ですかと訊いた。セルゲイはようやく事の次第が呑み込めて答えた。わがロシアが世界に誇る大詩人ボリース・パステルナークの若かった時代の詩です、と言い、あなたはご存知ですか、と返した。すると上級者は、なんだかまだ若いようだったが、セルゲイをまっすぐに見て言った。彼を知っていないでどうしますか、『ドクトル・ジヴァゴ』の著者です。わたしは読みましたよ。もちろんじゃないか、読みました。その間合いに間一髪、で、いかがでしたか、とセルゲイは言った。不意を突かれたようではなく、落ち着いて相手は言った。すばらしいロシア語、奇跡的なロマンです。しかし、と言い淀んだ。いまそれをあなたと話している場合ではありませんよ。セルゲイはやっと気持ちのゆとりが出て聞き返した。どのような反体制活動の嫌疑で検束されるのですか。相手は答えた。わたしの任務はあなたを連行することですよ。

上級者は、セルゲイの所持品、もちろん身分証も含めて取りまとめ、それからヴァレリー修道士の所持品も同様にした。他の二人が袋に投げ込んだ。セルゲイは急いで言った。ヴァレリー修道士はまだ帰っていません。するとと返事があった。彼もすでに拘束されているでしょう。心配におよびません。心配に及ばないだって？　セルゲイは思いがけず気が立った。いいですか、ガスパヂン・エフエスベー、と言うと、わたしには名前がありますよ。わたしは大尉、ユゼフ・ローザノフです。

それでは、ローザノフ大尉、とセルゲイは言った。われわれは明日から始まる非公開の動員者リスト審査のためにペルミ州知事部局から委託されたのです。フセヴォロド・ヴィリヴァ地域について、われわれが諮問されたからです。われわれが拘束されていては、リスト審査に支障をきたすのではありませんか。ローザノフ大尉は言った。それはエフエスベーでの審問の際に話してください。われわれの任務は、拘束するだけですよ。そこへ教会の僧房管理者の老司祭補があたふたと雪道をやって来た。大尉は司祭補に拘束について説明した。教会には責任がありません。

　こうしてセルゲイはペルミの保安庁本部に連行されることになった。外では黒いワゴン車がエンジンをふかせて待っていた。二月の夜更けの春は酷寒のままだが、大気は胸の呼吸を大きくひろげてくれた。セルゲイは後部座席に坐らされた。身を沈めて、セルゲイは無言のまま、思いをめぐらした。フセヴォロド・ヴィリヴァ地域のリストアップされた新たな動員予定者の審査のことで、自分なりに慎ましく、身の丈に合わせて想像していたのは、コミ人系の若者たち、それから、ひょっとしたら、修道院長の付き人になって働いている若いセーヴァのことだ。コミ人系の予備役については、もし動員リストにあがっていたら、抹消したい。万一それが不可能ならば、フセヴォロド・ヴィリヴァ軍需工場関係の仕事に名目上就かせることで逃れさせてやりたい。ライサ・ヤズィヴァのように過激なことは無理だが、一人二人の隣人をも助けられないでどうする。若いセーヴァはまだ兵役を終えていなかったのではなかったか。となれば、そのまま兵役後新兵で動員される可能性がある。黒いワゴン車の後部座席の真ん中で二人に挟まれながらセルゲイはなぜか眠くてならなかった。その眠さの中で、セーヴァが自分の弟子になっているような思いが浮かんでいた。

　ペルミの美しい市内が見え出すと、助手席におさまっていた大尉が半身で振り返り、セルゲイに声をかけた。修道士セルゲイ・モロゾフ、あなたは修道院で聖像画家だそうですね？　その問いにセルゲイは、ええ、と静かに答えた。はい、聖像画家です。そのさりげないような問いかけにセルゲイは心なしか、ふっと何か、心の晴れ間が見えたように感じたからだった。拘束の際とはまるで違う声だった。それから大尉が言った。セルゲイ・モロゾフ、わたしのことは、ユゼフでいいですよ。可笑しいですか。いいえ。嬉しいです。じゃ、いいですか、セルゲイ聖像画家、ほら、アンドレイ・ルブリョーフの、あの《トロイツァ》、あの至聖三者の天使像は、ほんとうに素晴らしかった。この世のものとは思われなかったです。わたしはモスクワに出たら、かならずセルギエフ・ポサードのセルギイ大修道院までお参りします。ぜひ、あなたのお話、聞きたいものです。

車は石造の古風な建物の中庭に滑り込んだ。

3

おお、どうぞお掛けになってください。今時、修道士様に会うなど、何と久しいことかな。ゲー大佐ですと名のった恰幅のいい人物が、セルゲイとヴァレリー修道士を前にし、さて、とテーブル上に両手を握るしぐさをして言った。そこは半地下の一室で、鉄格子の嵌った丸窓の半分が道路に面していたので、残雪の氷が阻《はば》んでいる。スチーム管が窓際にあって、室内は十分に温かかった。そこへ、セルゲイたちを拘束したユゼフ・ローザノフ大尉が入室して来てゲー大佐に耳打ちした。大佐は頷き、ユゼフ、あんたも同席しなさいと言ったので、大尉は室の隅に腰かけた。そのときちらとセルゲイに目混ぜした。それだけでセルゲイは緊張がほぐれた。ここが取調室とでも言うのかどうか、判断がつきかねた。和やかな空気感だったからだ。ヴァレリー修道士は何一つ変わらず、席についてから軽く眼を閉じていた。おもむろにゲー大佐が話し出した。

宗教者にご迷惑をかけてしまいました。ご宥恕《ゆうじょ》を願います。今夜の一件は勇み足ですな。ずばり言って誤認拘束。そうであったな、大尉。はい。よくあることですが、これも用心のためです。さて、それにしても、独立系報道記者の、そう、ヤズィヴァ女史でしたかな、彼女は当然のこととして、逮捕というようなことではないが、別件で明日まで拘束されるでしょうな。ペルミでの彼女の行動には注意していますよ。何しろ、気骨のある女性だ。これがモスクワだったならとっくに拘禁されていましょう。で、そのような彼女と偶然であったとしても接触したことが、たまたまこんな運びになったが、ご了解ください。修道士さんたちとは思いもしなかったな。反体制活動は活動ですが、どうやら今回は、そう、ヴァレリー修道士さんと知り合いだったのだから、お話しし合うのもごく自然なこと。それにコロンナ疫病がありましたかね。われわれは強い風邪薬でやり過ごしたが、おお、修道院はどうでしたか。おお、一人も罹患せんかったとな。さすがですな。何がさすがだというのですかな、いや、つまり、禁欲です。知己が久闊を叙することまで介入しません。知人同士の夕べ《ヴェーチェル》、親しい宴とでも言うべきでしょう。しかし、なにしろ今が今ですからね、われわれとしては油断しておられない。ところで、先ほど、ダニール修道院長に至急連絡をとらせたところ、やんわりとお叱りをいただいてしまいました。ハハハハ、相変わらず矍鑠《かくしゃく》たるものですな。それに、何と、プッチョーン長老《スタレッツ》がダニール・ダニールィチのもとに来ておられるのには実は驚きました。

　これを聞いて、セルゲイは驚いた。《長老》というのは、どのような意味合いなのか。聖職者の長老、あるいは隠者なのか、それとも何らかの比喩的な意味でのボス、《長老》の敬称なのか。大佐の声は明朗だった。もちろん、明日の午後三時から始まる動員者予備リスト精査にとって、お二人が適任者であるとダニール修道院長じきじきのご意思だった。いや、あなたがたも苦労ですね。そうでしょう、そうでしょう。今夜はもう遅いので、宿泊所まで大尉がペルミ本部の車でお送りいたします。明日以降の任務を無事に、ここが肝心ですが、のちのために公正に果たされてください。記録が残りますからな。これが肝要です。ここだけの話、先般の予備役の部分動員に関しても、各地方、各軍管区、これは混乱の極み、われわれの所轄ではないまでも、あたかもわれわれ保安庁吏員が暗躍したとでもいうように言われたものだが、いかにもロシア的と言うべきか、多くの不公正、不合理、いや、不条理、でたらめが行われた事実は見逃せませんな。なにしろ与太者までも引っ張られる始末。ご存じでしょうが、現状況ではすでに秋口の三十万人にのぼる予備役の部分動員が実施されたが、そのパニックの影響で、優秀な人材が数万単位でわが母国ロシアから出国しています。今後を慮ると、さらにどうなるか予断を許さない。ゆくゆく次の動員令が発出される前に、というのも、今般の《特別軍事作戦》は、わたしの経験によって判断しても、数年もかかることになる……。とまれ、ペルミ州も兵事局も準備をしておきたいのです。われら保安庁としては、それに備えて、何よりも反体制活動家の言論の高まりを封殺するのは当然のことです。修道士のあなたがたを、隠れ反体制活動家と認定できる根拠は全くありません。

ところでですが、ただ、一九一四年第一次世界大戦に関する、パステルナックであったかな、ユゼフ君、ああ、そうだったね、わざわざその詩作品《スチハトヴァレニエ》のコピーをもっていたというのはどうにも解せない。もっともわたしは詩とくれば、シェルゲイ・エセーニンなら好きでならないがね、そこどまりだ。あとはちんぷんかんぷんだ。母への愛がないような詩人のものはいけない。それにしても、一〇〇年も昔の詩。例えば、現代にプーシキンをもって来て、現代ロシアを批判するなんて出来ますか。そう、核戦争も隣り合わせの現代です。拘留されたヤズィヴァ女史から洩れ聞いたが、ヴァレリー修道士、あなたがそれを朗読されたそうですね。まあ、私的な詩の夕べ《ヴェーチェル》、というような意味合いだったと察します。ロシアの好ましい伝統ですからね。

そこまで言ってゲー大佐は、ふっと思い出すようにして話を繋いだ。たかだか詩一篇で、現実世界がどうなるというものではない。これは耳学問ではあるが、前世紀の三〇年代、スターリン治下の粛清期、マンデルだか、マンデリシュタムとかというユダヤ系詩人が、四囲の状況をも顧みず、市民の権利として、ずばりスターリン批判をしたとか。グルジアの山猿だとか、いや、クレムリンの山猿、だったたか、そんな痛烈な揶揄詩を詩人たちの公開の夕べで朗読した。それが密告されて、逮捕、僻陬《へきすう》の地に追放された。にも拘らず我慢しきれず首都に現れた。ついに逮捕され、そののちラーゲリへ送られる。そして酷寒の極東ウラジオストクの中継監獄で死んだ。最終的にはコルィマのラーゲリに送られる筈だったそうだが、とそこまでゆっくり言って、ローザノフ大尉に、そうだったかね、と問いかけた。大尉は、はい、と答えた。ゲー大佐は言った。ユゼフは詩にもなかなか造詣が深いのだ。わははは、それがエフエスベーにおる。まあ、これもロシアですな。

ま、大げさになりましたが、そのような過激な場合と、今回のヴァレリー修道士の朗読とはまったく筋が違う。自分は、詩は分からないが、先ほどざっと目を通してみました。別段、クレムリンを揶揄したり批判したりしている内容とは到底言えない。ただ一つ、ひっかかりがあるとすればだが、一九一六年のウクライナのストフド会戦の描写が凄まじい。生々しく描かれた箇所くらいでしょうか。どの時代であれ、戦地の現実《レアリノスチ》はこうと断言できる。まさに死によって本質を抉りだして、良心に触れる。そう思いました。ヴァレリー修道士、あなたがこの詩を室で朗読したところで別に問題はない。ライサ・ヤズィヴァがたまたま同席したので事がこじれた。別の文脈でいかようにも疑義がでっち上げられるのです。いわば今般の情勢を二重写しにして批判するといった反戦詩ともみなされ得る。まして、わたしも知っているが、ストフドは、ウクライナですね。ほら、ここを歪曲して密告する輩が後をたたないでしょう。用心が肝心です。芸術文学のことばが、人々の魂の琴線に触れて、大きく動かす。小波が重なり合って、大波にもなる。わが国の過ぎにし大祖国防衛戦争の時は、さすがにスターリンも、切羽詰まって国民に、母なるロシア大地への愛の感情に訴えざるを得なかった。まあ、決して上手とは言えないぼそぼそした訛りあるロシア語でね。詩のことばも同じ威力を有する。そこが危険と言えば危険だが、一方では詩のことば、詩のロシア語は、いや、ロシア語は、ツルゲーネフの言うように、なによりも大事な命であり、愛でしょうような。現代でもわれわれには善きことばが、ロゴスが、必要です。そのロゴスだが、今世紀は……、とそこまで言ってから大佐は両手をこめかみにあててうつむいた。

ヴァレリー修道士は静かによく耳を澄ませ、柔和なまなざしを大佐に向けて言った。ええ、大佐の仰る通りです。久々に美しい大都会ペルミに来たついでに、図書館に立ち寄って、敬愛する詩人パステルナークの詩集本を借り出し、偶然、未読だった第一次大戦時期の詩を見つけたのでコピーをもとめたのです。それで、とヴァレリーが続けようとすると、大佐が、そこまで、と言って制した。言わずとも分かる。あなたの気持ちが分かります。十分、十分。そうです、ウラルのペルミは美しい。いや、ウラルが、ペルミは宝石です。

ところで、若いセルゲイ・モロゾフ、いまどき何とあなたは聖像画家《イコノピーセッツ》だそうだが、所持品の中に、三つたたみのイコンがありましたね、とても懐かしい思いが湧きました。まだちゃんと残っているとはね……。むかしのロシア人は、いや、ソ連の時代であれ、むかしの、そう、年輩者ですが、旅先に持ち歩いたものですよ。心が落ち着く。祈るよすがになる。寂しさ、あてどなさ、孤独が、慰められる。昔の、そうだね、ヴァレリー修道士、一九一四年の欧州戦争では、ロシアのインテリの志願義勇兵たちは、小さなイコンも、十字架も、肌身離さず持ち歩いていたのではないですかな。魂の文化、伝統ですね。だれが今、戦場に持って行くでしょうか、いや、十字架だって首にかけてはいますまい。ヴァレリー修道士は深くうなずいて言った。しかし、心の中には携えているのかも分かりません。死に直面する時に、神なしで、どうして堪えられるでしょうか。

そうでしょう、そうでしょう、と大佐は、もう一度、セルゲイに問いかけた。茶色の薄色髪をし、澄んだ空色の眼でセルゲイを見て、ちょっと頬杖をついた。はい、と一拍措いてからセルゲイは言った。そうですね、たとえば、動員兵たちが十字架を首にかけている若者は殆どいないかもわかりませんね。いまどきは刺青《タトゥイロフカ》でしょうか。イイススの十字架という愛の印を首にかけて戦場、つまり、殺戮に赴くのは、恐ろしい矛盾です。分裂です。でも、十人に一人は、いや、五人は、心に無意識に十字架をかけているように思います。戦車だの塹壕だので、まさか三つたたみイコンなど無理でしょう。しかし、信じています。十字架はことばでもありましょう。ことばが十字架でもありましょう。ロシア人ですから、魂の伝統によって、イイススと共にいないはずの人は、よしんば無神論者であってさえ、いないのではないでしょうか。信仰なしに戦場で死に対峙することはどんなに恐ろしい苦悩でしょう。大地への愛、母国愛のゆえにとは言っても、何かが足りないのです。いや、ごめんなさい、質問は、聖像画のことでしたでしょうか。はい、ぼくは、ダニール修道院長のもとに聖像画家《イコノピーセッツ》として身を寄せているのです。もちろんぼくはすでに極東で兵役もおえていますが、いまだ戦場に立ったことなどありません。戦争を知らない世代です。が、戦争の本質が分かっているように思います。平和をもたらすという偽りの正義を掲げて、殺戮し破壊することです。主権国家の名によってですが、しかしどこのくにであっても普通の庶民、ナロードは、生きることを望んでいるのであって、ある幻想観念による死なんか望んでいるのではありません、戦争とは死そのものです。ヨハネ黙示録の、《蒼ざめたる馬》に乗っている者そのもの、これこそが……、――と言いかけると、こんどは大佐が、おお、忘れてしまっていたがと言いつつ、そらんじたのだった。

――われ見しに、視よ、蒼ざめたる馬あり、これに乗る者の名を死といい、陰府《よみ》これに随《したが》う、かれらは地の四分の一を支配し、剣《つるぎ》と、飢饉と死と地の獣《けもの》とをもて人を殺すことを許されたり。

そしてため息をついた。そうだ、わたしはあの頃若かった、そして何も知らずにいきなり戦場にあったが……。まあ、いい。セルゲイ修道士、場合によっては口に封をしなされよ。よし、話を変えましょう。ユゼフ大尉、常々きみは聖像画がとても好きだと言っていたが、どうしてかな。

ユゼフ大尉は笑みつつ言った。アンドレイ・ルブリョーフの《トロイツァ》です。そうじゃありませんか。神は、姿を顕すわけがないとなれば、その神の姿とは、どういうものになるでしょうか。それを彼は、天使の姿に変えて、至聖三者というような解釈で、描いたのです。ほんとうにうっとりとこの世の時を忘れるような、夢見るような謙虚な、なごやかさ、愛の空気なんです。そう、すべて現実は、それはもちろん善きことも美しいこともたくさんですが、総体としては、恐ろしい欲望地獄でもある。生きるとはこの現実の幻滅と地獄を生きることなのですが、しかしかならず地獄の向こうに魂の救いがあるべきでしょう。それを、ルブリョーフのあの聖像画《イコン》は暗示して知らせてくれているように思うのです。自分が犯したもろもろの罪は一生、死んでも、死なないで生き残るでしょうが、そして後世の人々によってそれらの罪はまた引き継がれるでしょうが、もちろんわたしは、初期のロシアの聖像画、たとえばギリシャ人画家フェオファン・グレックの恐ろしい形相のイイススのイコンを知っていますが、あれをわたしはよしとしません。わが罪は決してゆるされることがないからです。しかし、ルブリョーフの《トロイツァ》には、許しの光があるのです。

夢中で話し出したユゼフを、大佐は見つめていた。おお、どうですか、これは。二月の夜更けに、恐るべき地獄のエフエスベーの一隅で、こんなおとぎ話に花を咲かせているとはね。これも、ロシアです。同時に、われわれの吏員はまず全ロシアに三百万はくだらないでしょう。末端まで勘定に入れると。みな生き、死に急いでいる……。さあ、ともあれ、今夜はこれですべてケリがついた。お二人は安心して明日からの労苦に迷いのないようにしてください。ああ、ところで、セルゲイ・モロゾフ、あなたとプッチョーン長老《スタレッツ》とのつながりはどういったことですか。突然の問いかけだった。セルゲイは、出迎えに行った吹雪の夕べの挿話を手短に話した。あのお方はたしか八十歳はとっくに越しておられるのではなかったですかな。

二月の深夜は神々しいくらいに透明で寒かった。春がカワヤナギの林にすでに芽吹いているような気がするのだった。エフエスベーの建物を出ると、市内の灯りはまだ十分に煌めいていた。カマ川の左岸に碁盤の目のように矩形にならんだ市街は二月の夜の底に星空と呼応して光っていた。大尉の運転する車は、ペルミ第二駅から右折して北上した。左手にカマ河が見えた。大河だった。それからどこを走ったのか、教会の前で車は泊まった。モトヴィリハ川のほとりだった。

教会の道路側の木々はもう春のヤナギだったのだ。別れる時、大尉はセルゲイに言った。ゲー大佐はね、ソ連・アフガン戦争時の少年兵英雄だったんですよ……、あ、それから、と大尉は言い添えた。ルブリョーフの《トロイツァ》の至聖三天使のあの色彩のことですが、ウラル石の色彩じゃないかとぼくは思っています。また機会があったら、教えてください。そう言って、彼は握手を求めて手をさしのべた。セルゲイは強く握手した。ヴァレリー修道士は大尉に訊ねた。ライサはどうなりますか。わるいようにはしません、ご安心ください。もっとも当分は監視下におかれるでしょうが。大尉ローザノフは立ち去った。二月の夜のペルミの市街は美しい眠りについたようだった。夜中に航行する艀船の汽笛が鈍く聞こえていた。はるか南で、ヴォルガに合流するだろう。

4

二人は庵室のベッドで眠りに入った。セルゲイがベッドの中で寝返りを打っていると、ヴァレリー修道士が起き上がり、用足しに出て行った。戻って来ると、二月の満月がまだ煌々と輝いていると囁いた。また隣のベッドにもぐり込んだときに、セルゲイは気がかりをちょっとだけ言ってみた。ヴァレリー修道士は欠伸をしながら言った。そうとも言える。不信はある。しかし、いまはその不信をも信じることだよ。よしんばわれわれを何らかの疑惑でマークしているとしても、大佐も、若い大尉も、本物の悪霊の演技ではない。偽善者でもない。それがどうであれ、それぞれの立場があることだ。さあ、セリョージャ、明日がある。気にしないでよい夢を見なさい。はい、とセルゲイは毛布をかぶったものの、再び疑心が起こった。不信も信のうちとヴァレリー修道士は言うのだ。セルゲイは、ルブリョーフの聖像画について熱く話すユゼフ大尉の握手を思い出した。あれは、信にほかなるまい。偽善のパフォマンスではない。また、動員予備リストについて助言したライサのことばも、信じるに値する……。二月の夜は魔がさすのだ。冬の退却戦がそうさせるのだ。春の先遣隊の狙撃兵が狙うのだ。どうやら寝つけなくなったらしいヴァレリー修道士にセルゲイはもう一つの問いですがと遠慮がちに言ってみた。

ヴァレリー・ペトローヴィチ、どうしてあなたはあの詩を選んだのですか。彼はこちらむきになって、おお、よくぞ聞いてくれたねと言い、セルゲイに向き直った。立てた肩肘に頭をのせて言った。齢が寄って、思い出す。神のことだけで十分のはずだが、そうもいかん。ノスタルギアだな。もうどれほど昔になるだろうか、知っているかな、アレクサンドル・ソルジェニーツィンの長篇《一四年夏》を読んだことがあった……、それもパリの出版社だ。秘かに国内にも入っていて、一体だれからだったか期限付きで借りられて、夢中で読んだ。その記憶が、ここのところ、急に昨日のように思い出された。十九世紀ロシア帝国の戦争は、もちろんナポレオン戦争など数多《あまた》だが、われわれの二十世紀の戦争はどうなっていたのか、いつしか忘却されていてね、それで二十世紀ロシアが経験した戦争の年々を振り返ってみたくなった。そして今や二十一世紀の二十年代の始まりだ。わたしは没落、そう、崩壊、零落、まあそのような予感に本当は打ち震えている。ロシア語でいう《разорение《ラザレーニエ》》だがね。世界がだが、その先頭にロシアがね。悪い夢を見ている。わたしも老いたものよ。ソルジェニーツィンの《十四年夏》を読んだのは二十歳の頃だったんだね。小説芸術文学ではなく、まずはドキュメントというべきだったろう。このひと年の、突如としたわがロシア軍のウクライナ侵攻については寝耳に水というわけではなく論理的に必然の一閃であるにしてもだ、しかし、やはり、寝耳に毒だった。考えてもみたまえ。《作戦《オペラツィア》》であって《戦争《ヴァイナー》》ではないから宣戦布告もなしと言うのでは世界の笑いものだ。道化師じゃあるまいし。ロシアは、一九〇四年にヤポニアとの戦争、そして十年もたたずに、今度は一九一四年の、第一次世界大戦。その夏にドイツに宣戦布告。この夏のドキュメントがソルジェニーツィンなんだね。それから三年後にはロシア革命の一九一七年だ。そしてただちに国内戦だ。内戦だね。それから三九年には第二次世界大戦だ。四一年、二年とモスクワ攻防戦、スターリングラード攻防戦だ。そして四五年にはヤポニアに宣戦布告。こんな風に数年をおかず戦争にあけくれていたといっても過言ではない。数千万という兵士、国民の死の大地に、われわれは生きているという事実だ。まあ、それから、おお、九一年のソ連邦崩壊！　さて、こののちの新生ロシアが、いまふたたび、戦争の口火を切った。戦争悪霊はまさに不死なのだ。話がそれたが、あなたの質問に戻ろう。半世紀前にソルジェニーツィンを読んだが、そののちすっかり忘れ果てていたわけだった。で、再読するのも大変だ。それで、若かった詩人のパステルナークが初期詩篇で、この同じ十四年の詩を書いているのを知って驚かされた。詩人のことばで、戦争の現実がどのようなものかを知ることが出来た。しかも、この詩人はなによりもわたしには縁がある。あの詩をものした時期は、彼は、われわれのフセヴォロド・ヴィリヴァの工場の事務書記の仕事についていた。しかも、動員兵審査の係もやった。まだ二十代後半の彼は、詩人として、その厄介な仕事をどのようにやったのか。彼の良心が試される仕事だった。彼は動員兵に親しく面談しつつ、動員逃れに手を貸した。もちろん、それなりの理由があり、判断があってのことだが。そういうわけさ。それが一九一四年のことだが、翻って、いま二〇二三年の二月、あれから百年もあとになって、われわれが、現代の動員兵の審査に関わる機会に遭遇した。いや、機会というよりも、試練であるのではなかろうか。自らも含めて、問うことは他のそれをも含めてだけれど、生とは何か、死とは何か、想像力というか共感をこめて、根源的に考えることになるのだね。われわれの判断で、一人の人間の生き死にがかかっている。それは、今日では、一四年の詩人のようにはまさかいかないがね。しかし、われわれはかりに百人のうち一人でも、戦場に駆り出されないように試みられる。軍関係の官吏や事務官たちのようにはできない。彼らはあがってきたリストを追認して、それで終わりだ。いや、われわれは二人であっても、それは出来ない。委嘱された以上、われわれには果たすべき責任がある。天上の神の鳥瞰《ちょうかん》する眼を、われわれはしっかりと意識する他ない。このわれわれが選ぶのだ。リストから抹消するのだ。その誰かを選ぶのだ。何と恐ろしいことか。そうとも、いいかい、セルゲイ、われわれが今夜あのように一時的に拘束されたというのにも、理由がある。われわれが法を冒すのではないかというような、さりげない恫喝の心理的圧迫とも言える。動員の法令と、いわば人間の良心とのせめぎあいなのだ。ダニール修道院長が敢えてなさったことには、それなりにお考えがあってのことだ。だれかが、どこかが、一人でも行為しなければ、世界は崩壊するのだ。動員兵は、消耗品の銃弾ではない、生きた命なのだ。われわれロシア人は、先ほど言ったように、どれだけ戦争のために、命を浪費し無駄にして来たことだろうか。

美しい犠牲だなんてとんでもない駄法螺だ。ウクライナのナロードとてどうなるか……

そして、やがて老修道士の声が、小さな、健やかないびきに変わった。セルゲイは毛布を口元まで引き上げたが、かえって眠れなかった。ああ、もし、われらが祖先の中世の動乱期を生き抜いて聖像画を制作したあなた、アンドレイ・ルブリョーフよ、おそらくは戦乱孤児あるいは逃亡農民、その荒野の出であるにちがいないあなたなら、今、あなただったら、いかに身を処するだろうか、とセルゲイは思った。手も足も出ないのだ。眼前で圧倒的な暴力と殺戮だ。あなたはその眼前で、無辜《むこ》の人々が殺戮され女たちが凌辱され殺されるのを現に見た。見過ごすことしかできなかったに違いない。あなたは何一つできなかった。ただただ眼を見開き、見るべきものを見て、凝固するほかなかった。あなたは逃げ惑う人々の阿鼻叫喚図のすぐそばに居合わせて、ただ戦慄し、見つめて凍り付くことしかできなかった。そのときあなたがもし何らかの行為に走ったならば、あなたの聖像画はこの世に残されなかった。あなたは圧倒的な暴力組織に何一つ抵抗できなかった。生き残った人々は教会堂に押し込められ、火をかけられた。それにもかかわらず、あなたは神のご加護であったか生き延びた……。そののちのあなたを、もちろん現代のことばで、芸術家の非政治的人間だと言うわけではないのだが、あなたは選ばざるを得なかったにちがいないのではないですか。自分もまた同様に殺戮され果てる身だったとしても、意図せず偶然によって生きてしまった、そうである以上は、いや、その偶然こそが必然をもたらしたと言っていいのか……、とセルゲイは考えを辿った。

いま、およそ比較するのも愚かではあるけれど、ぼくもまた、その直接的な殺戮の、死霊の暴力に晒されていないまでも、あなたのような芸術家、聖像画家としての使命と天職に殉ずるならば、国家暴力の生贄《いけにえ》になる運命の動員兵のうち、ただ一人でも救い出そうというような行為は、まるで意味のないことなのではあるまいか。ぼくは直ちにこの場を立ち去って、自分自身の使命だけを果たすべきではないだろうか。いま、ぼくがウクライナの冬の戦場にあったならどうであろうか。あるいは廃墟となってそこに生きのびている無辜《むこ》の人々、女こども、老いた家族たち、ただ土坑に投げ込まれた遺体のほとりにあったのなら、ぼくは、それでも、そこを立ち去り、のちのために美しい聖像画を描き残すことが出来ようか。アンドレイ・ルブリョーフよ、あなたの魂の、良心の秘訣を教えてください。セルゲイは闇の中で思いを辿っていた。生きながらえて、その結果罪びとであること。そこから出発すること。一生背負って行くこと。死後にまでもか。

いつしか、僧房の屋根を静かに打ちはじめ、それが次第にしげくなって広がっている気持ちのいい音が響きだしていた。霰かとも聞こえたトレモロだったが。それを現に耳に掴まえながら、セルゲイは、ああ、二月の初めての雨ではないのか！　そうだとも、ついに雨だ、初めての雨だ、と確信したのだった。それはいよいよ冬が春の軍勢に攻め込まれて撤退を始める最初のシグナルだ。春が来るのだ。雪が解けて、泥濘の大地から水が引けば、しかし、そうなれば、さらに戦況は劇変するだろう。初めての雨の音は耳にはっきりと強く聞こえだしていた。そのとき、ふっとセルゲイの耳に、その雨脚の中からだが、囁《ささや》く声が聞こえだした。それは春の音擦《おとず》れの喜ばしさよりもずっと甘やかな、若葉の粘りつくように匂う囁きだった。セルゲイにはその声が、明らかに、悪霊の巧みな誘惑のことばだとすぐに理解できた。その悪霊は明晰な声で言うのだった。

聖像画家セルゲイ・モロゾフ、まだまだ道半ばで行く先も見えない芸術家よ、あなたのように、一人二人、愛する者だけでも救い出そうなんて、みみっちい考えは、あなたにはふさわしくありません。どうして、われわれの由緒あるロシアがこのように零落してしまったと思いますか。ごらんなさい、われらがロシア大地の一切合切の財産をだれが掠め取ったか。とっくにご存知でしょうが、先々代達が、それはもうあれもこれも毀誉褒貶《きよほうへん》、功罪のあれもこれもとあるけれども、それは脇にちょっと置いてですよ、いま現在を見つめてごらんなさい。強盗集団が大地と国民と、その財産を着服して、勝手放題をしているのは火をみるより明らかでしょう。過ぎし日に崩壊したあなたの先代たちが数千万人の死の犠牲を払ってつくりあげたイデーを、その評価もまたここではちょっと脇におくとしてだがね、ごらんなさい、彼ら強盗集団は、《オルガルヒ》だの《シロヴィキ》だなどと、サケの塩引きじゃああるまいに、およそロシア語にもならぬ頭文字合わせの虚名をつけて、厖大な強盗を働いているその上に君臨している。言うまでもなく先代たちが発明した機関をさらに衣替えしてだがね、これは、罪絶大なる過ぎし先代たちもひどかったものの、少なくとも壮大な理念を抱いて生き急いだ結果、偉大な社会実験は烏有《うゆう》に帰したものの、それは現在の強盗集団とはわけが違う。先代たちはそれなりに自らの革命運動の経験によって自己自身の罪と罰を知り抜いていたのではないですかな。ところが今や、それさえもなくて、虚言によってナロードを誑《たぶら》かしている。要するにわれわれ悪霊に入られている。おほおほ、急いで付言しますが、悪霊と一口に言っても、これは、イイススが一喝されて判明したわけですが、悪霊は二千匹を数えます。それぞれがみな異なる。で、わたしめは二千匹のうちではかなり異端とでも言うべきでしょう。二千匹の種類の悪霊は一枚岩ではない。そこで言うのですが、わたしは、芸術家であるセルゲイ・モロゾフさん、あなたに是非とも耳打ちしたいことがあるのです。

わたしは二千匹の間でも、実はそれなりに隠れた主流派なのです。権力や金やなにやらそんな欲望には関心がありません。で、相談ですが、あなたは先ごろから、ひどく牧歌的に、一人二人でも救い出そうと夢見ておられるが、実にじれったくてなりません。いいですか、はっきり申し上げましょう。あなたは孤児でこの大地に遺棄された、見捨てられた一人ですが、思い出してください。あなたは正真正銘のモロゾフ家の末裔者ではありませんか。野蛮極まりない成り上がりの、オルガルヒだの、シロヴィキだの、あたかも塩引きシャケみたいな偽名の強盗衆とはまったく違う、由緒ある、ロシア有識者の貴族的魂を継いでおられる。それが、何をいまさら、いかに現代とは言え、わずか一人二人の愛する者を救い出せればいいなどと、セコイことを夢想しているのですか。あなたが行為するのです。いや、ご先祖の報復というのではありませんよ。報復は常に我にありというように、必ず、わが身を滅ぼすことになる。だから、報復ではだめです。もっと遠大な未来のために行為するのです。分かりますね？　何のことか。よろしい。行為を起こすのです。必要とあらば、わたしの悪霊の傭兵らをお貸ししましょう。何と？　わたしの名ですか。はい、わたしの名は、言うまでもなく、死霊《ベス・スメルチ》です。あなたが行為を決断するならば、いつ何時でも、援軍を出しましょう。シロヴィキだのエフエスベーだの、はたまた国の財産を横領してのし上がったオルガルヒだのの蛮族どもから、厖大な数のナロードを解放し、幸いをもたらそうではありませんか。まことにまことに代々我が国の文化芸術の庇護者であったモロゾフ家の末裔よ、セルゲイ・モロゾフ、今時、聖像画家だなどと世迷言《よまいごと》を言わずに、行為を為せです！　ただし、わたしもまた、悪霊のカテゴリーに入る身ですから、援軍を送るについては、それなりの人質がなくてはなりません。こっそりうちあけます。悪霊とは実体ではないのです。ことばという虚体。空気みたいなもの。ですが進化します。どんどん進化します。ところが、あなたたちのイイスス・フリストスは、もう二千年も山のように動かず、ただただ《愛》を説くばかり。遅れていますよ。いや、かつてあのお方の一言で、死滅したわれわれでしたが、あのお方の《愛》が死滅しない限り、われわれはもっと進化しますよ。

　セルゲイは、春の始まり、冬の終わりの初めての雨の音にあやされながら、鉄製のベッドのわきに腰かけて誘惑する声に、それは悪夢ではなかったが、ひどく滑稽で息苦しく、その生臭い口臭に辟易して、耳を傾けていた。で、と悪霊は小声で、秘密めかして言うのだった。まあ、担保と言うのも微妙ですが、これは商取引《ネゴーツイア》ですから、そうですね、あなたが心に思い描いておられる乙女、そう、リーザ・カザンスカヤ、彼女でよろしいですよ。それで、あなたはあなたのすべての行為を為し終えられるのです。悪いネゴーツイアではありません。セルゲイはそれを現に聞きながら、去れ《ダロイ》、と言いながらもう寝入っていた。春の始まりは宇宙の果てからやってくる愛なのだ。

第5章　選別

1

夜明けだった。セルゲイが目覚めたときにはもうヴァレリー修道士は身支度を終え、祈りもすませ、セルゲイの目覚めを待ちつつチャイの用意をしてくれていた。セルゲイは大慌てで起きて身支度した。修道院での暮らしを思えば、このような早朝までの熟寝《うまい》はあり得ないことだった。室に水道の水はきていないので、用意してある手水鉢から手で水を掬い、一滴でも惜しむようにして掬って顔にかけ、そして使い古しのタオルで手早く拭き取った。それから室の奥にかかげてあるイコンにむかって祈りを唱えながら跪拝した。三度目ばかりの跪拝で頭を床にふれたとき、一瞬だったが夢の名残がさっと思いに現れてまたたくまに消えてしまった。天使だったのか、いや、口の上手い悪霊だったのか、そうとだけ思いとどめて、セルゲイはヴァレリー修道士の茶卓に行き、もう一度朝寝坊の許しを請い、そして濃いチャイをいただくことになった。油紙にくるんだ黒パンと薄っぺらなチーズがあった。そうさな、セルゲイ修道士、これにさくらんぼうのジャムでもあったら最高の朝食《ザフトラク》なんだがね、だって今はチャイに砂糖《サハル》がないからね。ヴァレリー修道士が〈サーハァル〉とそのゆっくりのばすように言った瞬間セルゲイはもう一度夢の切れはしを思い出した。リーザという名だった。セルゲイはその音をチャイの甘苦さと一緒にごくりと飲み干した。そうだった、たしかにあれは悪霊の一人で、ザローク、そうだ、担保《ザローク》に彼女をと言ったではないか……。何という卑しさ。

セルゲイは黒パンを咀嚼した。修道院で焼く自家製のライ麦の黒パンはひどく酸味が強かったが歯触りに特色があった。松材で焼いた木炭の粉が混ぜられているせいか、酸味がやわらげられているのだった。ヴァレリー修道士は瞑目しつつ黒パンをゆっくりと咀嚼していた。夜明けはもう窓敷居まで光を這わせてやって来たとでもいうように明るみがさしていた。セルゲイは言った。僧房の並木のカワヤナギに昨日はもうネコヤナギの真っ白い花穂《ヴェルボチキ》が、まるで繭のようにたくさん、いや、ちいさな雪のしずくのように咲いていましたよ。ヴァレリー修道士は、深くうなずいた。あれは苦くて甘いぞ、春先のジャムに一番だね。ハチミツもサーハルもふんだんに使ってね。むかしはね。現代人には贅沢過ぎようかな。

二人は質素な朝食を終えた。朝一番で仕事に出る人々とまじって、これからペルミ第二駅までバスで行かなくてはならないのだ。二人は出かける用意をした。僧房の外に出ると、昨夜たしかに強い雨と風があったのだ。残雪の氷塊もよごれた鉄板のように薄くなって溶けていた。僧房脇の歩道を着ぶくれた人々が足早に歩きだしていた。近くに見えるくすんだ色の住宅棟の窓々にはちらほらと灯りが見えた。春が来たのだ。いちはやくウラルの春が来たのだ。セルゲイはヴァレリー修道士に遅れないように歩みを早めて言った。今年の春は一足早くありませんか。健脚が自慢のヴァレリー修道士は言った。地球温暖化ということもある。土台、悪霊どもの唆す戦争の年々は、春が早いと言うではないか。二人は大モトヴィリハ川に沿って、バス停留所まで急いだ。モトヴィリハ川はもう氷雪もとけて増水しているのが分かった。カワヤナギは一晩のうちにか萌黄色をうっすらと滲ませ、白いつぶつぶのネコヤナギの花穂が目の覚めるほどに咲き溢れているのだった。出勤を急ぐ人々が男女の区別なく一列になって急いでいた。バス停には行列ができていた。その中に二人は紛れた。人々は寡黙だった。まるでカワヤナギの延長が人々であるとでもいうように自然だった。しかしだれもカワヤナギのヴェルボチキの白い花穂など見上げなかった。咲いていることさえ気にならないほど、当たり前のことで、自然の巡りと一体だったのだ。いや、それどころではなく生きているのだ。いや、暮らしに追い立てられているとはいえ、柳の主の日《ヴェルボチノエ・ヴォスクレセーニエ》なんだから、しかるのちに復活祭なのだから……。だれもが知っているのだとも。ただ言わないだけだ。聖像画家としての意識がそうさせるのか、セルゲイは行列に紛れながらも、早朝の光を浴びたネコヤナギの白いふっくらとした花穂が、朝の悲しみが一瞬のうちに喜びに変容したそのたくさんの花穂が、聖像画のモチーフになるのではなかろうかと見上げているのだった。聖なる形象のふちどりに、春のねこやなぎの花穂だ。

　遠くの雲がうすれていき、最初は鳩色だった空が、次第に美しい青さに移っていくのだった。この空の青さと、そう、いまここに搾りたてのコップ一杯の牛乳《マラコー》がありさえすれば、なにもいらないのに、という思いが湧くのだった。真っ白い雲はマラコーだった。修道士暮らしでは特に食については禁欲的だった。ヴァレリー修道士は上背も十分すぎるくらいにあったが、みるからに痩せぎすだった。それに髯をのばしていた。行列の人々はそれぞれ空気がつまったような羽毛入りのダウンとか、毛皮の半コートとか着ていたが、ヴァレリー修道士は灰色ラシャ地の重い、まるでインバネスのようなコートを羽織っていた。セルゲイは鹿革の半コートに、毛糸編みの襟巻をぐるぐる巻きにしていた。

バスは、次々にやって来た。出勤客は次々に乗り込んだ。バスはすぐに出発した。二番目のバスにセルゲイたちは乗り込んだ。たちまち座席が一杯になって、セルゲイはヴァレリー修道士と並んで手すりにつかまった。バスは河岸通りを走り出した。それもスピードが速かった。満員なので中途停留所は黙殺されることがあった。途中で下車する人は、潰れたボタンのようなブザーを押しはするが、同時に大きな声をあげて下車の意思を伝え、それを人々が次々に伝えあって、ようやく運転手の耳に届いた。運転台は透明な仕切り壁があって、運転手は火の消えたタバコの吸いさしを唇でかじっていた。それは仕事とタバコの友情なのだ。運転台の近くに陣取っていたセルゲイはカマ川の美しい眺めを味わった。対岸はこちらより少し高くなっていて、もう緑が萌え出しているように見えるのだった。そして河岸通りには、ウラル山脈を越えて行き来するシベリア鉄道の本線が並走しているので、セルゲイは夜明けの長距離列車の疾走を夢のように眺めることができた。ペルミ第二駅で停車するだろう。轟音と重量感にあふれた無蓋の貨物列車だった。バスがペルミ第二駅に着いたとき、乗客はどっと吐き出された。バスの停留所の前方に、カマ川の埠頭あたりまでの広大な敷地の待避線では、入り組んだ側線が朝日に光り、サーベルのように反射し、大きな上屋からは白い煙がまっすぐに立ち上り、保線区の人々が青い影になって動き回り、点在する車輛の陰からゆっくりと装甲車のようなディーゼル機関車が現れ、小旗が振られ、路床脇をヘルメットたちが走り回っていた。まるで待避線で彼らがネコヤナギの枝を振りまわしながらいち早く祝祭でもやっているように見えた。雪が消えた待避線はチェロのような音を奏でていた。おお、春は忙しいのだ。

セルゲイは、ヴァレリー修道士と一緒にペルミ第二駅でバスから降りて、今日の仕事場に向かうのだが、まだまだたっぷり時間があるので、打ち合わせのためにもという理由で、早朝から動いている古風な喫茶店に入ることにした。そしてめったにないことだが、二人とも濃い珈琲《エスプレッソ》を注文した。

セルゲイは言った。ヴァレリー修道士、ここからモスクワまで何キロくらいでしょうか。ヴァレリー修道士は答えた。そうだねえ、一五〇〇キロはあるんじゃないかねえ。そんなにありましたか。それはそうだよ。いいかい、これはきみだって知っていようが、だってきみの故郷はノヴォシビルスクじゃないかね。それに比べたら、すぐそこじゃないか。どうかね。ウラル越えまで五日はかかるかな、そして、ここから、そんなものだからね。われわれはそんな空間意識のなかで生き死にする。

西欧《エヴロ ーパ》と言っても、ユーラシア大陸の半島部に過ぎない。まあ、文化歴史的密度は実に稠密窮まるが、その、過ぎない国々が現代文明をもたらした。それも本当だ。そうだねえ、われわれの取柄と言ったら、こんな広大無辺な大地空間に生き死にしていては、あるいは信仰ということだけが財宝かも分からないね。石油もガスも、地下資源鉱物資源もなにもあっても、それだけで、道徳的に世界に君臨するわけにいかないよ。錯覚は禁物だ。物質資源は常に有限であることを忘れてはなるまい。セルゲイはたっぷりと砂糖を入れた珈琲を飲み干した。珈琲カップの底が美味しかった。ええ、今年はたしか四月の十六日でしたよね、とセルゲイは言った。復活祭《パスハ》のことだった。そうだね、そうなるね。どうなるでしょうね、とセルゲイがつぶやいた。動員予備リストのことか。はい。やってみるしかない。そうですね。復活祭の前までに、心をふり絞る。ええ。

駅前の大地が揺れたような気がした。今、ウラルを越えて来たはずの長距離列車がペルミ第二駅を出発したのだ。あとはまっしぐらにモスクワまでだ。われわれはいつまでこの世に生き残れるのだろうか。この春の、ネコヤナギの花穂が咲く間は、とセルゲイは思った。一五〇〇キロメートルか、近い近い。そうだ、あの方も歩いたのだ。

2

早朝の都市はみるみるうちによみがえっていった。路上売店《キオスク》で新聞を買った客たちが次々に喫茶店に立ち寄り、スタンドで立ったままチャイや珈琲を喫しながら新聞を読み、じきに出て行った。また新たな人々が忙《せわ》しなく立ち寄った。朝に特有な憂いや悲しみも、ここでは朝の人々の、始まりの生気によって克服され、また駆け出すように現実の中に、己に声をかけ、今日一日の労苦に向かって始動したのだ。セルゲイにはこのような朝の賑わいはひどく懐かしく好ましかった。人々がみなどこかで連帯しているのだという直感的な安心感にちがいなかった。夫々が孤独であっても、決して孤立はしていないというような安堵感だ。フセヴォロド・ヴィリヴァの奥地の修道院暮らしにはない種類の活気だった。まったく性質が違う、現実に対する欲望の生気だった。人々の会話の片言隻句から聞こえてくるのは、ここがまるで不思議な国の言語でさえあった。仕事に急ぐ人々は珈琲を飲みながらも、各種の携帯電話の画面をながめ、片手の指を迅速にうごかしながらメッセージを発していた。電話の声も弾んでいた。たちまちのうちに進化した人々が現代を生き延びているというような光景だった。リンゴが木から落下する重力の大地の現実で生きていながら、同時に無重力の仮想現実で生きてでもいるというような、祝祭的な賑わいの二重生活とでもいうべき光景なのか。文字、ことば、映像、音、それらが小さな矩形の画面で、まるで現実よりももっとリアルに生きているというような光景だった。情報が光速で渦巻いているのにちがいなかった。魂の二重生活なのではあるまいか。セルゲイは何と自分は時代から取り残された種族なのだろうかと思った。小さな矩形の画像などの方が、あるいはそこから聞こえる音声やことばの方が、現実のそれよりももっとリアルであるような世界が手のひらの中にあるのだ。現実の人間ならば、大きさといい、重さといい、自分の手中にすんなりと縮小されておさまるものではない。そのような物質感や抵抗感が、触感が、動画となって、意識の中で生き出すのだ。そうだ、脳内で等身大に錯認知されるのだ。縮小されてもレアルノスチなのだ。彼らの指の動きは昆虫の触角より敏捷だった。記号としての文字が瞬時に絵に変容する。それでいて、窓の外で市中は巨大なままますっかり生き返り、春の光の中でヴィーナスの誕生のように大きな貝の舟にのっているように見え出した。ここから二千キロも三千キロもはるかな大地で、このいまもミサイルや砲弾が炸裂し、市街は崩壊し、戦車が走り回り、死闘が繰り広げられていようなどとは、情報がなければまったく分からない美しい春の朝なのだ。戦争当事国の双方で死者がどれほどになっているかもまるで分からないのだ。戦争などどこにもないのだというように。

ヴァレリー修道士は、さて、と言った。われわれの打ち合わせといっても、相手のあることだ。まちがいなく、シベリア軍管区の兵事課から、それと州の総務部から、事務方が加わる。すでに動員者予備リストは出来上がっているはずだ。そのプリントが手渡される。それをわれわれが精査する。審査と言ってもいいが、ただ文書リストだけだ。もちろん、その調査書には、リストにあがった人々のほんのお義理程度の細部が記載されているだろうね。年齢から始まって。それも、もちろん今時のことだから、本人の手書きの調書だということはない。すべて、パソコンで印字されたものだ。けっして、その人本人の現実は見えはしない。いわばそれらの情報は無色化された記号に過ぎない。それをわれわれがじっと穴のあくほど見て、想像力を働かせ、読み取り、判断するというわけだ。わたしには、あの重力のあるタイプライターが、あの厳かで古代風なキリル文字の印字、あの印圧のある、カーボン紙で少なくとも用紙三枚は同時に印字できた、あの圧力と指の力が懐かしい。文字はあのように力がこもっていた。単なる記号ではなかったね。

あ、それで思い出されたが、われらのアントン・チェーホフは偉いもんだったねえ。一万にものぼるサハリン島流刑囚の調査リストのことだ。実にシンプルな調査書式だが、ぜんぶ、じっさいに彼がほとんど不眠不休、足で稼いで、問診したとでもいうような、そう、カルテだね、医師だったから。ドクトル・チェーホフだ。医師が患者に問診してさっと記録したようなものだ。生年、年齢、生地、妻帯者か、独身か、宗教は、刑期は何年か、などなど、すべて流刑囚との実際の対面調査から、彼自身が書き記した。いいかね、一万枚はくだるまいよ。それに比べると、われわれの今回の仕事というのは、一体何だろうか！　すでに兵事課で作ったリストとにらめっこするというだけでいいのかね。兵事課で、動員リストアップに際してどのような基準でやったのかさえ定かではない。わがロシアのことだ、くじ引きでということだってありうる。例えばの話、この名前は気に食わない、これはどうもユダヤ人名くさいとか、少数民族風だとか、リストアップする者たちの先入観、偏見、無知蒙昧によって、気分次第で十分起こりうる。そして一番の怖さは、個々人の生死にかかわる動員リストであるに拘らず、名が挙げられたとたんに、その名が、人間ではなく単なる記号になってしまうということだ。無機質な記号として処理される。すでに死者とも言えるような。極言するまでもなく、オシフィエンチムの絶滅収容所のリストと本質的に変わらん。実際には、会ってみなければ、その人が大男なのか、病気もちなのか、精神を病んではいないか、アル中や薬物患者ではないかなど、まったく分からない。どういう思想の持ち主なのかも分からない。もちろん、今回の動員者リストアップもまた、法的には然るべき手続きがあったとしても、厖大な数にのぼるだろうから、そうだね、最近よく耳にする、人工知能のコンピュータにやらせればいいのだろうが、その人工知能と言ったところで、判断はできても、その判断対象の有する意味そのものが理解できないのだ。自分が行っていることの意味が全く理解できない。そうじゃないか。昔だったなら、すべて手書きの調書とか申請書がもとになっていたのではないのかな。そのうえで、兵事課の役人たちが判断する。しかし、これとても怪しい。というのも、市町村の地域的な偏差もあるし、また縁故といった事情もある。あるいは差別だ。思想や貧富の差異とか、それはいかに厳正な係官とは言っても所詮、そう、所詮、人間、俗人が、そう、欲望の人間がやることだからね。法の平等の隠れ蓑のもとに。どうかね、セルゲイ・モロゾフ、きみは修道士としてというよりは、聖像画家という芸術家の観点から言って、この問題についてどう考えているかな？

　ヴァレリー修道士に言われて、セルゲイの中から自分でも思いがけないことばが出た。三十代後半のぼくが、ぼくは予備役ですからね、どうして動員予備リストに上がっていないのか分かりませんが、もし上がっているとしたら、ぼくはどうするでしょうか。するとヴァレリー修道士が言った。何を言っているんだね、きみがリストに上がっていないから、このような役目を与えられたんじゃないか。ま、いい。それでどうだと言うんだね、とヴァレリー修道士は言った。セルゲイは言った。たしかにこれは法による支配ですから、もちろんかりに総動員令ということにでもなれば、年齢を問わず皆兵として駆り出されますね。戦争ですから、国家を防衛するという大義で。しかし、国家を防衛するというのは一体何でしょうか。古来からの一民族の国家を防衛するということの、その基本は一体何でしょうか。国民国家という枠組み、領土的縄張りを守らなければ、当該の一民族が死滅するとでもいうのでしょうか。そう、われわれの祖先は、少なくとも、モンゴルの軛《くびき》のもとで悲惨な生死を重ねて来て、ついにモンゴルの軛を脱してロシア国家をうちたて、さてその先が、帝政ロシア国家の支配による時代が、ついこのあいだまで続いていたように思いますが、これって、本質的には異民族による支配との差異はありますが、国家によるナロード、常民支配は本質的に同質ではないでしょうか。いいですか、ロシアは、ついこのあいだまで、そうです、一八六〇年まで、農奴制の国家だったではありませんか。ああ、アントン・チェーホフの生年が、同じ一八六〇年だったですね。そう、ぼくの言いたいのは、国家の功罪についてなのです。むしろ罪についてと言い換えてもいいです。いや、〈罪と罰〉、根本的な国家悪についてなのです。結論はシンプルです。

戦争のための動員は、国家暴力に他なりません……、とそこまで言ってからセルゲイは言い淀んだ。聖像画家の、ええ、芸術家の立場から言いますが、国家は、大地とその人々から切り離された支配機構としての国家《ゴスゥダルストヴォ》は根源悪なのです。君主《ゴスゥダーリ》がどのように英邁であってさえです。芸術家は国家からどれだけ離れているかにその存在理由があるのではないでしょうか。

やれやれ、それはセリョージャ、無政府主義《アナルヒズム》ということかね、とヴァレリー修道士は言い、急いで立ち上がった。音楽が流れていたので、人に聞こえる声ではなかった。さあ、時間だ。

ペルミの市中に出ると、春の陽ざしは生き生きと青空から降り注ぎ、ロシア帝政時代からの建築物がさらに美しく競い合い、並び立ち、二人は急ぎ足に州庁舎のある通りにむかって歩き出した。セルゲイは口ごもりながら言った。ぼくはリストから全員を削除したい。そのための特別任務であると思うのですが。ヴァレリー修道士は言った。まあ、見てみよう、セルゲイ・モロゾフ、突然、切れては困るよ。理性的《ラズームヌィム》であれ、謙虚《スクロームヌィム》であれ。

もうところどころ、リャビーナの並木には羽化する植物とでもいうように、粘っこい、赤みがかった葉がよじれながら、いままさに光によって鮮やかな若緑の葉に生まれ変わろうとしていた。

3

二人が到着した州庁舎内は地方から来た陳情者や足早な職員たちの声であふれていた。受け付けで来意を告げると、すぐに電話が掛けられ、直ちに二人は七階へと案内された。案内の若い職員はまるで春の始まりそのもののように初々しかった。淡いピンク色のブラウスにモスグリーンのカーディガンを肩にかけている。フセヴォロド・ヴィリヴァから来たと知らされてか、神父様、北はもう雪解けが始まりましたかなどと愛想を言うのだった。やはり州都は早いですね、とヴァレリー修道士は言った。廊下を挟んで会議室や小部屋がいくつも並んでいる。ほら、こちらです、とドアまで案内すると、彼女はまた春の女神でもあるかのような足取りで優雅にゆっくりと戻って行った。見送りながらセルゲイはヴァレリー修道士に笑いながら言った。この世も悪くないですね。朝早くから働く人たちに春が来た。ふむ、悪くないどころか、とてもいい、うん、とてもいい、まあ、修道士よりはいいかね、わはは、とヴァレリー修道士は言い、ゆっくり、静かに、二度、とんとんとノックした。直ぐにドアが開いた。二人の職員が出迎え、挨拶が交わされた。

一人はセルゲイより少し年かさくらいの、なかなか美貌な、濃い色のふさふさした髪をかき上げるようにして自己紹介した。徴兵事務係のアドリアン・ヴィシュニェフスキーです。どうぞ、さあどうぞと、着席を勧めた。もう一人は小柄な女性で、とても優雅な身のこなしだった。瞳は黒かった。戸籍課のヴェラ・ニコノヴァです。ヴァレリー修道士とセルゲイは二人と向かい合って腰かけた。さあ、始めましょう。ヴィシュニェフスキーが仕事の段取りについて説明し始めた。二人の眼の前にはすでにプリントした動員者リストがおかれていた。彼のロシア語はくっきりと明瞭でありながら、音楽のように心地よかった。灰色の中に桃色の雲が流れているような響きだった。セルゲイは耳を澄ませた。

フセヴォロド・ヴィリヴァ地域は、工業地域は別にして、他の郡部とちがい、とても審査しやすいとは思います。動員兵ノルマの人数も二〇〇名足らずです。審査はこのリスト書面だけですが、三日もかからずに終えられるのではありませんか。チェックの要点はここに別刷りにしてあります。お二人の審査が終わり次第ですが、そのあとは、警察と保安庁との合議で確認し、最終決定者に動員票を郵送ではなく、直に届けることになりましょう。いわば無言の圧力になる。いやな表現ですが、もう逃げられない。居留守を使ってもダメでしょう。もっか、オンラインで送るというようなアイデアも出されていますが、さあ、どうなるか。さて、民間から今回の精査に参与いただくのは、あなた方のフセヴォロド・ヴィリヴァ地域だけですよ。驚かれましたか。他は、人数も相当のノルマでしてね、すべてこちらでコンピュータ検索処理で行います。実はあなた方のダニール修道院長からの提案があってのことです。修道院長のお話は、漏れ聞くところでは、さすがに信仰者です、単に法に従って機械的に選別することについて深い憂慮と疑いをもたれています。昵懇の州知事も、兵事課も、その点について、いわば譲歩をしたのです。ダニール長老は何と言ってもウラルでは敬愛される重要な宗教者ですからね。ただの修道士ではありません。それでは他の広大な諸地域ではどうなるのか、これはここだけの話とさせてください、平等の観点から言って、どの地域も、一律の基準で機械的に、公平になされるべきではないかとの難題もありますが、しかし、あそこは特に信仰者が多い。つまり、信仰者とわたしが言う意味は、非戦、戦争忌避の異議申し立てが多数ありうるという厄介な問題をかかえています。働き口がなくて、この際に契約動員兵でもいいというような人々もいますが、フセヴォロド・ヴィリヴァ北域は、そういう都市部とはまた違った意味での、いわゆる戦争忌避精神《ドゥフ》が根付いているんです。ペルミのような都市部住民とはかなり違います。おお、もちろん、実際に動員拒否とでもなれば、わが国はかつてソルジェニーツィンが暴いた如く、依然として、これはここだけの話ですよ、あの〈収容所群島〉ですからね、否も応もなく、ラーゲリに送られるか、収監される。刑期も重い。非愛国の刻印が捺されてしまう。無惨な情況にありますね。それでいて国内はおよそ静けさを保っています。これが三年も続いたらどうなるでしょうか。

そこで、われわれとしては、由緒ある信仰者たちのフセヴォロド・ヴィリヴァ地域の予定動員者についてはできるだけ穏便に処理したいのです。火種にしたくない。いいえ、これもここだけの話ですが、クレムリンに知られたら首がとびます。しかしここウラルの大地の問題として、われわれは少しでもこのウラルが郷土である古くからの信仰者ナロードの良心に配慮したいのです。それでなくともここのところ、ロシアからの出国制限がなされたにもかかわらず、あの手この手でかいくぐり、カザフスタンその他へと動員忌避の出国者があとを絶ちません。要するに、新手の亡命志願者です。ところで、本来ならば、相手国のウクライナ自身が国民総動員令でもって戒厳令をしいているのですから、もちろんわが国だって総動員令を発令するのが本当でしょう。しかし、これをただちに今やってしまったら、国内は一体どうなりましょうか。とんでもない分断が、大地的亀裂が起きかねない。今は、先をにらんで、秘密裏にですが、いつなんどきクレムリンからの指令があっても遅れをとらないように、この予備作業を進めているのです。これは、恐怖の忖度《そんたく》とも言われましょう。ここだけの話ですよ。宗教者のお二人だから言っておきますが、知恵を絞って、まあ、二重生活を強いられているようなものです。われわれもまた同時に国家とは別に生き延びなくてはなりません。生活がかかっている。おお、ここは禁煙です。喫煙は中庭に大きな鉄のゴミ箱があります。そこで吸えます。でも、ここで吸っても構いません。

そこまで言うと、やっと、まるで神父に告解でもしたように安心したらしく、ヴィシュニェフスキーは、隣に掛けているヴェラ・ニコノヴァに、灰皿《ペペリニツァ》を、と言った。彼女はすぐに立ち上がって部屋を出た。すると彼は眼混ぜするようにして言った。まさか、ヴァレリー修道士、わたしのことばが罠だなんて誤解しないでください。これはわたしの自説です。もちろんわたしだって危ない。特別枠の、つまり懲罰枠の動員で送られることもありうるのです。わたしは、きっとあなた方の精神世界の修道士さんたちには分からないような、多くの世界の情報を入手出来ています。どのようにも対処できるように油断なくしていますよ。要するに、わたしはロシアが好きなのです。こんなロシアでも無性に好きなのです。だから彼女を滅ぼしたくない。それでも、わたしはロシアを愛しているのです。おお、それでも、という意味はですね、わたしの祖父はヤクーツクのラーゲリで死にました。まさに非業の死です。詩人でした。この国は、そういう国ですが、それでも、と言うことに、希望があります。欧米の有識者には、ユーラシアの独裁者はみな、遊牧民の生き残り作戦を生き抜いて来た者たちだから、殺戮以外に、慈悲の心などひとかけらもないなどと言っていますが、そしてそういう独裁者が性に合っているなどと、賢しらな言説を述べていますが、とんでもない認識です。真のロシアとは、ユーラシアのロシアとは、寛容さのロシアであるほかない運命なのです。わたしはあなた方のダニール修道院長に賛同しました。州知事も秘かにわたしに命じました。どうか、フセヴォロド・ヴィリヴァ北域の員数ノルマから、あなた方の判断で、少なくとも数パーセント、救い出して欲しいです。われわれ当事者にはそれが出来ません。実に奇妙な企みと思われましようが、これは極秘裏のことです。

そう言って、彼はタバコに火をつけて深く吸い込んだ。ヴェラ・イコノヴァが大きなウラル・セラミックの花柄絵付けの灰皿をもって戻って来た。ヴァレリー修道士も衣嚢《かくし》から煙草をとりだし、火をつけようとした。ヴィシュニェフスキーがさっとライターの火をさしのべた。煙い、煙い、窓を開けますよ、とヴェラが言った。窓から春の冷たい風が入った。そのいい空気の中で、彼女はヴァレリー修道士に言った。わたしは一五歳の一人息子をかかえています。でもあっという間に大人になります。そのとき、戦争の動員がかけられたら、いったい母としてわたしはどう思うでしょうか。どんなに小さくても奇跡を祈るでしょう。わたしはお二人に期待します。リストにあげられた人々の個人的情報は、すでにわたしの調査でできる限り文書化されています。そう言って、彼女は別刷りのプリントコピーをヴァレリー修道士にさしだした。ただただ住民戸籍から無作為に集めたデータだけで選ばれてはなりません。この先は、お二人の信仰心と良心によって、決断をお願いしたいのです。もしかしたら小さな奇跡となるのではないでしょうか。大きな愛で、小さな奇跡を！ヴァレリー修道士は、分かりました、と言って、セルゲイを見た。セルゲイも、分かりました、と言った。

部屋を出しなに、元気溌剌としたアドリアン・ヴィシュニェフスキーはセルゲイに声をかけた。セルゲイ・モロゾフ、あなたは修道院の聖像画家だそうですね。いま、どんな新作を？　そう訊かれてセルゲイは、あのユゼフ大尉と同じ質問が出たことに驚き、もちろんすぐに答えられず、まだとも言えずに、ドアまで送りに行き、やっと口に出して答えた。さあ、この春の、ネコヤナギの花穂のモチーフ……。へえー、聖像画に、あのヴェルボチキをですか、どんな風にですか？　セルゲイは言った。でも、はたして聖像画と言えるかどうか、あのネコヤナギの真っ白な花穂が。そう、春の最後の雪のように。セルゲイ修道士、わたしは信じます、とヴィシュニェフスキーはセルゲイを見つめかえし、ヴェラと一緒に立ち去った。思わずセルゲイは小さく十字を切った。こんなところに、人はいるのだ。ことばは死んでいないのだ。ぼくは応えられるはずだ。

4

彼らがいなくなるとヴァレリー修道士とセルゲイは、恐いもの見たさというような心地であったが、行こう《パシュリー》、と先ず身体的に声を出して、そのあと気持ちを鼓舞して、しかしその自分の初々しさに、何と名付けたらいいのだろうか、決死の覚悟だというような、少し可笑しささえ覚え、動員者リストを吟味する作業に取り掛かるのだったが、まだ幾何《いくばく》かの困惑と疑念が残っていたので、ヴァレリー修道士が低い声でセルゲイにつぶやいた。言うまでもなく、州知事任命はクレムリンであるはず。となれば、いいかい。あのヴィシュニェフスキーの衣着せぬような言説は勇気がある。まるで、おとぎ話の善玉といったところだね。わたしは信じた。セリョージャ、きみはどう思ったかな。セルゲイは窓に向いていたので、まぶしそうに眼を細めて言った。はい、彼だけの考えではないのじゃありませんか。もしそうなら、剛勇というべきです。知事その人の隠された本意ではないでしょうか。フセヴォロド・ヴィリヴァ、これを特別枠にしたのでしょう、やはり。ヴァレリー修道士が言った。そうだね。セルゲイは言った。長老《スタレッツ》と言ってましたね、たしか、ユゼフ大尉だったたか。

プッチョーンのプッシュではありませんか。ダニール老師だけでありませんよ。何らかの絆。これは思想的というより、精神的な、ぎりぎりの線で。ヴァレリー修道士は言った。わたしもそう思った。なるほど。長老の線か。だって、彼が到着してからの急な動きだったように思います。知事の妥協かな。セルゲイは言った。そういう点もあるでしょうが、プッチョーン長老の人脈でしょう。

しばらくして密室にも春の日が休息にお邪魔したような静かさになった。アルファベット順に記載されたリストの名を追っていくうちに、これでは何一つ手をつけられないような絶望感をセルゲイは覚えた。一体これは何だ？　まるで商品名リストか。それらの文字として記載された姓名はただ記号にすぎず、実際の生きた個人個人ではないはずなのに、にも拘らずその名の文字はすでに音も声も付与されていて、顔も、というのもリストには幸いにもと言うべきか、いや、残念と言うべきか、写真画像の添付もプリントもなかったのに、かえって個々人の名前が、たったそれだけで生きたその個人を聞こえない文字で主張しているというような奇妙さがあった。

セルゲイはまず一枚目のリストを下までざっと目を走らせた。次々に多彩なあるいはよくあるような姓名が、その音が、まるで楽譜の音符とでもいうように見え出した。ふたたび最初に戻ったもののの、アルファベット、つまりアズブカのA《アー》で、もう先に進むことができないような閊《つか》えを感じてしまった。それは、アントノフ、アレクセイ・ペトローヴィチ、というように、姓、そして名と父称。年齢その他の数語の記載。居住地。民族その他。いきなり目の前に現れて、まったく顔も人も思い浮かばないはずなのに、どこからか顔も眼も、体つきまでまざまざと見え出したのだった。いや、これはロシア中どこにでもあるような姓、そして名前と父称だ。アントノフはただよくある姓であるにかかわらず、セルゲイは過剰反応をしたのだった。アントノフという名の飛行機の名、あるいはアントノフカという萌黄色リンゴの品種。晩秋から冬にむかって濃厚に成熟するその香り、そして同時に、その甘い晩秋の黄金色に熟した芳香から、思いがけず吹雪の夕べのリーザの声まで。このリストはすべてが事務的な、ただ名前の列挙だけでの詩のようにさえ見えてきた。まるで事物の列挙のように、そして梃子でも動かない実質のように見え出した。おお、これらにどうして手がつけられるものか。ぼくはどのような権力者でもないのに、これらに手をつけようとすることで、すでに権力者になるのだ。できるだけ抹消して、赤で横線をつけて抹消しようとするのに、他の多くはそのまま並んで声も上げられないのだ。

ヴァレリー修道士は頬杖をついて停止していた。窓を背にしているので、顔は逆光だった。もじゃもじゃの長いひげが光で縮れていた。

この逸脱した想像、妄想、あるいは親和力、あるいは過剰な類似連想力は、それに続く、生年月日、年令、居住地、身分、職業、民族、兵役経験等々の記述によってセルゲイの意識は現実に引き戻され、かろうじて迷路から抜け出せた。抽象的な記号であるはずの姓名が、このリストの一行から、空想と現実に引き裂かれながら自己主張を始めているのだ。セルゲイは眼を閉じた。いっそのこと、この名の文字よりは、全員本人に直接に会ったほうが本当ではないのか。記載された文字は、それも手書きではなくコンピュータによる印字なのだから、かえって、手書きの肉筆の文字や、本当の顔などが、余計想像をかき立てるはずだが、もしかしたら、その逆の事態が自分には起こっているのではないのか。このように名前が、ずらりと並んで犇めいている。恐ろしいことだ。文字だけだからなお恐ろしい。不気味だ。学生名簿などとはわけがちがう。おお、これが戦死者名簿だとしたら、どうなるか。しかし、このまま、戦死者名簿に一変しうるとすれば、すでにこれは死者リストなのだ、まだ生きているのに、すでに死者リストの予備軍なのだ。

名が、ただただそこに投げ出された固有名詞であることが恐ろしいのだ。そして悲しいのだ。人はこのようにして歴史の外に遺棄されたり、あるいは残されたりする。セルゲイはこれまで多くの墓碑銘に接してきた。死者の記念碑だった。そこに刻まれた名前の何という孤独であったことか。個人の墓碑銘ならば全く別だ。墓碑銘にはすくなくともことばが添えられる。そのことばが、その前に立つ生者にせめてもの救いと慰めをもたらす。まだ死んでもいないのに、生きたままでこのようなリストに記載されることの恐ろしさだ。

最初の考えではヴァレリー修道士と半分ずつ手分けして吟味してから、また交換しあい、気づいて特に着目した点について相談しあうということだった。特に年齢、職業、家族構成だった。この特に配慮すべき家族構成については、このリストには何一つデータがないが、幸いヴェラ・ニコノヴァの調査による添付資料が役に立つはずだった。まだ幼い子供が複数いるのに、どうして動員兵に組み込むことができようか。今日は、ともあれ先に進んでおいてから行きつ戻りつすることも出来るだろう。セルゲイはリストの名を順に追っていくが、一体自分は何をしようというのかさらに分からなくなった。次々に名前がならんでいるのだ。もちろん主格として、あるいは呼格としてだが、これらの主格はどうして主格でありうるのだろうか。動員予定者リストにおける主格とは一体何だろうか。主格などでありうるのか。まるで予めの集団的死亡通知リストではないのか。セルゲイの内部で、名付けがたい怒りが素顔を現しだしていた。このようなリストから、戦時の動員令によって、この名の持ち主は否応なく召集兵として、短期間の軍事訓練を受け、戦場に送られ、まちがいなく死に晒される。いや、確実に死ぬ。あるいは重傷者となる。こんなデタラメ不条理がまかりとおっている。法を使って強制する。唯々諾々と沈黙のまま暴力に忍従して戦場に行くというのか。では、このような強制する法を執行する権力を許容しているナロード国民とは何者なのだ。国民皆兵ならばまだしものこと、厖大な軍事費そして職業軍人を養っているではないか。愛国の名によって、ロシアの大地を防衛せよと、平和な常民のナロードを戦場に駆り出すとは本末転倒だ。正規軍だけで戦争を遂行するのなら分かる。もしナロード自らが自由意思で戦場に赴き、戦うというのなら、それは各自の自由だ。何一つ領土を侵犯されていないこのロシアが、兵員がまだ足りないからといって再び動員令を、隠蔽《いんぺい》しつつ準備をしているのだ。ナロードを戦争の最前線の捨て駒として、戦争奴隷として使い捨てるということだ。まだ奴隷制は終わっていないのだ。

セルゲイは赤と青の鉛筆をリストの上に投げ出した。ヴァレリー修道士がそのセルゲイが蒼ざめているのを見た。セルゲイはテーブルで向き合っているヴァレリー修道士に言った。ぼくは甘かったと思います。こんな不条理《アブスルド》のデタラメ劇に手を貸すことになるとは。ナンセンスです。権力のアブスルディズム劇のために小さな書き割りをいやしくも聖像画家のぼくに描けだなんて。悪霊どもだ！　ヴァレリー修道士、この不条理劇の作者は、演出家は一体何者のつもりなんでしょうか。報復は我にあり、というではありませんか。

まあ、待ちなさい、セリョージャ。そうヴァレリー修道士は言い、タバコを取り出しマッチで火をつけて燻らせた。きみほどの温和な男が、いきなり怒りに駆られるとはね。芸術家の本性があらわれたのかな。もう一度初心に戻って、おさらいしよう。いまわれわれの微力でできることを、可能な範囲でやり切る他ないのではないかな。これは、どんなに小さくても、反撃の好機なんだよ。考えてもみたまえ、われわれは少なくとも十二世紀以降、こんにちまでどれほどの戦争をやってきたことか。優に八〇〇年余は戦争にあけくれていたのだ。人は忘れる。忘れないと生きられないから。しかし思い出す。記憶は深い。底なしに深い。そして今日がある。みんながそれらの歴史を忘れ去っているつもりだが、そうはいかない。記憶こそ、人の同一性を支えるのだからね。もう一度言おう。ロシアは、いや権力者ではなく、国のナロードだけがわが国の超絶不条理を生き延びて来たのだよ。後の歴史は、どうとでも好きなように、権力者たちがヒーローであったと捏造するがね。逆説的だが、終局的にはナロードだけがヒーローだった。圧倒的な数でね。わがナロードなしでこの大地があるわけがなかった。しかし、まだまだこの国は、ナロードの成熟《ズレーロスチ》が半端だよ。あと百年はゆうにかかるだろう。それでもいいのだ。待つことだ。権力の亡者、権力悪霊はいずれ死ぬ。早々と死ぬ。ナロードも死ぬが、永い。芸術が永いのと同じだ。いや、またこうも言える。決して貶《おとし》めて言うのではない。実際、西欧《エヴローパ》のようには成熟したがらない。それにも一理ある。理性的であるよりも自然的であろうとする情熱が、欲望が強い。これこそ権力が狙う急所、弱点、アキレス腱なのだ。まあ、いまさらこのような愚痴を言っても始まらない。今のわれわれのミッシアは、為すべきことは、このリストから一人でも多く見出して救い出すことだ。他者を助けることだ。いいかい、奇跡は、われわれはイイスス・フリストスではないのだから、ただの人の手で行為して、手を差し伸べることくらいしか出来ないのだ。いいかい、このリストの名前の人々がみな、わたしの名に斜線をと叫んでいるにしても、全部というわけにはいかない。一人でも二人でもいいのだ、それが希望の証《あかし》になるのではないか。これがわれわれに出来るささやかな奇跡なのだ。そうとも、イイススが奇跡をおこなったときの気持ちを思い起こそうではないか。

ヴァレリー修道士はそう言い、指が熱くなるまで惜しんで吸ったタバコを灰皿に潰し、窓辺に立った。このような語らいが今あったことなど、まるで何一つなかったように、眼下には、晴れやかな春の陽ざしの中でペルミの都心部の建築物が美しく典雅なたたずまいで花影を落とし、その向こうに、ペルミ第二の発着駅そのものが心臓のように鼓動しているように感じられた。シベリア鉄道の列車も地方へ分岐する列車も、ここで互いに出会って別れるのだ。そしてカマ川がこの世の現実にも、一瞬の現実の歴史にも、まったく無関心とでもいうように、豊満な、モスグリーンの青さの雪解け水を押し流しているのだった。

セルゲイも窓辺で並んで眺めた。この眺めが、このまま聖像画だったならどんなにいいことでしょうか、とセルゲイは落ち着いた声で言った。ヴァレリー修道士は笑った。しかし、聖像画となれば、天使《アンゲル》とか、使徒《アポストル》とか、いや、聖母マリアとか、嬰児《みどりご》とか、まずは描かれなくては困るのではないかな。セルゲイも、笑いながら言った。ほら、いいんですよ、あれから何百年経ったんでしょうか、現代の聖なるものは、天使も使徒も、聖母マリアでも、たとえば、ほら、豊かな春のカマ川が聖母であってもいいじゃないですか。新しく懐胎だってあるのです。そうです、それがロシアなんです。ペルミ第二駅のあの美しい駅舎は、強力な守護天使《アンゲル・フラニチェリ》の翼であったっていい。ヴァレリー修道士は言った。それじゃ、使徒たちは？　セルゲイはさらに朗らかな笑い声をあげた。頭が禿げ、おでこだけがいやに大きい、気難しそうな使徒たちですか、あれは、ああ、ほら、あの平底の艀船なんてどうです。似合っていませんか。みんな、この春に似ているだけでいいんです……

二人は今日は早いが、もう宿泊所に引き上げることにして、ヴェラ・ニコノヴァに部屋から電話を入れた。ニコノヴァがやって来た。そのあとでヴィシュニェフスキーがやって来た。ニコノヴァは言った。はい、神父さんとしてでもいいですから、リストはリスト、わたしの調査を参考に、こちらのリストの三十名については、対面のフィールドをお願いします。こちらで、州庁の車を手配できます。ヴィシュニェフスキーは言った。エレッツ知事から了解を得ました。必ずぼくらの時代がやって来ます。ぼくには聞こえます。ぼくは三十代。まだまだ持ち時間がある。お願いします。経費は経理に申請してください。

5

その翌日二人はペルミを発ち、ダニール修道院に帰った。そこから奥地含めて対面の調査を行うことにした。奥地行きについては林業の大男ペーチャ・ググノフの馬を頼んだ。それに若いセーヴァが加わることになった。ダニール長老の勧めだった。遠隔地は、戻れないので、修道院は留守にすることにした。ことにセーヴァは意気込んでいた。ヴァレリー修道士から対面調査について詳しく説明されて、感激を隠し切れなかった。この調査の旅はわずか七日間の日数だったが、セルゲイには大げさだが、まるで七年のようにも思われ、喜びも悲しみも七年間の火山灰とでもいうように心に降りつもった。そして収穫は大きかった。生きる人々の実質にこれほど親しく触れたことはなかったように思った。豊かで近代的になった都市の郊外の暮らしとは異なって、老いと病、老齢の男女、そして子供たち、とくに小さな子供たちはセルゲイの悲しみと喜びを深くしてくれた。老女たちの表情の深さ、セルゲイたちをじっと見つめる、慈愛と惧《おそ》れが混ざったまなざしは、ことばで言いあらわせない、彼方の神の存在を感じさせるのだった。セルゲイはこれは聖像画でしか表現できないのだと思った。くぐもった彼女たちのロシア語までが貴く感じられてならなかった。あるいはまた、何気ないことばに躓《つまづ》いて、日向ぼっこで並び居て、こちらの問いかけに、一瞬笑いが弾けるときなどは、まるで少女か子供の天使が笑ったように思われた。老爺たちは気難し気な皺をよせてこちらを疑ってかかったが、いったん心がうちとけると、あれこれ呆けが来てはいるが、物事の本質をまっすぐに突く俚諺《ことわざ》を発した。歴史の外に遺棄されたようでいながら、歴史の川べりに石や土嚢を積み上げているのが分かった。若い人々は働きに出ているのがほとんどだったので、セルゲイたちはその場所を訊きだし、仕事場に出かけた。子供たちはどこまでも山道をついてくるのだった。セーヴァはペルミのチョコレートを持参していた。それをみんなに分け隔てなくあげた。小さな者たちは唇を黒くして、唇を舐めた。あまりに美味しいので泣きだす子までいてびっくりさせられた。きらめく色の包み紙が魔法の紙に思われたのだろう。食べた後、日に透かせて大喜びしていた。チョコレートも食べたことがないとでもいうようにだ。僻村は貧窮していた。これがロシアだなどと誰が言うだろう。ヴァレリー修道士は涙を流していた。現代のこれがロシアだとは。承知はしていたが、迂闊だった。御者のペーチャ・ググノフは、元気の出る民謡を歌って、馬を叱りつけた。このようなところから、動員者を強制してどうなるものか。

遠くまで来た日は、農家や、林業の木小屋に泊めてもらった。森林伐採地で、目当てのコミ系の人物に出会ったときはほっと安堵できた。まだ小さな子供が四人だ。それに高齢の両親。妻は工場に出て日銭を得ている。彼は少しも不平を言わなかった。よそさまから聞いたけれども、契約兵士に応募すれば、なんと、ひと月、最低でも三十万ルーブルとかいうが、世の中は狂っている。わたしも応募してみすかと思うが、さて、死ぬときまって行ぐのも、情けない。子供らに金を残すのはいいが、死んでは元も子もない。わたしには大事な仕事がある。いいですか、神父さん、ここら奥地のコミ語の残っていることば、言い回し、歌のことば、道具、わたしはそれを残したい。ほれ、このノートはどうかね。見せられた分厚いノートには、キリル文字で、びっしりと採集されたコミ語が書かれているのだった。これが彼のこの人生の使命だったのだ。この仕事を死とひきかえにしてはならない。ライサ・ヤズイヴァの言った通りだ。こういう人を失ってはならない。

三人は面談を手分けして訪ね歩いた。セーヴァはたちまち呑み込み、セルゲイたちよりはるかに率直で、まっすぐに聞き上手なことが分かった。夫々悲しみの心をかかえている人の心に、とどくことばをもっていたのだ。若い娘たちがいる村では、人気者になった。最後の日々には、カマ川上流の古いさびれ切った町に入った。そこで対面する人たちを探し出した。信仰心が篤かった。そしてロシア愛が強かった。暮らしは困窮していた。ヴェラ・ニコノヴァの調査に沿った面談は、いずれもがまちがいなく有益だった。セルゲイは直に彼らを素描したとでもいうように、その顔を忘れ得なかった。三人は長い旅から帰って来たとでもいうように、修道院に帰り着いてから、どっと疲れが出た。丸一日休息して、三人はセルゲイの庵室に集まって、最後の結論を出すことにした。セルゲイはその夜、悩んだ。年齢的に若い人を選びたくなかった。しかし、年齢がいっていると、子供らは大きくなっていて心配は少ないにしても、戦場では一体どういうことになるのか。健康状態、病気、まだ子供たちが小さいこと、仕事、そして人生でやるべき使命の仕事などなど、一体何次方程式に相当するのか、答えが出そうになかった。

　どのような結論と判断が出るにしても、心には一生払拭できない罪悪意識が残ると思うのだった。蜘蛛の一匹、理由もなく殺すのでさえ、後々まで忘れることが出来ない。セルゲイは、まだ小さなマムシを必要もないのに咄嗟の判断で、狂気のように叩き殺したことがあった。たかだか蛇殺しでさえいつまでもその行為の恐ろしい残忍さはいつまでも繰り返し思い出され、決して消えないのだ。まして、今回は、人一人の運命についてなのだ。死に追いやる運命になり得るのだ。殺すことこそが人間の本質なのだという認識を、その定義を、真逆に転換することで、イイススのように、殺してはならないという禁止命題の掟となすのも本当だが、この本当の意味は、人間という定義は、〈殺してはならない〉からもう一歩踏み出して、人間とは、〈殺すこと不能なる〉者の謂《い》いだと、さらに転換することではないのか。すなわち、殺す者は人間ではありえないのだ。それでは、われらただ生きんがために生きる動物のままなのだ。人の祖先がそのようにして他の生き物を殺さなければ生き延びられなかったにしろ、そこから進化したというのなら、このような矛盾をどうやって乗り切るのか。現代の脳神経科学によって、殺傷の後遺症、その記憶を失わせ得たとしても、その発動の本源のマグマが生き延びているにしてもだ。これを抑制するのではなく、失うことなのではないか、イイスス・フリストスは、殺さずに殺される者となって、世界における殺しの罪を背負ったというのなら、さあ、自分はどうすべきなのか。では、戦場で殺されることが、その自身の死によって他の殺す者たちの罪を背負うことになるのか。現実の歴史はそれを敗北と言う。しかし、その行為で死を乗り越えたというのなら、勝利ではないのか。いや、ここに敗北も勝利もあるべくもないだろう。現実には大いなる悲しみしか残すまい。その後始末を、いたいけない子供らに託すというのはさらなる悪ではないのか。

セルゲイは寝付かれなかった。殺してなんぼのもの、死んでなんぼのもの。死ねば死に切り。あとどうともなれ、というのでは何と人間は悲し過ぎるではないか。耐えがたい、無関心のニヒリズムではないのか。眼をつぶった眼裏《まなうら》の網膜にきらきらと紫色の斑点が見え出し、眼華のようにちかちかした光の点描が現れだした。本質が殺すという人間認識から、殺さないのが人間の本質だという絶対的認識、直観へと人間が進化する、いや、進化ではなく飛躍するためには、いま、何が必要なのか。われわれの環境なのか。どうしてあの山村の可愛い無心のこどもらが、やがて殺すことを思いつくだろうか。あり得ないのが真なのだ。

セルゲイは不眠の夜の心に、水の上のように、ことばを書いた。水の上にイコンの素描画が流れて行ったのだ。

セルゲイは魘《うな》されたとでもいうように心が歌っていた。

小さなものたち　絶対的に　おお、弱いおまえたち
どんなに寂しくてもどんなにひもじくても
草の穂を口にして　思い出のように
歌って行ったね　こんなに小さく生まれて
生きて意味があるのかと
思わない日もなかったけれど
いいことばかりはないのだからと　その笑顔を見せて
おまえたちは手を振って走って行ったね

セルゲイは胸が詰まっていた。もう自分にはいかな選びも出来るわけがないのだ。小さい人が幸せにならないうちは世界は終わってはならないのだと、春の夜は虫たちの翅をまねたような、ちぢれた花びらを咲かせていたのだった。

翌日になって、セルゲイは熱が出ていたが、庵室にヴァレリー修道士と二人で、最終的に、リストの名を読み上げた。セーヴァはそれを確認した。ヴェラがチェックしてくれた三十名のうち、十三人だけが予備調査のリストから削除された。十三人のうち一人については最後まで、削除できるかどうか、ヴァレリー修道士もセルゲイも悩んだ。どうしても削除したいとセーヴァが強く主張したのだった。その一人には、セルゲイもヴァレリーもともに面談した。忘れがたい人だった。

その語らいをしているところへ、突然のようにプッチョーン長老が木小屋を訪ねてきた。これか

ら、復活祭までの間、気ままな旅の身になるというのだった。セルゲイたちが意見を交わしあっている様子を見て、彼は言った。それはいちばん若いセーヴァの考えが正しかろう。どうしてですかと、ヴァレリー修道士も反論しなかった。なあに、セーヴシュカが保証人だというその心を、まるごと信じなくてはならないよ。その信に罪あるものは応える。罪のないものがどこにいようか。さあ、決まりだね。セルゲイ・モロゾフ、わしは必ず復活祭が過ぎたらここに立ち寄る。きみとの約束を忘れん。さらばじゃ、生きていれば、また会おう。セルゲイたちがせめて修道院の門まで見送りに行かせてほしいというのを、老プッチョーンは固く断って別れを告げた。
ヴァレリー修道士が十三名の削除の理由書を文書にしたためて、ペルミに届けることになった。
その夜からセルゲイは高熱に襲われた。

…………

三月の初旬は、ウラル颪《おろし》の凍えるような強風が終ると、一気に暖気が進み、それから幾度か春の雨が、時雨になって、冬の哭《な》き女のようにとでも言うべきか、さめざめと泣き、そして泣き止んだ。セルゲイはこの三年間で初めて寝込んだ。仕事は終わったのだ。木小屋の庵室でヴァレリー修道士はセルゲイの看病をした。セーヴァも交代した。ヴァレリー修道士はセルゲイがコロンナ・ウィルスに感染したのではないかと大いに警戒して、州知事部局のアドリアン・ヴィシュニェフスキーに相談した。直ちに彼は医師を遣わしよこした。その日のうちに検査の結果、幸いにコロンナは陰性だった。よく太っていて、明朗な、愛想のいい熟練の看護師が点滴をした。セルゲイを見ながら、元気をお出し、修道士のハヤブサ《ソーコル》さん、大丈夫、過労です。心の過労はだめよ。いけないよ、でも神のご加護で、コロンナ悪霊は近づけなかった。ペルミでも随分あの世に召された。あなた運《マリチク》がよかった。点滴が終るまでの時間、ヴァレリー修道士はアマリアという看護師と世間話に打ち興じた。

話題は戦争と暮らしのむきのことが主だった。《戦争《ヴァイナー》》という語彙は禁句だったが、もう、はっきりと戦争と言った。その活気のある話し声にあやされるようにしてセルゲイは眠った。ただ一つ、ロシアの女を、聖母をなめちゃいけないわよ、ということばが耳に残った。その女たちが殆ど裸になってデモ行進して叫んでいる光景が夢うつつに見えた。冬の毛皮コートをはだけ、ゴム棒をもった警官機動隊を押しまくる。おっかさん《マトゥシュキ》、やめてくれー、と狂犬病の警官たちはじりじりしざるが、拘束するにも、彼女たちの重量級の重さでは重くて重くて手が付けられない。若い女性たちは後ろに控えて仮面をかぶって踊りまくっている……。四十度、全然下がらない。あぶない。いいえ、肺炎ではない。いい薬だから大丈夫。声が何度も打ち寄せる波になって聞こえていた。

それから、ようやくセルゲイが目覚めたときは、もう春の夕べだった。気が付くと、窓辺で二人の人影が親しく話し合っている。セルゲイが目覚めたのを知って、一人が鉄製ベッドにやって来た。ドクトル・アリスカンダル老師だった。アリスカンダル老師はセルゲイに手をさしのべ、強く握った。その手でセルゲイは身を起こすことになった。さあ、もう起きて大丈夫、さあ、御馳走もあるから、栄養、そしてたっぷりと春のヴィタミンをとりたまえ。三日も寝ていたと言うが、大丈夫、寝てだけいてはいけない。起きて、食べて、歩きなさい。セルゲイは彼に励まされて起き上がった。空腹だった。ヴァレリー修道士は円テーブルに御馳走をならべていた。ヴィタミンが一杯だった。

修道院では夢にも思わないような果物だった。ペルミの大型店には何でもある。経済封鎖されているとは思われないくらいにね。そのうちどうなるか。いまのうちに、さあ、食べなさい。

春の夕べの宴が始まった。もちろん、ヴァレリー修道士はおもたせのワインの乾杯のあと、スタリチナヤのウオッカに腕まくりをした。セルゲイ・モロゾフの快癒を祝って乾杯《トスト》！　ロシアの未来を憂えて乾杯！　修道士だからといって、飲まないわけにはいくまい。いのちに火を燃やそう。火酒は人を浄める！　アリスカンダル老師はヴァレリー修道士の数歳年下だったが、同世代であったので、次々に経験豊かな思い出話に打ち興じた。われわれが最後の夏であった！

ダニール修道院ではだれもがアリスカンダル老師のことを、アレクサンドロスと呼んでいた。この呼び名に彼はとても満足していた。というのも、彼の民族的出自はトルコ、つまり昔のペルシャ系人だった。ギリシャのアレクサンドロス大王をペルシャ語で記載すると、どういうわけかSとKとの音韻転換《メタテーゼ》の入れ替わりが起きて、これはどこの国でもよくあることだが、アレクサンドロスが→アリスカンダル、というように発音しやすく転換されるようになるのだ。ロシア風に言えば、アレクサンドルだが、それだけでは彼にはやや不十分なきらいがあった。というのも小柄で左利きではあるが、彼にはかつて神の手の外科医として名を馳せた過去があった。モスクワ大学の医学部出身だった。大先輩にアントン・チェーホフが出ていることを特に誇らしく思っていた。伝統的にモスクワ大学医学部卒業生の医師は、貧しい患者からはカネをとらない。ただで診療するのだ。見たまえ、ドクトル・チェーホフは、大変な借金までして無料診療所を三つだったか、いや学校までこしらえたではないか。否、大家族を養うために次から次に作品をものしたというが、この借財を返すためでもあったのだとわたしはにらんでいる。セルゲイは修道院でこのような話を耳にしたことがあった。たしか生まれはスターリン死去の年だったはずのドクトル・アリスカンダルは、まことしやかに、自分はスターリンの死去の報を覚えていると言っていたが、〇歳児で、記憶にあるはずもなかった。しかし覚えているように信じ込む人物だった。ソ連邦崩壊《エッセセール》のあと、ドクトルは南アの人々の救済に出国した。それから母国に帰って来た。そしてどういうわけか、ダニール修道院に身を寄せ修道士となった。今でも、《国境なき医師団》の人々と強い絆をもって連帯しているのだった。歯に衣着せぬ舌鋒でも知られていた。ダニール修道院長のもっとも信頼のおける右腕でもあった。それもあってか、呼び名のアリスカンダルは、ついつい、ロシアのミサイル《イスカンデル》になぞらえて、しばしば、ドクトル・イスカンデルとも呼ばれた。語源的にもこれは間違いとは言えないのだ。《イスカンデル》そのものが、《アレクサンデル》に発しているのだからだった。いま、セルゲイはそのイスカンデルのミサイルが発射されたとでもいうように、老師ドクトルがロシアの現状を快刀乱麻のように批判する言説に耳を傾けた。ヴァレリー修道士はウオッカの杯が進んだ。アレクサンドロス大王の声が聞こえだした。おお、長老《スターレッツ》プッチョーンは最北の島に飛び立ったんだね、ならばわたしもまた、友のあとを追いたいものだ。

第6章　春の黙示録

1

ちょうど三月の下旬のペルミの春は、淡い萌黄《もえぎ》、そして重ねた桃色の雲の翳《かげ》りで、いちだんと美しい装いになり、その春の夕べの日輪《ソンツェ》は、広大なカマ河の対岸の大地に沈みかける時刻だった。ああ、日は永くなった。セルゲイはアリスカンダル老師のお供をして、その日ペルミまで出て来た。宿は以前の教会の僧房の宿泊所だった。明日土曜日の夕方、老師が講演で招かれた夕べが予定されていた。

教会の宿泊室について、その夜は前と同じ部屋にセルゲイは入った。別室のアリスカンダル老師は春の夜の四方山話にセルゲイの部屋にやって来た。言うまでもなく、アルコールをたしなみつつ語る喜びのためだった。これを老師は、感情教育などと称した。今宵はグルジアワインのツィナンダリである。さて、とグラスを傾けるにつれて、教育が始まった。

で、聖像画家の卵たるきみは今年で何歳になったのかね。オホー、何と、三十八歳！　で、何者かになったかね。ふん。ならんとね。詩聖プーシキンが死んだ齢に至ったではないか。とにかく現代は幼稚化がすすんでいる。大器晩成などと言う向きもあるが、あれはいいわけです。正しくは小器晩成と言うんじゃ。きみも、プーシキンと比べたら、まったく見込みがないように見える。齢だけとってもだめだ。さあ、遠慮せずに、セルゲイ・モロゾフ、きみも飲みなさい。ふむ、それで、きみはこの、いと麗しきペルミに出て来て、一体なにをしていたんだかな。いや、承知してはいるがね、例の動員兵救済の作業は立派なものだった。しかし、このような由緒ある淑女ペルミに来て、それ以外に関心を寄せぬと言うのは、やはり教育不足だ。寸暇を惜しんで独楽鼠《こまねずみ》のごとく走りまくるのが本当だ。ただベッドで沈思黙考では鬱が昂じ、精神が鬱血する。プーシキンの如くであれとは言わないが、人生が短いことを一日たりとも忘れてはいけない。われらがロシア文学の悲惨なるヒーローたちはみなそうであった、そこまでとは言わないが、きみもそろそろ腰を上げたらどうかね。わははは、小器晩成とは言っても、晩成するあたりにはもうよぼよぼだよ。いや、わたしはまたそれとはやや異なるがね。さあ、セルゲイ、もっと景気よく飲み干しなさい。

ああ、わたしはペルミに来るといつも思い出さずにはおられんのだ。わが大先輩のドクトル・チェーホフの人生の短さについてだ。そりゃ、四十は越えたが、あれではもっと凄い晩成が惜しまれてならんのです。いいかね、現実から学び、詩人はことばで現実から真実を創り出す。そのことばの真実から、われわれは新しい現実を学ぶ。ことばの彼方のいと麗しき現実を見るのだ。その意味で、わたしにはチェーホフが、同じドクトルではあるが高き山なのだ。いいかね、きみは不勉強で知らんだろうが、ここだけの話、何と、チェーホフは一八九〇年四月、おお、ちょうどいまのわれわれのこの季節だね、ここペルミに立ち寄っているんだ。ここで、セルゲイはさすがに口を挟んだ。

はい、それくらいは、と言った。サハリン島への旅ですね。おお、その通り。知っていたかね、そうだったか。うん、チェーホフ三十歳になるかならぬか。いまのあんたより、八、九歳も若くしてじゃ。すでにしてきみは遅れをとってしまった。はい、とセルゲイは言った。いいのだ、年齢ではない。一瞬で晩成ということも夢ではない。ロシアとはそのような夢想家《メチターチェリ》の荒野なのだ、いや、沃野なのだよ。セルゲイは言った。ドクトル・アリスカンダル、ぼくはサハリン島の調査のことくらいしか知らないのです。教育をお願いします。

では、わたしに話させてくれるかな。これはまた、はるか後のわたし自身の出来事のようにさえ思われてならないのだ。老イスカンデルは満足そうな赤い顔をほころばせ、うっとりした。いいかね、見て来たように嘘を言い、などと言ってはいけない。批評家ぶりは、わがためにすることが多い。つまり対象への愛が不足しているのだ。自然がそっくりそのまま己の身体に入ったとでもいうように、詩人は嘘と思われようが真実を語っているものだ。

では、話そう。さて、若かったドクトル・チェーホフは、ますます、喀血するのはここのウラルを越えてだったから、ここまでは別にどういうこともない。さて、一八九〇年の四月二十二日の朝七時に、彼はモスクワから列車でヤロスラヴリ駅に着いた。で、朝の八時頃だな、ヤロスラヴリ駅のオカ川の川駅から汽船《アレクサンドル・ネフスキー》号で、ニジニイ・ノヴゴロドまでヴォルガを下った。ほら、いいかね、汽船の名に注目だ。何と、わたしのアリスカンダルの変身名です。いや、わたしはネフスキー公ではないけれどね。ワハハハ。いやあ、この川旅はもう散々だった。寒いし雨は降るし退屈をきわめた。おお、いまは地球温暖化でこんなにも春が早いが、一三〇年余も昔は、ずっと寒かった。四月の下旬でだよ。さて、次にニジニイ・ノヴゴロドで、汽船《ミハイル》号に乗り換え、ヴォルガから、われらのカマ川というふうに乗って、ペルミに着く。ヴォルガはいいが、カマ川の印象はかれにとってはひどいものだった。そりゃそうさ、現代とはわけが違う。四月の春でも、岸辺は裸んぼで、木々は丸裸、大地は赤茶けて、まだまだ雪の一帯が打ち続き、風がまたとてつもない烈風だった。チェーホフはこのペルミまでのカマ川下りのことを、二年半も船に乗っているようだったとぼやいている。やれやれ、この誇張法《ギペルボラ》はまさにロシア。空間が広大過ぎると、時間が膨張するんじゃね。何しろ一三〇年も昔のことだ。甲板に出ると、ウラルへ移住する農民家族たちが、足元に家財道具を詰め込んだ袋を幾つもならべ、そのうえに子供らが坐っている。履いているのは、樹皮編みの草鞋《わらじ》だ。そして、凍えるほどの烈風に身をちぢめているんだよ。これがロシアなのだ。農奴解放からやっと三〇年だ。ともあれ、若いチェーホフは四月二十二日から二十七日まで、五日間の川旅で、ようやくペルミに着いたんだよ。ペルミに着いたとは言っても、これからウラルを越え、エカチェリンブルグまで鉱山鉄道にのって山越えして、ここからが本当の東シベリアだ。シベリア鉄道なんてまだなかった。その遥かな彼方、世の果て、それも海を渡ってようやくサハリン島だからね。ともあれ、数時間遅れで船は夜明けの二時頃にペルミの川駅に着いた。下船まで長いこと待たされた。雨は降るし、ぬかるみだし、寒いのなんのって。

さあ、飲みなさい。しかし、退屈じゃないかね。いいえ、とんでもない。ぼくはシベリア産ですから、全部分かります。今も昔の自然はそのようです。それにしても一〇〇年も前のウラルまでは、四月下旬でもまだ冬だった。今や、温暖化、ここだってもう雪がない。いや、そう単純じゃあないよ、セルゲイ。きみはもう忘れているのかい。フセヴォロド・ヴィリヴァはまだ冬ではなかったかな。いいえ、奥地が逆に春でした。おお、そうであっただろうか。はい。南極の氷河がどんどん溶けて、温暖化が進めば大いに暖かくなって助かると言うほら話もありますが、悪い冗談ですね。おお、視よ、永久凍土が溶けて、住宅は傾くし、氷漬けマンモスが姿を現わしたり、訳の分からないウイルスが溶けた永久凍土の湿原から生き返ったりと、これは喫緊の難問だ。民族縄張り戦争どころの話ではない。

ドクトル・イスカンデル老師がいつのうちにどこで手に入れたのか、話をいっとき中断して、自室からもう一壜かかえて来た。さて、セルゲイ・モロゾフ、ここからが感情教育だ。さてと。ここでいよいよドクトル・チェーホフがペルミからエカチェリンブルグへと鉱山鉄道に乗るまで、鉄道は夕方の発車だったんだ。だものだから持ち時間がたっぷりあった。どうかね、セルゲイ・モロゾフ、きみだったらどうして時間を過ごすかね。長旅の境遇だよ。それなりの誘惑《イスクシェニエ》というものもあるもんですぞ。修道士だからこそ誘惑は強いものじゃ。まあ、それは脇に置いてだが、いよいよ、本題だ。いいですか、ここで、いまこうしてわれわれが、ここから指呼の間、まあ少なくとも四キロ先にあるモトヴィリハについての好ましい挿話のことになる。聞きたいかな。話していいかな。ワインがセルゲイを愉快にし始めていた。日が永くなった。まだ春の陽光が揺曳しているのだった。

で、その日、夕方の鉄道の出発まで十分な持ち時間があるので、ここがおそらくはね、小器晩成のセルゲイ、あんたと違う所じゃ。彼は、ウラルもシベリアも丸一年その余もかけて文献資料を読破していたのだ。で、時間があればとにかく見るべきものは見るという精神じゃ。一体だれがそんな工場など見たいと思うかね。若かったわたしなら、娼家にでも寄っておったであろうか。おお、許し給え！　彼は違う。とにかくモトヴィリハを見に行くことにした。ただの詩人なら、そんなものはめんどうくさい。ロマンチックじゃない。抒情性が皆無だ。やはりドクトルの精神なのだ。その日は天気も回復した。彼はモトヴィリハまで辻馬車をつかまえたが、駅者たちに全部断られた。乗車拒否だねえ。それはそうだ、この時期のぬかるみの悪路、四ヴェルスタも延々と続く起伏のある道だ。リスクが大きかった。

いや、ロシアの辻馬車駅者の名誉にかけて言えば、理由のあることだった。眼に見えるような光景じゃないか。長身美貌でモスクワ訛りの響きのよいロシア語を話す三十歳のチェーホフが、ペルミの荒っぽい辻馬車の駅者と、出す出さないでネゴーツイアをやっている。可笑しい光景だ。断られても彼は少しもあきらめない。今度は、いいかい、空の荷馬を曳いている馬方をつかまえた。その馬に乗せて連れて行ってもらうことにした。雪解け悪路の泥濘《ぬかるみ》の中をね。馬方だけが馬をひいて泥道を歩く。これはいいもんだよ。四キロもの針葉樹の森の道はどうであったろうか。娼婦にまたがるのとはわけがちがう。おお、と言って酔ったアリスカンダル老師は慌てて十字を切った。で、チェーホフは無事に、ペルミ市の奥山に隠されて栄えていたモトヴィリハの兵器工場を見ることが出来たのだ。ここは、金曜日毎に自由市のバザールが開かれ、国営の駅逓もあった。国営のペルミ大砲工場が煙をもくもく上げて稼働していた。そうだよ、ここの売りは、砲身に施条《しじょう》の切っていない、つまり腔線《こうせん》のない二十一インチ大砲だった。ようするに戦争用だね。最新鋭の大砲。もちろん、この大砲がのちのちヤポニアとの〇五年戦争に使われるのは当然の流れであったろうね。

羊のようにおとなしいセリョージャよ、実はこれからが大事なところだ。つまり、出会いという主題なのだ。まだ退屈しないかね。セルゲイは、していない、と言った。アリスカンダル老師は相好を崩した。たしかにきみは老いの悲しみさびしさを知っているね。よろしい。さて、われらがドクトル・チェーホフがひとめぐりモトヴィリハを見届けたあと、モトヴィリハ駅から、おお、軽便の駅があったのさ、ここからペルミ第一駅まで、徒歩で戻ることになった。鉄道の時刻が合わなかった。歩いた方が早い。ようするにモトヴィリハの兵器工場から鉄道がペルミ市中の第一駅まで通っていたが、時間が合わなかった。そこで、来るときは泥濘の悪路だったから、線路を歩いて戻ることにした。さあ、セルゲイ・モロゾフ、いいねえ。想像してみたまえ。あの若々しくも憂愁を秘めた、多少むさくるしいがいかにもロシア農民的な頑健で上背も見事なばかり、あのいい男前が、ロシア最新の兵器工場駅から、線路の上を、あるいは路床を、風に吹かれながら歩いているのだ。何を思っていたのであろうか。われらがロシアはどうにもならない大きな謎だが、まあいいか、とりあえずは、このような時空があることだけでも神に感謝しようという気持ちではなかったか。で、ここまでは孤独な自由が雲のように浮かんでいたが、偶然のことだが、この道すがら、線路で道連れが出来たのだ。その男もまた、線路を歩いていて、ペルミまで帰るところだった。自己紹介して、自分はペルミの住人で、美術家にしてジャーナリストのアンドレイ・チャイキンだとね。如何にもロシア的な姓じゃないか。これは、どうみたって、かもめ《チャイカ》。どうにもロシア人はチャイカが好きだ。アリスカンダル老師をほめて、セルゲイは思わず、チェーホフの《チャイカ》も、と言った。

おお、嬉しい合の手をいれてくれるね、セルゲイ。老師は自分の感情教育が届いていることを実感したようだった。合の手があるとないとでは、と彼は言って、飲み残しのスタリチナヤの小さいグラスをキュッと飲み干した。

そうなんだよ、そうなんだねえ、こんな広大無辺なロシアでだよ、なんとも不思議な出会いがあるものじゃないか。アイヤ、ヤー、名状すべからざる出会いの機微ありだよ。実はね、このカモメ氏だがね、ちょうどこの日、定期刊行物の《北方通報》誌が届いたばかりだった。しかもだよ、何と、その号とは、一八八八年の№3号だった！　何と、この号にチェーホフの中篇小説《ステーピ》が載っていたんだ。面白いねえ。つまりこのチャイキン氏は、よりによって二年前の《北方通報》バックナンバーを取り寄せたというわけだ。わざわざだね。ペテルブルグの雑誌だ。ようやくこの二年前の№3号が手元に届いた。よほどの愛読者。ふむ、ロシアは広大だ、しかも地方には僻遠の地にいたるまで、なんとまあ、こんな文学愛好者、有識の士がいるんだ。それはそれで喜ばしいことだが、このカモメ氏はだね、どういうわけかこの日、この雑誌をモトヴィリハまで鞄にいれて持ち歩いていたわけだった。座席で読んでいたのでもあろうか、いや、こうも言える。ロシアの退屈さはあまりに広大過ぎてだね、本でも読まねばどうにもならん。自然を見よといわれても、もう飽き飽きしている。おお、ロシア的時間はまさに退屈の巣だ。

おお、セルゲイ・モロゾフ、何と言うことだ、チャイキン氏は線路の上を歩いて戻るいわば同行者となってだ、いきなりチェーホフに「曠野《ステーピ》」についてチェーホフに話し出してだよ、あなたはどのような感想でしょうと来たもんだ。いやはや。いいかい、少なくともユーラシア大陸のうちロシアの東境のウラルなる偉大な僻陬《へきすう》において、よりによって二年も前のだよ、チェーホフの「ステーピ」掲載初出誌をまさに携帯しておって、それも今日届いたのだぞ、その読後感を見ず知らず偶然線路で一緒になったチェーホフその人に、感激のあまりというか、いや、「ステーピ」はつらすぎるとか、ともあれ意見を求めるだなんて、何というべきロシアであることか。この共感性、感激性、素朴な、直情的なる感情のあらわしかたとは、いったいいかなることか！　おお、感に堪えない。わたしは慎み深いからこうはいかないがね、中途半端な知識人、読書人であるからだろうが、いずれにしてもこのカモメ氏は、笑えるね、してまた、愛おしいではないか。初対面でかくのごとく人懐かしいのだ。うむ、まさに作者冥利に尽きる。おお、わたしも一度はそういう経験にあやかりたいものだ。

で、さあ、聖像画家モロゾフよ、で、どうなったと思うかね。それはこうだった。いきなりそう訊かれて、チェーホフは照れながら、でも、やはり満更《まんざら》でもなく、こう答えた。あの小説はぼくも読みましたが、それればかりでなく、書きもしました。すると、チャイキン氏は大声で叫び、おお、あなたが書いたですって、まさにこの作者アントン・チェーホフがわたしの目の前に立っているですって！　こう叫んで、それでも念押しをして、手持ちの雑誌を鞄から取り出し、「ステーピ」の載っているページを開いて、チェーホフの名をしめしたのだよ。わははは。で、チェーホフは何と答えたと思うかな、聖像画家モロゾフよ。うん、それはこうじゃ。チェーホフは微笑みながら言った。ええ、まさにぼくがこのアントン・チェーホフにほかなりません、ってね。いま、サハリン島へ行く途中です。もうチャイキン氏はわれを忘れてのぼせあがっているので、チェーホフは線路上でちょっと立ち止まり、分厚い冬コートの内ポケットから名刺を取り出したんだねえ。やんぬるかな。〈ドクトル・チェーホフ〉、もちろんじゃ、ロシア文字でただそれだけ印刷されておったのだ。おお、これじゃ、あんまりというものだ。チェーホフはこの名刺を裏返して、〈1890年4月27日、ペルミ。アントン・チェーホフ〉ってね、鉛筆で書いて、卒倒しそうなチャイキン氏に手渡したのであった。さあ、ここまで、若い修道士セルゲイよ、どうだったかね。いいねえ。鉛筆で書いたのだよ。鉛筆《カランダショーン》でね。このさりげない心づくし。これがロシア。ナロードの流儀というものよのう。

　ここまではとてもいい。ところが、ここで終わらないのがロシアのビョウキ、ようするにやりすぎ。このカモメ氏は、ご本人だと分かってしまったら、もう我慢が出来ず、ようするに抑制心を失って、図に乗って、「ステーピ」が載っているこのページに、わたしのために何か一筆書いて欲しいとねだった。おお、おお、ようするに、ためがき、献辞ということだね。そこでチェーホフは彼の名と父称、姓を訊き、また鉛筆で、〈アンドレイ・イワーノヴィチ・チャイキンに――ペルミの旅の道連れに。A・チェーホフ〉って書いた。やれやれ。

　アリスカンダル師はもう一杯ぐっと飲んだ。ほっと喉に火がついたようだった。あははは。さあ、どうかね。セルゲイよ、ロシアの過剰感情はここで幕が下りるというものではない。そうであろう？　で、どうなったかって？　ふむ。カモメ氏の至福の時間であったことは分かるが、さてチェーホフはどうかな。で、二人はこのあと五キロばかり線路を歩き、ついにペルミ第一駅に着いた。おお、これで解放だ。が、そうは問屋がおろさない。熱烈なるウラル地方のファンだからね。駅に着くと、チャイキン氏はこれ見よがしにとでも分析すべきであろうか、いきなりチェーホフの腕をつかんだ。お、親密さの押し売りアッピールじゃろう。まあ、われわれにもよくあることだが、しかし、男同士恋人じゃあるまし。こうした過剰な親愛の表現はいかにも、余りにもロシア的ではなかろうか。節度というものがある。さあ、セルゲイ修道士、どうなったかな。するとチェーホフは、カモメ氏が放そうとしない腕を、何と言って、慇懃に、ふりほどいたと思うかね？　さあ、セルゲイ・モロゾフ、きみならどうする？

セルゲイもまた一杯いただいて、言った。ひひひ、一生、そんな場面に居合わすんなんてありませんから……、どうか離してください、これじゃ笑いものになる。うーん。するとドクトル・アリスカンダルは、赤い鼻まで動いたように哄笑した。いいかね、チェーホフは、こう言って、カモメ氏の腕を振りほどいたのだ。鉄道員が兎乗《ただの》りをつかまえてしょっ引いて行くところと思われます。

ドクトル・イスカンデルは腕を外す所作をやってみせて、大笑いをした。セルゲイ・モロゾフ、未来の、おお、小器晩成の聖像画家よ、願わくは聖像画家もかくあらんことを神に祈る！　ゆくりなく、若き友と飲み、ここで、モトヴィリハ川の近くにあって、一三〇年もむかしの時間を思い出した。嬉しかった。時間とは、このように、いまは亡き人の思い出の累積があってこそ存在するのだ。さあ、春の日を祝うことができて愉快だった。明日がある、ぐっすり休もう。明日のわたしの講演の仕込みはとっくにできている。

2

その翌日、セルゲイはアリスカンダル老師と一緒に、教会の宿泊室を出て、並木道をゆっくり進んだ。ペルミ第一駅までの道のりだった。ここに来たときヴァレリー修道士と急いだ道だった。ほおれ、この向こうがモトヴィリハ川だ、あれは大と小とがある。チェーホフが来た頃のモトヴィリハでは、もうないんじゃ。ウラルは、恐るべき兵器庫と言うてもよかろう。一大軍需工基地となって、いや、なり果ててと言うべきだね、あぶないあぶない、マル秘なんだ。セルゲイにはもう川の葦群のなかでカムイシュカ、つまりヨシキリの未熟なひな鳥たちが吃音でピピピ、ピイと鳴いているような気がした。おお、昨夜は大いに酔わせてもらったが、本来なら、ほおれ、あの青く見ゆる大モトヴィリハの道をきみと一緒に逍遥したかったがね。いや、これらはむかしの思い人に会うよりは、心で想起、そうだねえ、想い起こす方がずっとええんじゃ《ホロシー》。セルゲイはいま一緒に歩いている道路脇をそのむかしはモトヴィリハから軽便鉄道が通っていたのだと思った。その路床の鉄路を、ぼくより若かったチェーホフが歩いていたのだ。

　二人は少し汗ばみ、老師は昨夜の二日酔いも晴れて、ペルミ第一駅に着いた。セルゲイは思い出して言った。あのチャイキン氏、カモメ氏、傑作でしたね。無賃乗車の兎乗り、只乗りを言う、チェーホフもユーモア抜群、しかもやんわり人情ありでしたね。なんだもんだ、とアリスカンダル老師は意味不明なセリフで、笑ったのだった。二人はタクシーを、老師は杖を振りまわして呼びよせた。ペルミの警察署長のコンスタンチン・モコトフのダーチャに向かったのだ。すぐ右手に着かず離れずカマ川が悠然と、いや悠久に流れ続けている。時は消え失せ、そして時は流れる。河岸通りは春の漂流物の遺失置き場のようだった。

　分かりました、はい、ムリャンカ川の河口ですね、と言った。もちろんウラル山脈から流れて来ますがね、蛇のように蛇行ばかりで、とムリャンカ川のことを言い出した。お二方、もしや神父さんでしょう、うん、やはりね。それとなくこの世の人とは一味違いますからでさ。アリスカンダル老師は言った。いや、わたしらはこの世の人で、俗人でもあるんだがね。はい、分かります。まあ、それはそれとして、ムリャンカ川とは、わずか標高差150メートルそこいらのあいだに、なんと三十くらいの蛇行をくねくね繰り返していて、戻り川になったかと思うとまた蛇行して、これは見ものですよ。いや、わたしの言いたいことは、カマみたいな大河は別格ですが、こぶりな二級三級というように低い階級の河川ほど魅力的な川はありませんよ。人間さまだって同じですな。たまに一級人間を乗せるが、まったくもって面白くないです。

まあ、彼女はですよ、と運転手は拘《こだわ》った。雪解け水で氾濫はあたりまえ、しかし今年の雪解けはなぜか無事だった。ほら、遠い西の辺境で、何とか作戦《オペラツィア》だなんてね、まだだらだらと失血手当もままならず輸血に大わらわですがね、それはともあれ、あの広大な国境に外科の手術《オペラツィア》でもあるまいに、どうにもならない。そうでしょう、神父さん。アリスカンダル老師はセルゲイを見てにんまり笑った。いいですか、そもそも三級河川を力づくでまっすぐにしようなんて、川を直線にしようなんて自然に反しています。ね、誰が一級河川に手がつけられましょうか。人間さまの暴力の及ぶところじゃないんです。ところ、彼女ですが、ムリャンカ川の、美しい蛇行でも見た日には、そんな病気も治るというものでしょう。自然の流れに掉さすから妙なことになる。そりゃあ、古来わがロシアには海がない。いや、あるにはあるが、北ばっかり、海をもとめて三万里だなんてね、で、やはり南の海となれば、黒海でしょう。わたしなら、ロシアの数多の大河で十分満足していますがね。ええ、先日だったか、ヴァガネラだかいう名の軍事会社の迷彩服を乗せたところ、話しているうちに、あんた、うちの契約社員にならないかと口説かれました。傭兵《ナヨムヌイ》に来ないかねってね。カネは欲しいが人殺しはしたくない、まっぴらだと断ってやりました。おお、仰る通り、あなたが正しい、それでこそナロードです。よろしい、よろしい、というようにアリスカンダル老師は相槌を打っていた。

やがてペルミ第二駅を過ぎると、そのムリャンカ川が見え出した。蛇行は見あたらないが、カマ河に流れ込む手前で、埠頭に通じる古びた橋がかかっていた。その橋を渡るときに、ムリャンカ川の全貌が広がった。あたりには粗末な人家も通りもそれなりにあったが、それらは春先の自然に抱擁されるようにして慎ましかった。木造の家々がちらほらと眼についた。カマ川に合流する手前でムリャンカ川は幅がまるで湖水のように、おお、おお、豊満至極にふくらみ、あちこちに黒い潟ができている。鳥たちが中洲や、青緑の河水に白い花びらのようにびっしり浮かんでいた。カモメの子らのようだった。いや、この先ウラル越えして一気にシベリアに帰る、後発組の候鳥《わたりどり》が音立てて喜んでいたのだ。

ダーチャはすぐに見つかった。運転手は十二分の代金をもらい、レーニン帽をとってお礼を言い立ち去った。禿げたレーニン頭だった。

ダーチャだから標高のある場所の静かな森に秘められたようにあるとばかり思っていたが、これはまるで正反対だった。昔からロシアによくある丸太造りの農家風の建物だった。で、木戸を開けて、玄関口の階段を前にしたとき、セルゲイは一瞬息をのんだ。しばし茫然と立ち止まった。アリスカンダル老師が、どうしたかなと言った。ええ、ええ、とだけセルゲイは答えた。母屋の破風と言うべきか、普通なら両開きの窓があるべきであろうに、なんと、そこは一枚板の上に、大きな聖像画とも見える画像が、いや、ペンキ絵が描かれていたのだった。それもペンキでただ描いたというのではなく、おそらくは菩提樹の一枚板に油彩で描かれたのを嵌め込みにしたものらしかった。二人で見上げた。破風の形に合わせて描いた注文制作だったのか。その画像はそこそこ落剥していたが、古代的なカフタンを身に着け、靴は冬靴のように見え、革の靴ではなく、足に包帯を、布をぐるぐる巻きにしたような靴だった。日に焼かれ、潮風に耐えた黄土色が美しかった。そこに春の日没の光がさしていた。頭にかぶっているのは草の花で編んだ冠のように輝いていた。イイスス・フリストス像というより、だれかの肖像のようでもあった。アリスカンダル老師は渋苦い顔をしてつぶやいた。コンスタンチンときたら、何を考えたものか。相変わらず、芸術パトロンを気取っておって。セルゲイは言った。はい、なかなかいい、まちがいなく現代的イコンです。

ここはもうカマ河の岸辺まで近かったのだ。二人が階段を上がると、いきなり大きく現れた艀船が幽霊船のように、ダーチャの背後を、眼前を航行していくのが見えた。その時に強くざわめく風が起こった。まるで樅の林で起こる風のような同じ音だった。ダーチャは一軒だけで、他からかなり離れ、春先の葦原があたりを取り囲んでいた。しかも水浸しの湿地にはハンノキが密集していた。ふうん、コスチャの芸術趣味といったところだ、古民家を買って改造したとみえる、とアリスカンダル老師は言った。まあ、夏の家だからいいか。冬はたまったものじゃあるまい。老師は破風をもう一度見あげた。聖母マリアのイコンならまだしもだが、と言いながら、ドアをドンドンと叩いた。

中背中肉で、銀髪のコンスタンチン・モコトフと老師アリスカンダルはやわらかく抱擁しあった。広い居間では、すでに招待客が二十人ばかり集まっていて、みな椅子に掛けたり、立ってチャイを飲んだりしていた。コンスタンチン署長の拍手の音頭で、みんなが席に着いた。老師アリスカンダルが到着されました、とコンスタンチン署長がみなに紹介した。今日は、今春の第一回目サロンです。今日のご講演には、〈ロシアとは何者か〉という刺激的な、いや、諸世紀にわたって西欧世界を悩ませたこの難問について、ゲオ・プッチョーン、わが先達の友、アリスカンダル老師が語りつくしくくださることと思います。老師はこのあとウラルをまたぎシベリアの奥地に巡礼なさる予定です。一期一会のお時間と思いますが、どうか皆さん、ご清聴お願いいたします。着いて怱々にご講演でありますが、ご講演後にそれぞれに多くの質疑と歓談が待っています。

そう挨拶があって、老師はすぐに演壇に導かれて立った。と言っても、演壇は要するに木卓にすぎなくて、卓上には水差し、コップ、そして小さな百グラムウオッカの脚付きグラスがおいてあった。要するに気合をいれるための命の水だ。老師は紹介されたのち椅子にゆったりと掛けて数秒瞑目していた。セルゲイは一番前の椅子に坐らせてもらった。坐ってから気づくと、ペルミの夕べに不意に庵室にやって来たあの連邦保安庁のユゼフ・ローザノフ大尉が掛けていたのだった。

セルゲイは吃驚した。大尉は眼で笑いながら囁いた。驚かないでください、ぼくはこのサロンの常連ですよ。セルゲイは、もしかしたら他にも知り合いが混じっているのかも知れないと思った。ヴァレリー修道士がいてくれたらと思ったが、それはあり得ないだろう。女性の参加者もいくらかいるのには、前席に通るときに気が付いていた。同時にセルゲイは、どこからともなく、微かな、気持ちのよい視線を、それが窓際の椅子席だったのか、それとなく注がれているような気がした。窓側はもうカマ川の流れがあって、春の船が静かに行き来しているようだったが、やがて日は落ち、その残光が、この居間を照り返していたのだった。ユゼフ大尉は後ろを振り向いたあと、セルゲイに知らせた。ほら、ヴァレリー修道士が来てますよ。セルゲイはなお驚いた。リストの後始末ですよ、と大尉は笑った。セルゲイは一瞬混乱したが、ユゼフ大尉の声は信頼できた。

アリスカンダル老師は立ち上がって挨拶の口上をのべ、さて、お話に火を燃やすために、そしてまたみなさんの命の火に乾杯して、と言い、卓上に置かれた小さなグラスを持ち上げて一息で飲み干した。笑い声と拍手が沸いた。それから老師は椅子に掛けた。そして話し出した。セルゲイは思わず小袋から小さな素描手帖を取り出していた。隣のユゼフ大尉がちらと見た。

3

……、与えられた時間は九十分だったが、聴き手にとってはまるで一瞬のように思われたにちがいなかった。いきなりドストイエフスキーの『悪霊《ベスイ》』が口から飛び出したかと思うと、聴き手は静まり返った。一体何がアリスカンダル老師の赤い唇から飛び出し、徘徊しだすのかと恐怖映画の展開を連想したのかも知れなかった。で、話が進むうちに、この老師が、修道院に隠棲する『悪霊』のチホン神父と二重写しになったのではなかろうか。セルゲイは現実にアリスカンダルの喜劇性というか、彼の表出言語の語りの諧謔性をよく知っていたし、人格について、スタヴローギンが告白せんとするチホンとはまるで対蹠的な人物だと知っていたので、誤読して聞くようなことにはならなかった。あくまでもその基本的素養が、医師としての科学と、その科学がまだまだ解明しきれない宇宙万物の秘奥の謎について謙虚であったので、文学思想的に、いきなり跳躍するというようなことはなかったのだ。だから安心して耳を澄ますことが出来たのだった。

セルゲイたちは他の聴衆者たちがどういう人たちであるかは、まるで知らなかった。しかし、これはあくまでもペルミの内務省《エムヴェデー》の署長モロコフ個人の信頼できる友人関係の閉ざされた範囲でのことだったから、いきなりだと空恐ろしくさえ見えようが、集まった人たちはみなそれなりの見識家だったのだ。それにしても灯台下暗しとも言えようが、何しろコンスタンチン・モロコフという人物はただの内務官僚ではなかったらしい。憂国の志だと、セルゲイはアリスカンダル老師から聞かされていた。

なんの、憂国といっても、古ぼけたスラブ主義が源ではない。トルストイ翁とも違う、ましてスラブ神秘主義の系列でもない。ここまでのロシアの文化、とくに文学、芸術、音楽、美術、さらには民俗学、そこから国を憂うるという観点だね。だいたい芸術と言うは、普遍的価値を追い求めるのだから、国家、領土、国境、人種だの民族だなど、横断、水平化なのだよ。コスチャはここ十年来、何がそうさせたか、俄然開眼して、個人サークル的に、このサロンを始めた。で、わたしが呼ばれたのだ。修道士でも文学者でもなく、言うなれば、むかしとった杵柄つまりドクトル・アリスカンダルとしてね。いや、わしはドストイエフスキー派ではない。きみも知っての通り、チェーホフ派なんじゃよ。いいかね、わが若き賢者チェーホフだって、一時、苦し紛れに、ドストイエフスキーになびき、ドストイエフスキーばりの作をものしたものの、大慌てで引き返したのだ。それで、真のチェーホフになったのだ。しかし、ドストイエフスキーの預言力は忘れてはいけない。だいたい、医師、ドクトルというのは、謙譲の人なのだ。へりくだりの人なのだ。言わずとも、いいかね、その存在を神と名づくべきかどうかは別として、宇宙において人智を超えたる存在を意識してやまないのだ。セルゲイはあらかじめアリスカンダル老師について、こんなふうに知識があったからよかったものの、初見の人たちは自分でもそう気づいていたのにしろ、きっぱりと断言されてみると、老師アリスカンダルは一時間のうちに思想家に生まれ変わったのだ。『悪霊』の中でスタヴローギンと対話するチホン老師の生まれ変わりのようになって、まわりを取り囲まれ、質問を受け、それらに答え、またそれが満更でもなくて、老師はあれこれとサーヴィス過剰なくらいにはしゃいでいた。

講演が終わって質疑とにぎやかな歓談になってのち、セルゲイは心から血が退くような悲痛さに耐え、早くヴァレリー修道士と一緒に教会の常宿に帰りたいと思った。老師の講演内容が、まるで自分自身の悪夢であるかのように思われてならなかったのだ。やがて、サロン招待客たちと話に興じている老師にセルゲイは帰る挨拶をした。老師は磊落に笑った。わしはね、このままフセヴォロドには戻らず、夏までになるかどうか、ザバイカル地方巡礼に行く。その先はまだ分からない。わたしはロシアの原風景を求めるのだ。おお、セルゲイ・モロゾフ、気分がすぐれんようだが、わしの心配はいらんよ。いいかね、これしきの話で、タイシェットあたりのラーゲリ送りなどあり得ん。コスチャのサロンだからね。オホー、きみには、わしの結論がこたえたのかな。ほら、図星だ。これに耐えられんような者に未来はない。〈ロシアはスタヴローギンなり〉。比喩としてだが、しかし現実なのだ。しかし、きみはそちら側ではありえん人だから、心をこめて、ということは、大文字でなくていい、小文字でいいから、その小文字の愛を尽くして、いま与えられてあるきみの日々の使命を自覚して進むことだけを考えたまえ。スタヴローギンの、ふむ、虚無と悪徳の行為が、超人を擬《もど》く、あまりにもロシア的な、そうとも、哀れな、過激な情欲《ストラスチ》の顕われは、いや、受難とでも言うべきか、セリョージャ、きみには、あれは反吐《へど》が出そうだったか……。さあ、行きなさい。きみだって、まかり間違えばスタヴローギンの末裔《すえ》でありえたろうと言えなくもない、とすれば、今こそ、きみは幸いなりだ。この世でもっとも小さき者の、その無辜のひとたちの、あの無力の怒りと抗議の、あの、そうじゃ、あのまなざしと小さな拳とを、決して忘れてはいけないよ。常に想い起こせ。さあ、夏の終わりまで、命あれば、また会おう。わたしもこの歳だから、どこで果ててもおかしくはない。あのチェーホフの絶望を常に思い出しなさい。ああ、プッチョーンは今ごろ、どのあたりで何を祈っておるのやら。老いらくの道もまだ途上なりだよ。そうそう、セーヴァにも宜しく言ってくれたまえ。あれは、未来の愛のアンゲルとも言うべき魂だからね。

　立食で、あちこちの席で、注《つ》がれて賛辞の数々にも酔い、アリスカンダル老師は酔いが回っていた。ユゼフ大尉は最後までドクトル老師とは距離をおきながらじっと見つめているのがセルゲイには分かった。セルゲイが気をきかして、腕をとり、老師に会わせようとしたが、ユゼフは身を捩った。ぼくは、老師のことばだけ純粋に聞いて贈り物をもらっただけで十分すぎるくらいだ。そう、神はぼくらに与えたことばを、ぼくら自身の命によって検証せよと、ひそかに待っているのではないだろうか。やはりぼくは、何という時代遅れだろう、しかし、神を、その気配を神と言うならば、ぼくは、たしかに信じているんだね、そうせずにはいられないんだね、と言うのだった。ヴァレリー修道士は老師アレクサンドルに、動員調査リストのことで、もう一つ報告をしていた。ペルミに急遽出て来たのも、州庁舎での会議があったからだった。その足で、夕べのサロンに駆け付けた。リストの十三人目のことで問題が生じたというのだった。わけを聞き、アレクサンドル老師は笑った。ユダとでも言うのかね、もっとも若いセーヴァのことばを信じなさい。ヴァレリー修道士は、もちろんです、押通して決着させました。あははは、優柔不断のセルゲイ・モロゾフには無理であったな。アリスカンダル老師はヴァレリー修道士と抱擁しあって別れた。

セルゲイ、ヴァレリー修道士、ユゼフ大尉の三者は、ダーチャを出、木戸口に立って一緒に星空を見上げた。おお、破風に嵌め込まれたあの不思議な聖像画もどきが、橙色の電球の灯りに照らされて見えたのだ。ユゼフ大尉が、誰かに似ていますね、とセルゲイに言った。たしかに誰かに似ているのだったが、直ぐには思いつかなかった。灯りの加減か恐ろしい怒りの額に見えたのだ。

道に出ると、よかったらぼくの車で宿泊の僧房まで送りますよとユゼフ大尉が言った。セルゲイとヴァレリー修道士は乗り込んだ。セルゲイは助手席を選んだ。アルコールで警官につかまりませんかとセルゲイが言うと、笑われてしまった。ぼくはこれでも、エフエスベーの大尉だよ。車はすぐに走り出した。姿の見えない夜のウラルは春の夜に抱擁されて、すべてが春という名の復活に似通っていた。どうして人間だけがそうでなくていいことがあろうか、とセルゲイは思った。ペルミの市街の中心部は華やかな色彩りどりの電飾で煌めいていた。この夜景はいったい誰に見せるためなのか、ウラルの石油資源で経済が繁栄しているにしても、とセルゲイは思い、河岸通りの左手に過ぎ去るカマ河を感じ、そしてまた場末の路地の密集地の影を遺棄して、老師が講演で言わんとしたほんとうの意味について考え込んでいた。それはもう論理ではなく、直感と啓示、そして感情の川底のウラル石の美しさだった。心の鏡には、スタヴローギンによって凌辱された十二歳のマトリヨーシャの顔が現《うつつ》に見えるのだった。ぼくならただちにスタヴローギンをその場で射殺する、否、鉄杖でだ、とセルゲイは激しい憎悪の感情に襲われた。

ユゼフ大尉は運転しながら話し出した。

セルゲイ・モロゾフ、そりゃあ、ぼくだって学生時代にドストイエフスキーの『悪霊』は読んだが、忘れてしまっていました。あれが書かれたのは、ちょうど今年で一五〇年になるんだね。一五〇年もむかしの小説なのに、何ということだ、まったく今現在のわれわれのロシアの姿ではないか。愕然とさせられたね。まさに啓示だった。いきなり雷に撃たれた気持ちになった。ああ、登場人物の他の悪霊たちはどうでもいいが、冷血のスタヴローギンだけは、避けて通れない。悪霊はああいう男に入りこんで進化するのだ。アリスカンダル老師の、ミサイル発言がなかったら、ぼくはいまのままで、破滅に向かって突っ走るところだったかも知れない。いいかい、セルゲイ、知っての通り、ぼくの職掌はそういう権力のカテゴリーだからね……。で、講演を聞いたぼくの結論は、一言で言えば、ロシアはまさにあのスタヴローギンそのものだという確信だった。ドストイエフスキーがあれをものしてから現在まで一五〇年間、ずっとわれわれは、スタヴローギンだったのだ。その冷血の悪霊を進化させながら生きてきたのではなかったかとね。ほら、アリスカンダル老師が、僧衣の袖からあのアカデミア版の『悪霊』を取り出して、そうとも、あの版でぼくらは読んだけれど、そう、アリスカンダル老師が、まるで役者みたいに、まるで庵室にいるとでもいうように、あれは凄いね、チホン神父とスタヴローギンの対話を朗読した時は、まるで、アリスカンダル老師が、チホン神父になりかわっているような錯覚を覚えた。そして同時にスタヴローギンの声にも、なりかわってね。ひどい幼い声でね。神について、神を信じているか否か、その告白の決闘だったがね。至近距離でね。分が悪いのはスタヴローギンに決まっている。もしあのあと、長々と、スタヴローギンの告白の文書が朗読されたなら、ああ、ぼくは殆ど耐えらずに、反吐を吐いて客間から逃げ出していただろうと思う。あれは眼だけで読むのでたくさんだ。声に出したとたん、世界が一変して、泣き崩れるだろうさ。チホン神父との問答だけでよかった。そうそう、ほらカマ川が見える窓際の椅子にかけていた若い女性がいたね、涙で眼を泣きはらしていた。そう、サロンでは初めて見る顔だったけれど、講演の途中で、声を殺して涙しているのに、それとなくぼくは気が付いてしまったんだ。気が付くと、いつのうちにか、もう窓辺にその姿が見えなくなっていた。中座したに違いないが、ひどく不思議に思った……。まさか、ひょっとしたら、スタヴローギンに凌辱され、首を吊って死んだ十二歳のマトリョーシャが現代に、そうさ、ここに幻影になって現れたのかと、ふっと思われたのだ。ああ、どうやってわれわれはこの償いをしたらいいのかって思ってね。

車はカマ川の寂しい河岸通りを走っていた。世界が凍りついたまま生き延びているような絶対的な寂しさ。しかし救いは、セルゲイの左席でユゼフ・ローザノフが話つづけてくれていることだった。それは同時に、ユゼフ大尉も、ぼくらもまた、あの凌辱された十二歳のマトリョーシャだといえるんじゃないか、とそのように語る友がここにいるということだった。

そしてね、ねえ、セルゲイ・モロゾフ、いきなり、アリスカンダル老師が、ヨハネの黙示録《アポカリプシス》の一節を声に出して読んだ時はほんとうに驚いた。正確には覚えていないが、あなたなら覚えているでしょう、修道僧なんだからね。ああ、そうは言っても、あなたは聖像画家だから、どうかな。ぼくはあの一節を耳にして、雷に打たれたような気がした。あの一節だって、いきなりスタヴローギンが慌てたようにチホン神父に聖書があるかと聞き、すぐに読んでくれと言ったのだが、ねえ、あなたは老師の話を時々筆記しながら聴いていたけれど、あの一節は正確にはどうだっただろうか。『悪霊』のチホン神父は、ゆっくりと思い出しながら暗唱したんだよね。ぼくには、まるでアリスカンダル老師の声が、何と言うか、使徒というより、神の声のような響きに聞こえた。

ユゼフ大尉は河岸通りの街灯がある公園の脇で車を一時停車させた。まだ菩提樹の並木は芽吹きを見せていなかった。樫の木は去年の枯葉をからからと戦《そよ》がせていた。後ろの座席ではとっくにヴァレリー修道士が気持ちよく寝息を立てている。そっとユゼフはエンジンをつけたまま車を降りて、タバコを取り出し、一緒に下りたセルゲイにもすすめた。セルゲイは喜んで一本をもらって銜えた。ユゼフがライターではなく、箱マッチから黒くて短い軸木を取り出して、シュッと擦った。二人は同時にタバコの煙を深く吸い込み、ゆっくりと吐き出した。うん、覚えていますよ、とセルゲイは言った。セルゲイは僧衣の上に羅紗の寛衣を重ねていたので寒くなかった。タバコを吸いながらベンチの前まで行き、腰かけた。ユゼフも腰かけ、左脚に右足をのせて足を組んだ。ベンチのまわりには花壇があって、クロッカスの花たちが夜の眠りについていた。ええ、とセルゲイは言った。あれはヨハネの黙示録第三章の十四節ですよ。ぼくもあれは覚えています。《ラオヂキヤにある教会の天使《みつかい》に書き送れ……》で知られる一節です。こんな風です。セルゲイは区切りがちに、暗唱した。

かくてラオヂキヤの教会の御使《アンゲル》いに書き送れ。
アーメンであり、忠実にして真なる証人、神の造化の始まりである者
かく言えりと。すなわち、
われ汝の行状を知る。
汝は冷たくもなく熱くもなし、
おお、汝、冷たきなりか熱きなりか
そのいずれかであるべきを！
されど汝は生温《なまぬる》くして
熱くもなく　冷たくもなければ、
われは汝をわが口より吐き出さん。
何となれば、汝

われは富み、さらに財をなし、
乏しきこと何もなしと言いしが、
されどおのれの哀れなること
不幸なること
盲目《めしい》なること
乞食なること
裸なることを
知らずなればなり……

セルゲイはここまで暗誦し、ユゼフ大尉を見た。ユゼフは講演を思い出していたのだ。セルゲイに言った。スタヴローギンが、このくだりを慌てたようにして、チホン神父に所望しただなんて、ちょっと滑稽でしたね、だって、そこまでのくだりの対話を、アリスカンダル老師は実に生き生きと所作まで見えるようにして音読なさった。そして、スタヴローギンがチホン神父に、いきなりあなたは神を信じますかと訊くでしょう。すると、神父は信じていますと、もちろん言うわけだけれどね。いま、聞いていて分かったけれど、生半可に温い、というあのことば〈ポヨーリク〉は、そう、半分と言う意味、つまり中庸。神がいようがいまいがかまわない。そういう者は、神の口から吐き出されてしまう。無関心派でしょうね。熱くても冷たくても、どちらでもいいが、これは神についで脈があるってことでしょう。神の信じる道は、この両者にある。ぼくなんかは、このどちらかでしょうね、でも、そうではないと思います。だって、ぼくは富裕者でもないし、そしておのれの哀れな貧しさを知っているからね。いいですか、いま現在のロシアはこのような富裕者が仕切っている。そして己を知らない。まだ、スタヴローギンの方が、ましだとさえ思われますね。

セルゲイは言った。さあ、でもどうでしょうか。富裕者ゆえに、日々の暮らしに事欠くこともなく生きて、有識者でありながら退屈をもてあまし、極端に暴走する、そのような病弊は、これはロシア的人間の宿痾、そしてそれが歴史にまで感染してしまったとでも見れば、スタヴローギンは、さらに極端に走り、自殺せざるを得ないでしょう。しかし、それで果たして贖罪になるのでしょうか。あの小さなマトリョーシャをどのようにしてわれわれは救えるのか。

4

教会宿泊所の僧房に着いた頃に、雨になっていた。春になって本物の雨だった。このままユゼフ大尉と別れたくなかったので、車の中で、エンジンをつけたまま二人はしばらく話し込んだ。春の時雨はまるで屋根を楽器のように打ち鳴らし、ユゼフの相当乗り込んだ古い車を打ち鳴らし、雨はフロントガラスに流れた。ヴァレリー修道士はもうぐっすり寝入っていた。

ユゼフ大尉が言った。ハンドルを抱きしめるようにしてだ。あなたは修道士の身だから、まあ、形而上的な思索に心がむかっていて、この世界の現実のすさまじい、いや、あなたの眼からすれば、不条理とでたらめの狂気の沙汰とも思われる今日この頃の情況の、そう、もうはっきり言って、今般の戦時下の行方は、刻々と泥沼化していて、身動きがつかなくなって、そう、もう一年は越えたわけだ。ぼくはこのようなエフ・エス・べーの吏員だから、少なくともこの戦争の現況についてはく多くの、とてもあなたには、もちろん国民にも分からないような情報をもっています。かといって、ぼくにはこの戦争の行方に関して、なすすべがない。身が引き裂かれる思いなのだ。今夕のサロンで、ぼくはほんとうに衝撃を受けた。そう、何と言えばいいのか、ぼくは黙示録のあの、生温《なまぬる》き者でありたくないのですね。そう、神の口から吐き出されるような者でありたくない。もちろん、ぼくなんかはそこそこの一人暮らしには困らない程度の給料生活者だ。では、熱き者であるかと言えば、それも疑問です。あるいは冷たき者であるかと言えば、それでもない。いかにもその中間《あわい》でふんぎりがつかずにいる。そうそう、チホン神父にスタヴローギンが、いきなり問う箇所があったじゃないですか。神を信じているかとね。チホン神父は、信じています、と答えた。そのときのアリスカンダル老師の声の響き！　ただの一言ですよ。あの瞬間、ぼくも同じように心中で肯定しているのを感じていた。いいですか、セルゲイ修道士、無神論者も結構ですが、もし神を信じないとすれば、言うまでもなく人間が神に代わって、何でも勝手放題ということになる。ロシアがいまなおスタヴローギンであるならば、そのあとは没落《ラザレニエ》しか残らないと思います。いいですか、ぼくの上司のゲー大佐は少年兵でアフガン戦争の地獄を見た人です。その心の後遺症に、あのお齢になっても癒されずに苦悩しているのです。

雨が小降りになるのを車中で二人は待った。しばらく小降りになった瞬間、二人は車から走り出した。ユゼフ大尉は叫んだ。ねえ、セルゲイ・モロゾフ、この春の雨の自然に比べたら、戦争の泥濘大地の戦車も最新鋭の大砲も何も、悪霊《ベスィ》いがいの何者でもないじゃありませんか！　おお、クソッタレ、わがロシアの二十万もの動員兵死傷者たちも、また同時に総動員令と戒厳令下のウクライナ将兵たちの死傷者だって、一体何のために命を生贄にする必要があるのか！　おお、もちろん、愛国と国土防衛の大義を掲げてですが、この大義をぼくらは疑わなければならない。いや、もう誰だって疑っているのに、生ぬるいだけ。そりゃあ、分かりますよ。だって、われわれみたいなエフエスベー犬が走り回っているんだから。

二人は教会の並木の道から、僧房の小径へと駆け込んだ。そのときセルゲイは、どこからともなく馥郁とした春の大地の目覚めが一瞬にして始まったような匂いに香しい精に気がついた。セルゲイの褐色の髪が雨に濡れた。一緒に並んで走るユゼフ大尉に横向いてセルゲイは言った。春の草木は、ほんとうにただ一瞬ですべて満を持したとでもいうように開花する。つい数か月前には土の棺に死んでいたのに、いま、わずか一秒で甦るなんて。そう、奇跡じゃあありませんか。心だって同じなんです。だからこそ、ぼくらの存在は奇跡そのものだ！　ユゼフは濡れた黒髪をかき上げた。それから二人は大笑いをした。車で寝込んでいるヴァレリー修道士を起こさずに、ロックして来てしまったのだ。ユゼフ大尉が大急ぎで迎えに行った。

宿泊庵室は六号室だった。遅れて入って来た二人はセルゲイからタオルを受け取り、濡れた髪を拭いた。やはり寒かったのだ。庵室の小さな暖炉に火を入れた。もう勝手が分かっている同じ部屋だった。ヴァレリー修道士がチャイを淹れ始めた。おお、覚えています、ここで最初の日にお会いしましたね。あの夕べは申し訳なかったです。ユゼフ大尉はもう明るかった。それで、とユゼフ大尉は淹れたての熱いチャイを飲みながらヴァレリー修道士に訊いた。動員調査の方はケリがついたのですね。内々の情報によると、クレムリンでは五月以降の作戦で、先の部分動員だけではなく、新法での動員をかけようとのことです。州知事でもこれに反対する知事たちももちろんいますが、しばし戦況の様子見です。都市部から動員と言っても、有識者の子弟までもふくめると、動員拒否行動がどうなるか予断を許さない。これは戦争動員ですから、説得力のある大義が必須です。が、これがまったくどうにもお粗末な作文です。熱くもなく冷たくもない。政権の支持ぶりはもちろん無視できませんが、しかし、ナロードの内心は、そう簡単ではありません。そうなんです、ヴァレリー修道士、この先、若い動員兵をよしんば動員出来たとしても、彼らの年齢層がごっそり死傷者に回ると考えると、ロシアは没落ですね。だって、子供の出生数を考えると、そうなります。出産年齢の女性たちだけが残されて、一体どうなるでしょう。ウラルの森林だって、大人になるまでに数十年はかかる。まして人間の森のことですから、ロシアの国力は、いくら現在人口を誇っていても、国力を保つことは至難になるのです。いまの動員システムではそうなります。かといって、正規軍、内務省軍、国家防衛軍の三者で、さあ、あわせて一五〇万人だとしても、これを繰りだしてということになると、要するに世界の終末戦争になる。黙示録どころの話ではない。過ぎし独ソ戦の祖国防衛戦争とはまるっきり異次元の戦争です。

ユゼフはチャイを飲みながら平静に話した。ヴァレリー修道士は少しも驚かなかった。いま僧職の身にある老いの一人として、現実の戦争に口出しすることはできないですが、わたしたちに出来ることを、少しでも行為することだけです。ユゼフ大尉は立ち上がって歩き回った。ええ、ヴァレリー修道士は、若い頃、たしか外務官僚としてキャリアを積んだと覚えていますが、それが修道士になるなんて、何と言うロシアでしょう。ぼくは調査文書で見たのです、アハハ。エリートコースとは言え、権力の中枢はまったく別次元の人事で動く。まあ、どこの国の権力機構でも同様だとしても、ロシアは歴史的に、それが発達しすぎていましょう。ここに目先の利く悪霊《ベスィ》が入り込んだとしたらどうなるでしょうか。ではこのような権力を打ち倒すことが可能でしょうか。それこそ、やらずぶったくりの徒党の法律によって、ナロードもロシア知識人もがんじがらめにされている。身動きができない。ほら、かく言うぼくだって、これしきのことを言っても、密告されれば、七年刑でしょう。シベリアの刑期ならば持ちこたえられても、そうは問屋が卸さない。強制動員で戦場に送られ、真っ先に犠牲兵にさせられて一巻の終わりです。ええ、ぼくはいま、欧米の同盟軍については言及していませんが、それもまたほとんど本質は同然でしょう。欧米デモクラーツィアの名においての対ロシア戦争です。一体どこに、ロシアも西欧も、この二〇〇〇年培ってきたフリスチアンストヴォの精神があるのでしょうか。汝、殺すなかれ、この一つをなしえないという無惨な不条理世界なのです。双方、無辜のナロードが何十万死のうが、虐殺されようが、双方の権力者たちは、懺悔も後悔もしない。したフリをして生き延びる。悪に打ち勝ち権力が国を守り、国民を守り抜いたのだとね。今後の国家復興とともにふたたび人口を増やして繁栄できるのだから、これらの犠牲は必要悪であったのだと。死者は英雄とされてね。後付けですね、英雄だなんて。英雄なんかであるもんですか、戦場の死は、悲惨な死しか存在しない。いいですか、権力は現実の重力も知らず、画面で戦争遊戯に打ち興じているだけなのです。地獄の現実の中で苦しい肉体を使っていないということは、脳の中枢が冒されるということになる。悪霊は、こういう脳こそが好きなのです。最適な環境なのです。では、そのような戦争悪霊とは、どこから生まれたのでしょうか。一体だれがそのような悪霊を創り出したのでしょうか。

そこまで言ってから、ユゼフ大尉はやっと暖炉の前のテーブルを前に掛け直した。ヴァレリー修道士は、微笑を浮かべていた。そうだね、ユゼフ大尉、マルコ福音書では、イイスス・フリストスのことばによって追い出されて溺れ死んだ悪霊の数は二千匹と記されていたと思うが、一体、だれが創り出し、そのように増殖進化したのか。するとユゼフ大尉が言った。はい、それは神が創り出したのではないですか。だって、そうではないですか。太初《はじめ》にことばがあった。そのことばが、同時に悪霊をも生みだす。ことばがです。神が創り出したはずのことばが、悪霊をも生み出してしまったのです。そのことばの進化によって、悪霊も人間の内部で進化した。ことばこそが、悪霊の根源なのではありませんか。もちろん、ことばの多面性をぼくは言っているのですが。ことばを使う側次第で、本来の善きことば、神が与えてくれたそのことばが、悪霊化する。さあ、ではなぜ神はことばをわれわれに創って下さったのでしょうか。

第7章　それぞれの別離

1

その日、四月一日土曜日の早朝に祈りをすませ、ヴァレリー修道士とセルゲイが宿泊僧房をあとにした。昨日から教会には、あちこちからカワヤナギの若緑の枝が信者たちのために運び込まれていた。明日から受難週が始まるのだ。ペルミ第一駅までの道を二人は急ぎ足で歩いた。これでペルミともお別れだ。見上げるとカワヤナギの枝は、あの白い花穂《はなほ》から眼が覚めるような若緑の細葉を伸ばし、空にむかって朝の光をうけてさわやかで清らかだった。汚れを知らないのだった。セルゲイはユゼフ大尉が語ったことばを反芻していた。どうやら、教会のカワヤナギの枝は、大モトヴィリハ川のカワヤナギだったらしい、とヴァレリー修道士は川筋が見えるところで、眼をすがめて眺めた。その鼻眼鏡が高い鼻梁にひっかかっていた。セリョージャ、きみもユゼフ大尉のことを思い出しているね、実はわたしもだ。なぜだろう。

老師アリスカンダルがあんな話をするなどとは思いもかけなかった。聴き手にもよる。どんな話でも受けとる人しだいで、その話は突然変異を起こす。ことばは、そういうものだ。イイススのことばだって、パリサイの徒にとっては意味をなさない。ユゼフ大尉の心に秘められた純真《チスタター》が、アリスカンダル老師のことばで、突然開花した。開花した以上は、実るだろう。その一つでも実れば、どんなことになるか。セルゲイは言った。ぼくもそんな気がします。『悪霊』を書いた作者の苦悩がユゼフ大尉に通じたんですね。〈ロシアはスタヴローギンだ〉、このテーゼにはぼくも一瞬気が遠くなりました。と同時に、もし、〈スタヴローギンはロシアだ〉と言ったのだったら、笑える冗談に過ぎません。ええ、ユゼフ大尉は発見したのです。自分のロシアの恐るべき正体を、ということは、自分自身を発見したのじゃありませんか。

　ヴァレリー修道士は、ただ頷くだけだった。われわれはともかく小さくても仕事を果たした。そしてユゼフ大尉と出会った。そして彼は跳躍した。どこへかは分からないが、彼は自分のうちに大いなる罪を発見した。それは、詩人的な、いやわたしは詩人ではないがね、本当の詩人なら、それをこう言うのではないかな。罪の花びら。数えきれない数だ。いや、たったひとひらの罪であっても、その人次第では、幾千の罪の花びらともなりうる。おそらく彼は、そのような人間なのだね。セルゲイは言った。彼はほんとうに詩人なんですね。ヴァレリー修道士は言った。残念といったらいいか、喜んだらいいのか、そうだね、詩人なんだね。へんなものだ。恐るべき連邦保安庁員でありながら、詩人だなんてね。

　二人は話題をそらした。ヴァレリー修道士が言った。それにしても弁解めくが、やれやれ今年の受難週は、てっきり二週間後だとばかり、なぜか勘違いしておったが、わたしもちょいと呆けたというわけかな。セルゲイも言った。はい、ちょっと、ぼくも迂闊でした。だって受難週の日付などつい失念していましたよ。風は冷たいが、そこかしこ春の香りがみちあふれていた。

　セルゲイは言った。それにしても、アリスカンダル老師は、調子がいいですね、そうじゃありませんか、モロコフ署長のサロンで講演して、それで今日明日あたりはウラルを越えて東シベリアへの巡礼だなんて。ヴァレリー修道士は言った。あの世代らしい。きっと狙いがあってのことだろうね。セルゲイは落ちていた細葉のカワヤナギの枝を拾いあげた。それをうちふるようにしながら言った。まるで明日から受難週に合わせたような巡礼。夏までの旅だとおっしゃっていました。ヴァレリー修道士は言った。何かお考えがあってのことだよ。大都市部ではなく、広大な地方の名もないような人々、ナロードの信仰と声を聞きたくなったのだよ。繁栄する大都市部では悪霊たちの声が蔓延している。そう、あの人はチェーホフ崇拝者だ、チェーホフが旅で出会った人々の面影をもとめてのことかも分からない。そして大地にひざまづいて接吻をしたいのだよ。だれが大都市のアスファルトに接吻する者がいるかね。セルゲイは言った。それにしても、アリスカンダル老師、巡礼の旅を受難週に合わせたあたり、老師は、土壌主義者《ポーチヴェンニク》の面目がありますよね。ヴァレリー修道士は言った。なるほど、土壌主義《ポーチニチェストヴォ》ねえ、これは舌を噛むような発音だ。おお、宗教的倫理をもとにして大地のナロードと都市的有識者を結びつけるか。まさに正しい。われらのイイスス・フリストスとて、ガリラヤの地方から出て、最後は首都へ至り、そこで受難が成就される。いいや、老師は、どっこい無事に帰って来るだろう。戦場と化したロシアの大地に……、そう言いながら足を速めた。

　いよいよ四月の春の一日は、空にゆっくりと美しい雲をあちこちに浮かべ、風がとまり、陽光がふりそそいだ。ついに春だ。わたしたちは待ちおおせた。この受難週の一週間のうちに、わたしたちの仕事も、それぞれの運命も暮らしも、新しい展開が待っているにちがいない。温いものは、神が口から吐き出す。だが過激すぎるものを、ロシアはあまりにも見すぎて来た。ヴァレリー修道士の長いひげが微風に吹かれた。二人はようやくペルミ第一の駅までやって来た。もうキオスクは新聞が並べられていた。ヴァレリー修道士は一部を手に入れた。二人で、キオスク脇のベンチに腰かけて、一面のトップニュースを読んだ。早朝列車が動き出して、人々があちこちから姿を見せ始めていた。春の駅は活気づいた。

さあセルゲイ、読んでみなさい。コメディア以外ではない。どうかね。セルゲイは、いずれかのオルガルヒの傘下の新聞だとわかるその新聞の一面をセルゲイは読んだ。クレムリン発表で、この四月から七月半ばまでに、新たに十四万七千人の徴兵を行う法律に大統領が署名した、とあった。くわえて、この徴兵の者たちは、戦地に送られるのではなく、ロシア国内の各地方の駐屯軍に入るという。どんなに見え見えでも恥じることなく、悪霊の美辞麗句で、十八歳から二十七歳までの若者を徴兵して一年間の軍事訓練をさせ、さて、本意はそのあと、いつでも、予備役の動員令を発して、戦場に送ることが出来るというわけだ。ヴァレリー修道士は言った。去年の秋の三十万人の動員兵は、どうなったか。戦地でそのうちどれだけが死傷者となったか、さっぱり報道がない。わたしの見立てでは、まず五、六万人ではないか。アフガン戦争どころではない。こんどは、秋の動員のようでは動揺が大きすぎるから、徴兵で一年間の時間稼ぎというわけだ、そして次に備える。おお、なんという悪霊どもだ！　しかも、こんな喜劇の台本を書いているのは誰なのだ？　稚拙な見世物芝居なのか。なんという精神の、倫理の幼稚化。よりによって臆面もなく、この聖週間、受難週の始まりに合わせて、あたかもロシアこそは受難者、あたかもイイスス・フリストスだとでも僭称しているが如きことば！　権力ポチのロシア正教会ボスは悪霊のことばに酔い痴れている。

キオスクのまわりに仕事に出かける若者たちがむらがっていた。セルゲイが見たところ、発表された徴兵年齢にみな該当しているにちがいない。あるいはすでに一年の徴兵をすませた者たちがいるにしろ、いずれにしてもいつ動員がかけられるかも分からない不安を抱えているはずだ。要するに、こうなったら、おれたちはロシアから出国禁止なのだ。それぞれスマートフォンを片手に、話し合い、それらのうちの一人が、活字新聞に見入っているヴァレリー修道士を見つけ、からかい半分なのかそばにやって来た。おはよう、修道士さんたちかい、いいね、あんたたちは、動員、ないの？　神に祈っていればいいなんてね。よしなよ、神父さんたちには神父さんたちの立場がある。おれたちの代わりに祈ってくれる。志願契約兵募集が大流行りだ。いきなり新たに徴兵だなんて、こんな不確かな宙ぶらりんのままにつるされているよりは、バーッと走り出して、志願兵になって前線へ行ってもいいと思うこともあるね。報酬金がバカにならない。最低でも三十万ルーブル。いまの給料より六倍、七倍だぞ。お前、死んでもいいっていうのかい。それは困るが、運命論者なら、賭けてみたくなる。おれは死なない。まわりで、ヴァレリー修道士のことばを期待しているようだった。ヴァレリー修道士はブロンド髪や茶色、スキンヘッド、黒髪の若者たちをまぶしそうに見上げながら、静かな声で言った。

そうだね、神がきみの命をほんとうに求めているのだと思うのなら、それはきみの自由だが……。国家が偽りの正義のもとにきみの命を求めているのなら、犠牲を、生贄《いけにえ》を求めているとするなら、どうかね。いや、こうも言える。いいかい、きみがほんとうにきみの人生を懺悔するほどであれば、みずからの死によって償うのもいいが、さあ、果してきみはそれほどの汚れた悪をこの世でなしたのかな。いいかい、金につられて、志願兵になって、人を殺し、もしくは自分を無意味な死に晒すほどの悪を、おぞましい犯罪をこの世できみはしたというのかい。よく考えてみよう。善いことばで考えてはどうかな。悪いことばで考えると、物事は悪くなる。

するとと取り囲んでいた若者のうちの一人が言った。がんじがらめにされて生殺し状態で生きているくらいなら、大義名分がいかさまであれなんであれ、ねえ、神父さん、戦場の自由の方がまだましじゃないですか。戦争を知らないおれたちが、戦争を知るチャンスではありませんか。するとヴァレリー修道士は言った。それを悪霊の囁きのことばと言う。他者も己も、殺してはならない。きみは善く生きるためにこの世に生まれて来て祝福されたのではなかったのか。忘れてはいけない。

駅に次々に列車が入線し始めた。若者たちは、神父、ありがとうよ、と大きく手を振って走り出した。二人は立ち上がって、駅舎に入り、列車の時刻表を見上げた。もっと若かった日に見上げた動かない時刻表とは違って、まるでこんなペルミ第一駅の時刻表までもが、さりげなくデジタル化していることに、今初めて気が付いたような錯覚を覚えた。万物が意味もなく流転する、とどまる時間も流転する、ぼくにはつかまるべき、動かざる不動の時間がない……、とセルゲイは思った。駅舎の天井は蒼穹のようだった。足音がこだましひとびとの声がオルガン曲のように次々に追いかけ合っていた。ただ、こうして押し流されて行くのか。その瞬間、セルゲイは思い出した。ペルミの土産を、せめて安物でいい、ウラル石のセットの箱を買いたい。まだ時間があったので、セルゲイは先ほどのキオスクに走った。見世物小屋の楽屋みたいなごちゃごちゃの品ぞろえの隅っこに、燦然と、というふうにセルゲイの眼に映ったが、小さなウラル石たちがひっそりと何列にもなって、まるで昆虫セットみたいに並んでいる空色した平たい紙箱が蓋を開けたまま並んでいた。でも、セリョージャ、一体だれのお土産なんだい。

2

二人は無人駅で列車を下りてから、春が満ち始めた野道を長い緩傾斜の丘山に登るようにゆっくりと歩きつづけた。修道院が見え出した頃には、背後の針葉樹の森にも若葉が中から古い針葉を押し分けるように新しい緑に彩色され始めたのが分かった。天気は上々とは言われないまでも、雲に滲《にじ》んだ太陽は白いながらも暖気をもたらしていた。二人は汗ばんだ。帰院すると、もう受難週のためのいくつかの行事とミサの準備が整っていた。セルゲイは自分の庵室に、ヴァレリー修道士はダニール長老のもとへ報告に行った。

昼過ぎまでにあちこちの村からも小さな町からも、遠くはヤイヴァ川の向こうからも人々がミサに三々五々、野道をやって来て、修道院の門前で色とりどりのリボンのように行列をつくった。都会の教会のミサのようではなく、どちらかと言うと静かな祭りのようだった。行列の整理にあたっていたのがセーヴァだった。セルゲイも庵室に荷物を置くと、セーヴァの手伝いに加わった。それからたくさんの仕事があった。セルゲイは、もしかして、と思ったり、期待したりした。それは、もしや、その可能性はほとんど皆無と言うべきだと分かっていながら、遠いヤイヴァ川対岸からの人々もミサに来ているのが話声でそれとなく知ったので、もしかしてあのリーザが、カザンスキー一家が三人でやって来ているのではあるまいかと、心が動いていた。ここまでは車はよほどでなければ登れないので、車の人々は、無人駅の前に停めておいて、そのあと徒歩でやって来る。あるいは修道院で出した馬の荷車でゆっくりと揺られて来るのだ。賃仕事の副業で大男の御者のペーチャは喜んでいた。人々を乗せて来て往復するのだが、彼の荷車の人々は陽気だった。受難週だというのに、彼はこの北部に残っている古い民歌をよい声で歌うからだった。セルゲイは門前で彼と話した。もちろん彼ならリーザ・カザンスカヤの顔は知っているからだ。セルゲイは少しがっかりしたのが自分でも可笑しかった。

それから長いミサがやっと終わった頃は、もう日暮れに近かった。近在に戻らなければならない信者たちだったので、終夜連禱のミサに加わるわけにいかないのだった。年輩者の中には奥地の若い娘たちもまじっていた。セーヴァは動員リスト調査のときに出会った一人と、ここで再会して、喜ばしい声を上げた。受難週のさなかに満開のチェリョムハの花に逢ったという感じだったのだ。ここではまだ咲いていなかったが、セーヴァにはその化身のように思われたにちがいなかった。

この夕べ、長かったミサが無事に終わったあと、ヴァレリー修道士がセルゲイの木小屋を訪ねて来て話し込んだ。ヴァレリー修道士は言った。信仰者がこう言うのもいかがなものかではあるが、受難週とはよく言ったものだね。われわれもまた、イイスス・フリストスに照らして自己自身の受難のなんたるかを思い起こすようすがになるね。復活大祭《ヴァスクレセニエ》まで、静かに思いを深める日々なのだ。

さあ、わたしもそろそろだ。ほら、プッチョーン長老とか、アリスカンダル老師とか、彼らは、わたしに言わせれば、ほんとうに幸せ者だね。ゴルバチョフ世代と言ってもいいかな、大いなる楽天家だ。というのもその以前の受難の歴史を知り抜いている人たちなのだ。それにひきかえ、わたしのような者の世代は、エリート組から進んで脱落したようなものだが、それもあっという間に、時代が終わり、さあて、そろそろ、わたしもまた、彼らとは違うもっと小さな旅に出るべき時が来たように思うのだよ。これから復活《ヴァスクレセニエ》大祭にむけて、わたしはアゾフ海まで旅をするつもりだ。明日にでも出発する。そう、よくぞ言ってくれた。あの海はわたしの母国、つまり故郷だ。もう半世紀余も、両親の墓参さえ果たしていなかった。そう、タガンローグから少し奥の小さな村だ。古い修道院があって、そこの墓地に眠っている。目印は三本松だ。赤松でね。さあ、五十年余も、あの三本の赤松が生き延びているかどうか。ゆっくり列車で行くが、ペルミ、モスクワ、南部、というふうに、ロシアを感じながらね。復活大祭は向こうで迎えよう。ああ、わが父母の墓碑は、お前は何をしてきたのかと、問うかも分からないね。わたしは跪《ひざまづ》いて祈るだけだろうね。何者にもなろうとせず、何者にもならなかったとでも報告するしかない。

セルゲイは言うことばが見つからなかったが、ぼくももう一度、長い旅にでようかと思っています、と言った。あははは、プッチョーン、アリスカンダル老師お二人は成功者で、東へ旅立ち、わたしは南の海へ、そしてきみは、若いセルゲイ・モロゾフは西へかな。ともかく、復活《ヴァスクレセニエ》ということばの本当の意味を考えなくてはなるまい。幾ら齢になろうが、日々、生まれ変わるくらいでないと生きていてどうなろうか。わたしは五十年ぶりに、母たちの墓碑銘を読み、祈りたい。

ヴァレリー修道士は疲れが出ているようだった。それから思い出したように袖の中から一冊の本を取り出した。さきほど、ダニール老師の図書棚から、借りて来たのだ。今日の受難週ミサの思い出にもと、彼の「受難週に」をきみにきかせたくなった。わたしだって久方ぶりの再会だった。なに？ ずいぶん質素なみすぼらしい本だって？ あはは、たしかに仰る通り、このとおり、印刷紙も劣悪、活字も、いうまでもなく活版ではなく、電子製版の文字だろうがね、しかし、これは奇跡だったのだ、おお、復活《ヴァスクレセニエ》の声だったのだ。いいかい、セルゲイ・モロゾフ、これは、ソ連崩壊のその前夜、一九八九年に、それまでロシア国内で出版禁止だったあの詩人パステルナークの畢生の大作、ロマン《ドクトル・ジヴァゴ》のロシア初出版の本だった！ わたしはあのとき四十歳だった。モスクワで書店に行列してやっと手に入れた。おお、おお。まあ、きみたちにとってはおとぎ話にしか聞こえないだろうが、いいかい、これこそが文学というものだ。巻末に、ほら、こんなふうにびっちり、ページの印刷紙をケチして、詩を二段で組んであるね。おお。すでにして没落のロシアよ！

セルゲイが何か言おうとするのも手で制して、ヴァレリー修道士は立ち上がり、木小屋の窓枠を背にして、その「受難週に」という詩を朗読し始めた。

まだあたりは夜の闇だ
まだ世界はとても早いので
空の星たちは数知れず

一つ一つが日のように明るく
もしできることなら大地は
聖詠歌の朗誦にあわせて
復活大祭《ヴァスクレセニエ》を眠りすごしたいところだ

まだあたりは夜の闇だ
世界はあまりにも早いので
広場は十字路から街角まで
永遠のように横たわり
夜明けとぬくもりまでは
まだ千年ある

それは長い詩だった。セルゲイは耳を澄ませていた。夕べの雲も、木々も、ねぐらに帰るべき鳥たちも窓辺に道草をくって、聖詠歌で声をきたえあげたヴァレリー修道士の朗読に聞き入っているようだった。木々も庭もみんな教会から出て来て、大地が揺れ、イイスス・フリストスが埋葬されているスタンザにきたとき、セルゲイは思った。これは詩人の、春の黙示録《アポカリプシス》なんだと。

やがてヴァレリー修道士は高度を下げ、旋回するように、最後のスタンザを朗読しおえた。

しかし真夜中には動物も人も静まるだろう
天気がよくなりさえすれば
復活《ヴァスクレセニエ》の努力で死に打ち勝てるという
春のうわさを聞きつけて

実はまだ、この二人をのぞいてだが、修道院ではおびただしいロウソクが春の花のようにともされ、聖歌が、使徒経が唱えられ、夜明けまで続いたのだった。翌朝、セルゲイがぐっすりと眠っているあいだに、ヴァレリー修道士は旅立っていた。

3

ヴァレリー修道士が旅立ってしまったことを知って、セルゲイは言い知れない寂しさと孤独に襲われていた。受難週の幾つかの行事がしめやかに、静かに行われ、あとは復活大祭まで、いまかいまかと復活《ヴァスクレセニエ》の時を待つだけになった。セルゲイは木小屋に籠ったままだった。これまで描いた聖像画の出来栄えをあらためて見直してみるのだが、どうしてもこれはいいという板画はなかった。もうヴァレリー修道士には二度と会えないのではないかと思うと、後を追いかけたい気持ちが抑えきれなかった。セルゲイは思い出した。というより、いなくなってから初めて、ヴァレリー修道士がほんとうは誰に似ていたのかを発見したのだった。なんだ、父だったのか。いや、父の弟のパーヴェル叔父さんだったのだ。その面影だったのだ。いや、ぼくは写真でしか父の顔を覚えていないのだ。父は、ただモロゾフ姓というだけで、或る晩逮捕され、極東のラーゲリに送られた。そして最後はマガダンのラーゲリで死んだのだ。おお、いまのぼくの年齢だったではないか。そのあと母も重い病気になった。そして死んだ。ぼくはその野辺送りをはっきりと覚えている。ノヴォシビルスク郊外の共同墓地だった。途中春の雨が降り出した。ほんの数えるばかりの会葬者は埋葬が終るとそそくさと立ち去った。ぼくは叔父の町、遠いバイカル湖近くの地方都市に移り、独身の叔父さんと暮らした。叔父が結婚することになった。共同住宅の平米はほんのわずかで、三人で住むことなど出来なかった。ぼくは叔父のもとを逃げ出し、ハバロフスクまで行き、そこで保護され、〈児童の家〉に送られた。収容されていたのは、みな何らかの理由による孤児だった。ぼくは十歳だった。そうだ、ぼくは十歳だった。それから、……、とセルゲイは次々にまるで悪夢のように思い出した。母が亡くなる前に、ぼくは母とサクランボ狩りをした。もう病気が進行していたに違いなかった母は手籠にサクランボを一杯に摘み、草地のベンチに坐った、ぼくの口にいれてくれた。そうですよ、パパが大好きだった。サクランボのジャムも。セリョージャ、おまえは一人でも生きていける勇気があるから、ママは少しも心配していないからね。ただひとつだけ覚えておくんだよ。人生に、勝利と敗北を区別してはいけないよ。パパのようにね。そしてモロゾフの名を忘れないようにね。

今、セルゲイはヴァレリー修道士からパーヴェル叔父を思い出し、ああ、叔父さんは生きているだろうか、ぼくのことを忘れていないだろうか。いや、忘れるわけがない。こうして気がふさいで何にも気持ちが動かなくなっていたのだった。ヴァレリー修道士が昨夜朗読してくれた詩の最後のスタンンザはすぐに記憶に残っていた。詩のことばとは、きっとそういうものなのだ。セルゲイはそらんじた。〈天気がよくなりさえすれば　復　活《ヴァスクレセニエ》の努力で死に打ち勝てるという　春のうわさを聞きつけて〉――、そう、《復　活《ヴァスクレセニエ》》の努力！　そして死に打ち勝つ！

　セルゲイは父に肖《に》ていただろうか。父の死に打ち勝っただろうか。母の死に打ち勝っただろうか。セルゲイは床に立てかけて眺めていた自分の聖像画《イコン》がどれもこれも死に打ち勝つ力がないことに絶望していた。心で、おお、ぼくに復活の努力を、と言いながら、春の大気を吸うために、外にでると、修道院に向かって、野の坂道をひどく左右に揺れながら、郵便配達がバイクに乗って突進して来る。思わずセルゲイは門に向かって走り出した。ベレズニキ市の郵便局からだった。若い元気いっぱいの女配達人が、モスクワからセルゲイ・モロゾフあてに速達書留《ザカズナヤ》ですと言った。モロゾフですとセルゲイは言い、大慌てで彼女からボールペンを借りてサインした。サインを見ながら彼女はセルゲイに言った。ペルミもベレズニキも、神父さん、女たちのデモだよ。そう言い、手を振って忽ちまた走り去った。セルゲイはもどかしく、その場で立ったまま千切るようにして書留を開封した。

第8章　回心

1

ユゼフ大尉の手紙は裏が空けて見える航空便用箋に細い斜体で、まるで草原の草穂の上を風が渡って行ったとでもいうように書かれていた。青い細字のサインペンだった。庵室を出たセルゲイは、森の手前の樫の木の下のベンチに腰かけて、手紙を読んだ。受難週の春の雲は、この世のどこにもどんな不幸も悲惨も、地獄もないというように、ゆっくりと流れていた。

*

親愛なるセルゲイ・モロゾフ。

この突然の手紙はあなたをどんなに驚かすことでしょうか。いまぼくはモスクワに来ています、そしてモスクワのパヴェレツキー駅の騒々しいカフェの片隅でこの手紙を大急ぎで書きます。二時間後に南部行き夜の列車は発車します。大急ぎで書きます。運命によってはもう二度とあなたに会うことがないかも分かりません。

親愛なるモロゾフ、ああ、一つの手紙で一つの真実を書き切ることがどんなに困難か、いまサインペンを動かしながら思わずにいられません、というのも、手紙は幾様にも一つの真実を書くことが出来るのですが、しかし、書かれる手紙は一つの手紙でしか投函できないからです。しかもこの手紙が一つの告白《プリズナニエ》である以上、いくらでもヴァリアーツィアが可能なはずなのですが、しかし手紙はただこのいま書く一通だけでしかありえないのです、ちょうど人生がただ一つであるのと同じように。その意味で、このぼくのあなたへの手紙がどのように不十分であったとしても、それはそれで真実への一つの決断だろうと思います。

ああ、セルゲイ・モロゾフ、たったいまぼくは《告白《プリズナニエ》》ということばで言ったのですが、でもこれは同時に《懺悔《イスポヴェチ》》、そう、あなたがどういうわけか、修道士であることで、あたかも神父に告解するとでもいうような意味が二重になっているように思うのです。告白《プリズナニエ》も懺悔《イスポヴェチ》告解もいまどきはあるいは死語になっているのかもしれませんね、すべてが剝き出しに語られてことばが消費されるのに慣れ切ってしまっている時代なのだから。しかし、ぼくはあなたに向かって、この《告白《プリズナニエ》》そして《懺悔《イスポヴェチ》》のことばを届け遺しておきたいと思ったのです。それはとりもなおさず、あなたが将来に夢見ている、あのイコーナ、あの聖像画への夢について、ぼくは全面的に信頼を寄せているからです。ぼくが夢見つづけて来たけれどもぼくにはどのようにも不可能なその聖像画の光景、その画布にむかって、ぼくはぼくのこのたびの告白《プリズナニエ》・懺悔《イスポヴェチ》を、伝え、祈っておきたかったのです。最初の出会いで、ぼくらはそれとなくアンドレイ・ルブリョーフの《至聖三者《トロイッア》》が話題にあがったのを、覚えていますか。

考えても見てください、ФСБ《エフエスベー》吏員であるぼくがどうしてルブリョーフの崇拝者であるなんてありえるでしょうか。ですからあなたはあの瞬間にぼくを疑うはずであったのに、あなたは少しも疑うところがなかった。その瞬間にぼくはあなたを信じたのです。そして久しく久しく忍従して内に抑圧してきた自分の本当の信念を忽ち想い起こしたのです。あれがそもそもの最初の小さな奇跡の芽生えだったように思われます。それから、二度目の出会いは、なんということでしょうか、ペルミのMBД《エムヴェデー》署長のダーチャでのサロン、あれには驚きました。まさかあなたが来るなどとは想像さえできなかったのですが、でも、あなたの修道院のアリスカンダル老師が講演だというのだから、ひょっとしたらペルミに来るあなたにも、会えるのではあるまいかと、ちらと思ったことも本当でした。

そうですよ、親愛なるセルゲイ・モロゾフ、ぼくらはたった二度だけの出会いだったのです、そして今は、このロシア南部へ行く夜行列車の発着駅パヴェレツキー駅のカフェで、その出会いに別れを告げるべくこの悪筆の手紙を書きなぐっているのです。おお、いまだにわがロシアのサインペンはインクの滑りが悪く、汚れがたまります、かき消しの部分は、ただギザギザで済ませるので許してください、判読不可能な語があれば、すべてぼくの綴り字のまちがいのはずですが、ただただひたすらぼくはぼくの良心の声をあなたに伝えて立ち去りたいのです。

そしていま、あなたと別れるについてはどれほどの感謝をぼくは言わなければならないことでしょう。おお、セルゲイ、老師アリスカンダルの講演がぼくをよみがえらせてくれたのです。それもあなたがぼくの隣で一緒だったことで。そして僧房まであなたを送って行ったときの語らいによって、ぼくは再生したのです。老師アリスカンダルがドストイエフスキーの『悪霊《ベスィ》』の話を始めた瞬間、ぼくは、老師の、「いまだロシアはスタヴローギンなのだ」と言い放った一言で、ぼくは蘇ったのです。あの夜は、あなたとヴァレリー修道士と一緒に、教会の僧房で語り合いましたね、あのあとです、ぼくは殆ど一睡もせずに、ペルミの市街を彷徨《さまよ》い歩き、カマ河の岸辺に立ち、そして凍えるように寒いカマ河の春の朝日を迎えたのです。おお、まるで自分が大いなる聖像画の中の人物になったとでもいうように太陽の黄金色に包まれたのです。

（たったいま、ウエイトレスが追加注文のワインのボトルをおいて行きました。ぼくはここでグルジア、つまりジョージア・ワインを飲みながらペンを走らせているのです。）親愛なるセルゲイ・モロゾフ、あのときぼくは老師アリスカンダルのことばによって、汝もまた『悪霊』のスタヴローギンに他ならぬではないかと雷がおちたような衝撃を受けたのです。それでは、ぼくは富裕階層のいうなればインテリゲントたるスタヴローギンと同じ身の上でしょうか、まったく異なります。過激な行為によって死ぬほどの停滞と退屈を紛らわすために犯罪を、それも最も汚い犯罪を、ぼくは果たして行って来たと言うのだろうか。否です。しかし、ぼくは同時に超人を僭称するスタヴローギンと根源は同じではなかったでしょうか。ロシアがスタヴローギンである以上、つまりあのいたいけない少女マトリョーシャをもっとも汚く凌辱して、彼女をして罪意識の自己責任で首つり自殺をさせて、平然として立ち去るが如きと、じつは本質的にぼくらは地続きだということなのです。まさに、いま二十一世紀ロシアは、比喩的に言うならば、ドストイエフスキー『悪霊』の命題の提起いらい、この百五十年間、いかなる反省もなく、懺悔《イスポヴェチ》もなく、ふたたび、もっとも貧しくもっとも弱く、いかなる異議申し立ても抵抗もできないような、ただわずかにその小さな怒りの拳を上げるしぐさだけしか可能ではないような、あのいたいけない無垢の貧しいマトリョーシャを凌辱して、平然として冷血の蒼ざめた顔を晒しているのです、世界中にむかってです。いや、神に向かってではないでしょうか。

極言すると、ぼくもまた一人のロシアのスタヴローギンに他ならないということです。いや、ぼくはスタヴローギンのごときもっとも卑しい犯罪を、もっとも小さき人たちに対する犯罪など何一つ犯していないとしても、しかし大いなる罪びとであることに変わりはないのです。どうしてそれを忘却することができるでしょうか。必死で非難する悲しみと怒りに満ちた絶望的な、もっとも小さな人々の無言のまなざしの残像、そのフラッシュバックを、どうして忘れ去ることができるでしょうか。ああ、わが友セルゲイ・モロゾフ、ぼくらは厖大なその逆行画像の厖大な累積に押しつぶされそうになってかろうじて生きているのではないでしょうか。わが罪に非ずにしてもです。だってそうじゃありませんか。モンゴルの軛《くびき》から、そののちの我らが民族の農奴制による支配によっても絶えることなく、ぼくらは悲惨と受難のフラッシュ・バック、つまり逆行画像《オブラトヌイ・カードル》によって生きざるを得ないでここまでやって来たと言うべきです。

そう、親愛なる聖像画家のセルゲイ・モロゾフ、たしかヨハネ福音書でしたね、イイスス・フリストスが言ったではありませんか。ある女が、姦淫が発覚して人々に捉えられて広場に連れて来られた。パリサイ派の司祭たちがイイスス・フリストスに言った。聖書の掟には、石打ち殺しにすべしとあるが、あなたはこれを何とするかとね。するとイイスス・フリストスは答えた。このうちに罪なきひとの誰がいるかと。すると石打ち刑に集まって来た群衆が一人また一人と立ち去ったとね。ぼくもまたこれらの人々の一人の、もろもろの罪をかかえた一人なのです。いいですか、セルゲイ・モロゾフ、ぼくはФСБ《エフエスベー》大尉なのですからね。どれだけの冤罪で人々を逮捕拘束して、彼らの人生を、言うなれば石打ちの刑に処してきたことでしょう！　その行為によって、ぼくはいくらでもこの権力の走狗となって現実を上昇することが約束されていたのです。（ここでワインの赤い染みがこぼれて、判読ができない）、ああ、もうぼくは限界です、熱くもなく冷たくもなく、ただ温《ぬる》きものは、神は口から吐き出すのです。そう、あのとき、あの夕べのサロンで老師アリスカンダルはヨハネ黙示録《アポカリプシス》の一節を朗読しましたね、ああ、ぼくは黙示録に言われるところの、ただ温きものであり続けたのです。かと言って熱いものになろうとせず、あるいは冷血にもなれずにです。

やれやれ、親愛なセルゲイ・モロゾフ、ぼくはかなりワインに酔ってしまったようです。もう、列車入線のアナウンスが響いています。ここパヴェレツキー発着駅は、戦況上のこともあってか、騒めくような雰囲気で多くの警察やぼくと同じ職業の吏員たちがうようよいますよ。

　おお、いちばん大事なことを言い忘れるところでしたね。わが友セルゲイ・モロゾフ、この手紙の告白《プリズナニエ》・懺悔《イスポヴェチ》の主旨について、つい書きそびれるところでしたね。そう、ぼくはすでにゲー大佐には辞表を提出して受理されたのです。そう、身代わりはいくらでもいる。だって、考えてもみてください、少なくとも百五十万人は下るまい数の吏員が連邦内にくまなく網の目にめぐらされているのだからね。正規軍とおなじ数だけの吏員と言うべきかな。ついにぼくは自由になったのです。

そしてぼくは即刻、今夜の列車で、南部ロシアの駐屯地＊＊＊に向かうのです。おお、自由になったのに何故とあなたは問うでしょう。そう、ぼくは志願兵の募集に直ちに応募して採用され、復活大祭を俟たずに、今夜、南部に赴任せよとの指令を受けたのです。もちろん、ぼくの経歴から言って、戦場で小隊の指揮をとることになるでしょう。ぼくは大学時代の一年間の徴兵時に、工兵隊に特化した訓練を受けているのです。しかもですよ、何とまあ、前歴がＦＳＢ吏員、それが、その身分を投げうって、市民としての一義勇兵ですからね。モスクワの志願兵事務所では驚いていましたがね、変人扱《チュダーク》いされましたよ。神がかり《ユローヂヴィ》じゃあないかともね。アハハハ。おそらく工兵隊の最前線ということになるでしょう。

おお、ぼくの友よ、セルゲイ・モロゾフよ。ぼくはこの五月で満の三十六歳になる。あなたより少し年下ですが、しかしまちがいなく最も不幸な同世代なのです。西欧とロシアに心魂を引き裂かれて自己同一性について矜持を持ち得なくなった閉塞の世代なのです。ぼくの選択は、ぼくの早かった青春の終焉なのです。これまでの幾つもの、数えあげれば、どんなに小さな罪であれ、決して滅することなく生きていて、償いをしなければならない多くの罪を、ぼくは、いいですか、戦場で、直に肉体的に死と向かい合った大地で、麦畑と泥濘と悪天候の底で這いつくばって、神のゆるしを乞いたいと思っているのです。もちろんこの戦場で向き合う人々を殺すことになれば、さらに大いなる罪を犯すことになるでしょう。贖罪のつもりが逆になってしまうでしょう。そのときの償いもまた我にあり、と言うべきなのです。さらに奈落に落ちることになるでしょう。

しかし、ぼくがこうして一瞬の啓示によって、このような行為に出たことを、あなたはどう理解してくれるでしょうか。ぼくには、ロシア大地への愛は、残念ながらこのようにしか表し得ないのです。スタヴローギンとしてのロシアを、冷血怪物を、悪霊《ベスィ》を僭称するロシアを、わが身のこのような行為によって、救い出したいのです。これこそ、妄想に過ぎないでしょうか。いや、一粒の麦、ぼくは今はそう思っています。いや、ぼくに熱きものが根源から再生されるようなことがあれば、ぼくは、いや、ぼくらは、もっとあらたな行為に出ることもありえるでしょうが、いまはまだ夢想です。しかし、夢想を棄ててはいないのです。それはおそらくはさらに大いなる罪による、献身の行為となるでしょう。

　親愛なる友よ、そろそろ時間です。乗客たちが動き出し、騒めきだしました。どうか彼らの安寧な一日一日が、このような歴史の外で過ごされるようにと、ぼくは心から祈ります。ぼくの友よ、ここにぼくの駐屯地のアドレスを記載するわけにはいきません。このあとあなたに手紙を書くことが出来るかどうか。でも、もし運よく生きていれば、たとえ手帖の切れはしにであれ、書き送れたなら！　ぼくが何を見出すことになったかを……。親愛なるセルゲイ・モロゾフ、あなたの仕事の幸運を祈ります、神のご加護がありますように。そしてあなたからは、願わくは、死の徘徊する戦線で、ぼくにもまた、このたびの懺悔《イスポヴェチ》による自己投企によって、神のゆるしがあることを祈ってください。さあ、ぼくも荷物を片付けます。

　追伸（殆ど読めないくらいの筆記体で）。

　修道士聖像画家モロゾフ。お願いが一つだけ。ほら、あなたの修道院のフセヴォロヴォ・ヴィリヴァのヤイヴァ川の対岸に、ヴィシュニェヴォという小さな村があります。そこは果樹園農家がただ一軒だけです。どうか、もし機会があったら、訪ねてください。いま詳しく書く時間がありませんが、去年の秋の部分動員令で、そこの子息ゴーシャ・カザンスキーが密告で拘束されたのです。そのあと、七年刑を受ける代わりに、動員兵に回されて前線へ送られたのです。この処置の判断の責任はぼくにあるのです。おお、ひょっとしたら、すでに彼は戦死しているかも分かりません……。ぼくの故意の誤認、無意識的な悪意、判断ミス、いや悪霊だったのです。これほどの罪はありません。ぼくの温《ぬる》い水は、神の口から吐き出されてしまったのです。ぼくの青春の最後の罪、これは償いようもないほど重いのです……

ユゼフ・ローザノフ

（モスクワ、夜のパヴェレツキー駅で　受難週《ストラスナヤ》七日）

2

セルゲイはユゼフ・ローザノフの、おお、ユゼフ大尉の手紙を、夜のパヴェレツキー駅からの手紙を、ヴァレリー修道士に告げられないのが残念でならなかった。セルゲイは復活大祭のあと、もう春は、修道士たちが川べりの菜園の土起こしに総出でとりかかっているのに、木小屋で寝込んでいるのだった。耳が遠くなったような微熱に浮かされて、立ち上がることも出来なかった。ユゼフの手紙は枕元におかれたままだった。そして、幾つも、幾つも、微熱の温さに浮かされながら、夢の中を移動していた。ヴァレリー修道士と一緒だった。どうしてもヴァレリー修道士とユゼフ大尉の回心について話したかった。

その夢の中で、二人はたしかにエリツィノという山村で訪ねあてたのだ。男はコミ人の血をひくロシア人で林業に従事していた。ちょうど製材所で機械を動かしているさなかだった。ヴァレリー修道士が声をかけ、仕事を中断し、木の馨しい匂いのこもった外で三人は話し込んだ。実はあなたが次の動員名簿にリストアップされている。われわれはそれを免れさせたい。おやおや、志願兵の募集ということですか。ここで働くよりも、給金が出るそうですね。小さい子供三人、妻、そして年取った母親。のどから手がでるほどだ。しかし人を殺してまで、このロシアのための戦争だと口説かれても迷います。まだわたしは死ぬわけにいかぬのです。大きな民族は小さい民族の征服の味をしめてしまった。製材所の前で飼い葉袋から干し草を食んでいる馬が、大きな顔をあげて、セルゲイたちを見つめていた。それから彼は太い指でノートのページをめくってみせている。セルゲイはふっと気が付いたのだが、こちらを見つめている馬の瞳とおなじ色をして、神々しい静けさに満ちている。一瞬、あの馬がセルゲイの隣にいて話しているような錯覚におそわれた。あの馬だって？　おお、真の使命《ミッシア》でだ。ヴァレリー修道士は、神のご加護をと祈った。

受難の聖週間のその日の夕べは荷車の馬の背を赤く染めていた。ヴァレリー修道士もセルゲイも静かに夕日の音を聞いていた。空は赤く金色に輝き渡っていた。遠くに春のヤイヴァ川の豊かな腰部が見えた。セルゲイはユゼフの手紙を思い出した。ユゼフの手紙のことを言い出しかねていたが、いま春の日没の輝きの中で、彼から届いた手紙について話した。

ヴァレリー修道士は言った。わたしもあの晩は一緒に話したことだが、そう言われれば思い当たる節がある。突然アリスカンダル老師の講演だけで決断し跳躍したわけではあるまい。はるか以前から考え続けていたに違いない。実るときが来た。誰にでも必ず来る。その実を拾う者は幸いだ。

セルゲイはわがことのように、モスクワの夜の、パヴェレツキー駅からユゼフ・ローザノフが書いている手紙の背後に、絶対的な寂しさ、孤独の苦難を、いや、受難を、罪意識を、いま荷車の荷台で悪路にゆられながら出会っていた。ヤイヴァ川の道に出ると、すでに向こう岸は春の夕べにとっぷりと暮れなずんで、どこに何があるかも分からなくなっていた。灯りの一つも見えなかった。ただ広大な大地だけが黒い帯のような川の向こうに重々しく、また軽やかに刷毛で丁寧に塗られたように続いていた。

セルゲイは思い出していた。あの二月の吹雪の夕べに、この川のどのあたりで老プッチョーン氏とともに馬橇で迷い、凍った川のどこをどう渡ったのか、まったく見当もつかなかった。そして、リーザという名も、家族の、カザンスキーという姓もよみがえった。もう、さくらんぼうの花は咲く。ヴァレリー修道士は、セルゲイが話す手紙の内容に静かに耳を傾けた。彼は、絶対的な死の前に自分を盾にすることで、生まれ変わるつもりだ。復讐はわれにありと言うが、これは自己懲罰ではない。絶対的に神の前に自分を置くことだ。再生を賭けたのだ。

セルゲイ、きみはそのヤイヴァ川の向こう岸の村をよく覚えているのか。いいえ、まるで夢の中で見たようにしか覚えがないです。ユゼフ大尉はぼくに託したのです。ヴァレリー修道士は言った。そうとも言える。セルゲイは言った。さくらんぼうの花が咲くのはいつ頃でしょう。復活大祭が過ぎる頃は満開になる。そんなに早く。チェリョムハも、梨も、りんごの花も、ぜんぶ一緒だね。一斉に花咲くのだ。セルゲイは言った。ユゼフ大尉の分も、ぼくは果たしたい。

　ようやく修道院の森が見え出した。一日のうちに森は見違えるように緑が増え始めているのだった。その色合いが緑と黄の仄暗いヴェールのようにたなびいている。ヴァレリー修道士は笑いながら言った。願わくは、死ぬるまでわれらが《ストラスチ》が道を間違えないように。修道院はところどころに灯りが洩れていたが、静まり返っていた。ヴァレリー修道士はたったいま修道院の門を出て、セルゲイに手を振っている。わたしがユゼフ・ローザノフに伝えよう。愛を求めよと。

3

　セーヴァは、熱と夢に魘《うな》されていた日々のセルゲイの譫言《うわごと》を辻褄の合わない悪夢のことばだと理解していた。日に何度かセーヴァは木小屋によって、傍らでセルゲイの独り言の、ただうなずくだけの聞き役になった。セルゲイの顔が激しい悲しみに引き裂かれているような表情が忘れられなかった。まるで何日も食事をとっていない痩せ細った子供のような顔だった。そこには微笑さえあったが、それもまた深い悲しみによって、こちらの胸が錐で刺されるようにさえ思われた。その日の午後、セルゲイははっきりした声で言うのだった。文脈から言って、話し相手はユゼフという大尉だった。

　……、おお、ぼくの友、ユゼフ・ローザノフ、ぼくもまたどうしてスタヴローギンでないことがあるでしょう。スタヴローギンだからこそぼくはロシア人の病める裔《すえ》なのです、そう、蝮《まむし》の裔《すえ》なのです。ロシアはスタヴローギンです。ぼくだってそうだったのです。もしかしたら、今でも。それを忘れていたに過ぎなかった。ぼくの罪は、あなたよりも大きい。ああ、ぼくだって、スタヴローギンのように、もっとも、もっとも小さき人にたいする、もっとも下劣で汚らわしい罪を、あの小さなマトリョーシャにたいする凌辱の行為をこそ犯していないまでも、ぼくはそれよりもはるかに重い、愛にたいする罪を犯してはいなかったでしょうか。おお、ぼくの友よ、同時に神父でもあるぼくは、きみにこそ告白《プリズナニエ》すべきだったのです。きみは笑うでしょうが、いまだにぼくはこの罪を背負っているのです。

忘れもしません。両親を失ったぼくは、まだ七つか八つ、母の若かった弟、つまりぼくの叔父のもとで暮らしたのです。あなたとあの夜、おお、ヴァレリー修道士も一緒でしたね、あのとき話していて突然思い出し、胸がちぎれるくらいの痛みを覚えたのです。つまり、ぼく自身の内なる哀れで醜悪な〈スタヴローギン〉のためにです。その頃ぼくは、亡くなったとはいえ母の愛に恵まれ、そしてこの頃は叔父の愛にも十分に恵まれていたのです。それなのに、バイカル湖畔の小さな町の学校の教室で、隣の席に坐っている小さな小さな女の子を絶対的に無視して、行為によるいじめこそしないけれども、汚いぼろ着のその子を嫌い、侮蔑し、無視し、アルファベットのつづり字も教えてあげず、この世界からほうりなげるような心で終始したのです。裕福な家の子供たちは、おお、綺麗なみなりでまるで天使のようだったのです。ほんとうはただ冷たいだけの天使だったのですが、ぼくには判別できなかったのです。ぼくの犯した最大の罪と言えば、これ以外にはあるまいと思う位です。しかし、その手も指の爪も土で汚れ、のろまなその小さな子は、決して泣きもせず、涙も見せず、必死になってこらえていたではありませんか。ぼくはますますその女の子を疎外したのです。それでも、その汚い、爪も黒く土がたまり、茶色の髪は櫛も入っておらず、にもかかわらず彼女は、ぼくを心から信頼して頼りにしているような、清らかな、非難一つ、疑い一つない眼差しで、つねにぼくを見つめるのです。しかも、彼女はうまく口が言えないのです。ただただ、耐えて、我慢して、ぼくという、いわば不幸ではあるけれど愛にも恵まれた存在の隣で、そのようなぼくを見つめているだけなのです。いや、少しもその眼差しにはぼくへのあわれみ、憐憫といったものはなかったのです。

その眼差しをぼくは忘れ果てていたつもりなのに、そうではなかったのです。その眼差しは、あの清らかな、ほほえみさえ覚えさせるあの眼差し、あの黒い瞳は、ザバイカリアのあのシベリア的な細い眼のまなざしは、一杯に見開かれて、ぼくの無視をも許し、受け入れるように、ただただ許してくれていたのです。白痴のように見えたのは、おお、ほんとうの天使があのようなみなりを装って、ああ、それは、わが友ユゼフよ、ぼくの前に、ぼくの隣にかけて、ぼくにまだ愛が不足していることを、憐れんでくれたからではないのか。

われわれの、あのスタヴローギンが小さなマトリョーシャを冷血に凌辱して首を吊らせる結果に導いた無意識的にも意識的にも狡猾な罪とくらべて、実はまったく本質は同じ事ではないでしょうか。いや、むしろ心における行為だから、もっと罪は重いのです。いま、ぼくはあの小さな汚い女の子が、おお、あの子はどんなにかほんとうは賢い心に恵まれていたことでしょうか、おお、あの清らかな心の子は、いま、どこでどのように生きているのかと思うと、その前に跪《ひざまづ》いて許しを乞いたいと思わずにいられないのです。ぼくのせいで、その後の運命が大きく狂ってしまったとしたなら、ぼくはそれをどのように償えるでしょうか。そういう意味で、これはドストイエフスキーの歪曲かも分かりませんが、ぼくもまたスタヴローギンの片割《かたわ》れ、分身なのです。おお、わが友ユゼフよ、いまだロシアはスタヴローギンだと断じたのはアリスカンダル老師ですが、ぼくに言わせれば、同時に凌辱されたあの小さなマトリョーシャこそが、真のロシアであったのではないでしょうか……

セーヴァはこのようなセルゲイの譫言《うわごと》の意味が呑み込めなかったが、セルゲイが熱に魘《うな》されながら、理路整然とでもいうように話し、ときに涙をうかべて寝返りうつのを見ながら、これは真のことばだと思わずにはいられなかったのだ。セルゲイ修道士の譫言のなかで、セーヴァに分かることばがあった。それを彼は心に流し込んだ。熱が次第に引いてきた頃にセルゲイが言ったのだ。誰に言っていたのか、もちろんユゼフという友に言っていたのだが、セーヴァは自分に話しかけていたようにも思った。そうだよ、神は最初にことばを人間に贈り与えた。そのことばをさらにつくって完全なものにしていくのはお前たちの仕事だ。お前たちがそれを悪用すれば、世界は悪霊に支配されるのだ。その悪霊言語が人を殺す。しかし、その殺される人の眼差しによって見つめられたときのことを想像したまえ。きみはその眼差しに耐えられまい。その絶対的尊厳《ドストィンストヴォ》の悲しみに。ことばに素性を持つ悪霊は、ことばによってしか滅ぼせない。ぼくらはそのことばを探し求める。イイススは、ただ一言、出て行け《ダロイ》、と言っただけだった。それで悪霊たちは出て行き、溺れ死んだ。これをただ寓意とだけ言えようか……。セーヴァはこれをセルゲイが自分に言ったというよりは、だれか自分の背後にあるものに言ったように思って、振り返ったくらいだった。セーヴァには過去にそのような罪はなかった。ただ未来にしか、あるとすれば、罪がありえるだけなのだ。

セルゲイはようやく回復した。もう大地は一面若い緑に覆われ、大気までも若やいでいた。あのヤイヴァ川がカマ河に合流するまえの、とセルゲイがふと思い出して言うと、セーヴァが言った。何だって《シュトシュト》？　セルゲイは耳を疑った。

セーヴァは言った。

ええ、話し忘れていました。はい、復活大祭が終って七日目だったですよ。あのヤイヴァ川の向こう岸の果樹園主のパーヴェル・カザンスキーさんが亡くなって、修道院墓地に埋葬されたのです。何でもずいぶん古くからの、昔で言えば地主貴族の家柄だとかです。まあ、ぼくの家と似たようなものですかね。もちろん修道士たちで、ぼくもですが、墓掘りをしました。小さな野辺送りでした。お兄さんは去年の秋に動員されて、生死も不明だそうですが、妹のリーザさんがサンクトペテルブルグから駆けつけ、滞りなく、埋葬もお祈りも済みました。

セルゲイが顔色を変えてさらに話を続けるように言ったので、セーヴァは続けた。はい、修道院墓地に埋葬の時は、ぼくもびっくりしました。リーザ・カザンスカヤが、何とあなたたちのことを言ったのです。セルゲイは、とっさに、ああ、そうだ、そうだ、と割り込んで言った。それで、それで、どうしたのですか。セーヴァは言った。どうしてこんな大事なことを言い忘れていたのか、ぼくも不思議です。ええ、彼女は、あなたのことと、そうです、プッチョーン老師のことを話していました。よろしくお伝えくださいと……。でも、さあ、僭越ながらぼくが思うには、お母さんと二人では、広大なさくらんぼう畑は無理でしょう。彼女はまたサンクトペテルブルグの大学に戻り、夏には帰って来るようなお話をしていました。お母さんが一人で果樹園なんて、とうてい無理ですよ。これもまた、ぼくに言わせれば、没落《ラザレニエ》なんです。おお、おお、とセルゲイは立ち上がった。セーヴシュカ、もっと早く言ってくれればよかったのに。セーヴァは笑い声をあげた。だって、セルゲイ・モロゾフはまだふらふらで寝ていたのですからね。

セルゲイ、さあ立て、とだれかが言ったように、セルゲイは立ち上がって歩き出した。遠く近くに、アンドレイ・ルブリョーフの三人の天使像が見えたのだった。セルゲイの声がもれた。セーヴァには、はっきりと聞こえた。セルゲイは泣いていたのだった。

きみは
幼いこどものように姿を変えて
ぼくをじっと見つめる
星たちでさえ知らない悲しみなのに
いつどこにいても
忘れないと

第9章　死の山

1

　今日でもうこの四月も尽きるのだ。セーヴァの案内でセルゲイは修道院墓地の道をたどっていた。すべて土の道である。馬に曳かせる荷車の轍が残っているが、もうオオバコが道を歩きやすくし、道の両側には青い小さな忘れな草の花がリボンのように続いている。年々、ニェザブドカの花群は増えているのだった。そしてもう黄色いタンポポが一面に咲いている草地が広がっていた。墓地への道は明るかった。空には春の雲が浮かんで、青空をまるで凪いだ海原にしていた。光のせいで、雲たちの船体は桃色の影を添わせていたし、船ではなく山羊のかたちがいつしか迅速に変貌して、おもいがけない彫像になったり、また変化して、二人の頭上でなにかの劇を演じているのにちがいなかった。鴉たちは墓地の草地で遊んでいた。今、二人はリーザ・カザンスカヤの父の墓に向かっているところだった。彼女の父のパーヴェル・カザンスキーが心筋梗塞で急死したことなど、病中のセルゲイはまったく知る由もなかったのだ。セーヴァは道々、その野辺送りのことを話していた。

何といっても、とセーヴァは自慢そうに言った。ぼくも修道士さんたちと一緒に穴を掘ったんですよ。そう、塹壕掘りはこんなものじゃないでしょうが……。はい、野辺送りは十数人でひっそりと静かでした。喪主はリーザの母のエヴゲニアさん。だって、長男のゴーシャさんは、去年秋の部分動員でやられて、前線行きで、まだ除隊になっていない。通信もないとのことでしたよ。どうやら、故人はご子息の安否がストレスになったんでしょう。ああ、それから親戚では、ペルミやエカチェリンブルグから、そう、遠いところではモスクワだったか。この道を昔、通りだそうですが〈永遠の記憶〉を歌いながら。柩は馬の荷車に乗せて、ほら、ここまで来て、それからぼくも修道士さんたちと柩をかつぎました。ええ、カザンスキーさんは、息子さんの動員で、心臓が悪化したそうです。

二人は墓地の敷地内に入った。十字架の墓碑がきちんと、綺麗に並び、春の日に見つめられていた。カザンスキー家の墓碑は、野茨の低く刈り込まれた垣根があって、墓碑の前に小さな木のベンチがあった。二人は祈りを捧げてから、それに掛けた。代々の墓碑が並んでいた。立派な御影石の墓碑には、それぞれ筆記体のキリル文字、故人の生年没年、そして読みとれないような墓碑銘も記されていたが、故人カザンスキーの墓石プレートはまだなくて、真新しい白樺の仮十字架の墓標が立っているだけだった。萎れてはいるがまだ枯れていない花束があったので、二人は、おや、と思った。もしや、エヴゲニアさんが復活大祭の日に、祈りに来たのかも分からない。

ぼくが寝込んでいるあいだにぜんぶが過ぎ去っていたのだね、とセルゲイは言った。ぼくだって、墓穴掘りまでするなんて思っていませんでした。みんな受難週から復活大祭まで大忙しだった。生きているだけでも忙しいときでしたからね。ぼくも墓穴を掘ったということを知って、エヴゲニアさんは手を握ってお礼をおっしゃって。うちのさくらんぼうの花が満開になる頃に、きっと、いらっしゃいな、と言ってくれましたよ。

それにね、セルゲイ修道士、もう一つ、ぼくはびっくりでした。リーザ・カザンスカヤです。喪服を着た若い女性なんて、ぼくは初体験じゃないですか、彼女のあまりの美しさに、清らかさに、ぼくはほんとうのところ、茫然自失して、いや、卒倒してもおかしくないほどでした。並んで掛けているセーヴァの横顔はなかなかの美しさで、もうほれぼれするほど理知的だった。セルゲイは思わず、聞かでもがなと分かっていたはずなのに、つい幾つになったんだっけと聞いたのだ。セーヴァは言った。はい、リーザ・カザンスカヤは大学の卒業年ですからね、ぼくは三つかな、下ですよ。というと、二十歳だ！　そうなんです、と彼はベンチに掛けながらブーツの爪先で小刻みに貧乏ゆすりを始めた。ねえ、セルゲイ修道士、この先、彼女たちはどうやって生きてゆくのでしょうか。はい、他人事に思えないのです。もちろん、あの二人は大丈夫ですね。だって、エヴゲニアさんはまだお元気だし、リーザさんは今年卒業ですからね。なんだ、ぼくのほうが大変なんです。ぼくは、きっと五月には徴兵の召喚状が来ると思っています。セルゲイも知っていた。ああ、あれは四月一日だったね。四月から七月十五日までに、十八歳から二十七歳まで、十四万七千人の徴兵令だった。一体クレムリンは何考えているのか。徴兵はするが、戦地には送らないという説明だった。

セーヴァは言った。四月一日は、ほら、ネコヤナギの日曜日、主の聖枝祭、受難週の始まりだったので、あの報道の隠された意図には吐き気がしましたね。冗談じゃない、四月馬鹿《ペールヴィ・アプレーリ》じゃあるまいし。ぼくの場合は、病気の母がベレズニキの施設だから、一年間徴兵されたらお手上げです。いっそ、契約志願兵に応募して、それを母の病院費用にあてがえばなんて思ってしまいます。でも、いいんです。逃げ道を探したくないのです。ここで逃げたら、一生逃げていることになる。引き受けようと思います。母のことは、ダニール長老に話してあります。分かっている、とセルゲイは言った。ぼくはちょうどきみの年で、兵役は一年、ウラジオストックで勤め上げた。だから、今では、ぼくは予備役なんだ。

二人はカザンスキーの墓碑をあとにした。野茨の生垣は、ほんのりとだがもう小さな緑が針のわきから芽生えていた。セルゲイは途中セーヴァに提案した。明日にでも、カザンスカヤ夫人のさくらんぼう園まで遠出しようじゃないか。もうさくらんぼうの花は満開になっているはずだ。

2

セーヴァと一緒にカザンスキー家の墓参を済ませたあと、セルゲイは木小屋の庵に戻った。修道士の多くは修道院菜園の土起こしや植え付けの労務に出ていた。修道院に上ってくる野道の両側が菜園地になっていた。修道院の森の谷間から流れてくる小川はまだ少しも雪解け水が涸れずに、かえって水の勢いがましていた。灌漑溝が設けられているので、菜園地には水が十分に届けられるのだった。菜園の野の中に、一本だけさくらんぼうの木が植わっていた。その木はもうかなり年老いていたが、セルゲイが木小屋の窓から見ても、もう真っ白な花が、まるでその全体が真っ白な円のようになって咲き、日に輝いていた。明日は、カザンスキー家のさくらんぼう畑だ、とセルゲイは口に出して言った。セルゲイはここのところ、どうという理由はないけれども、いや、ただ一人孤独で籠っているからという理由からではなく、また、人寂しいということでもなく、庵の中で何かするときにふと独り言を発するようになっていた。そして、これまでことばがただ自分の内にだけとどまっていたのが、ふっと口に出してみていると、自分になにか、だれかとの連帯の絆が生まれるように思ったのだった。いや、自分自身とではなく、だれかと二人で、話し合って、語りかけていて、もちろん答えは返ってこないのだが、それでも何かが、天気がよくなるように、晴れてくるように思った。

いまも、数ある自作の聖像画の中からできるだけ小さな板画《ばんが》をえらびだしながら、セルゲイは一人で語りかけていた。明日、天気がよかったら、カザンスキー家のさくらんぼう畑に行くのだ、さて、あそこの室にはどのイコンがいいだろうか。もちろん、もう数年も過ぎ去った過去ででもあるかのように、一月の吹雪に迷った夜のことを思い出していた。まだ四か月という一冬前のことなのに、ずいぶん多くの歳月が過ぎ去ったように思われた。それらが独り言のように、まるで舞台での一人芝居のように、口から出て来る。でも、別に観客がいるわけではないのだ。しかし、実際の観客はいないのだが、セルゲイには、たとえばヴァレリー修道士とか、ユゼフ・ローザノフとか、プッチョーン老師や、アリスカンダル長老、そしてセーヴァ、さらに眼にはみえないまでもリーザ・カザンスカヤ、心の観客は不自由しなかったのだ。

今も、イコンを選びながらセルゲイは一人で話しかけていた。ことばがつまると、幕の裏側でプロンプターの誰かが大きな声で言うのだ。セルゲイはできるだけ後ろの黒い垂れ幕や書き割りに後しざりして行き、そのセリフに耳をすますのだ。どうだい、セーヴシュカ、リーザ・カザンスカヤの家にはこのイコンがいいんじゃないかな。聖殿の壁にのびるオリーブの木のかわりに、ほら、まるで、さくらんぼうの花がさいているような木の枝だからね。するとここにいないセーヴァが答えるのだ。ぼくもそう思います。聖殿の城壁みたいな壁に、枯れて葉っぱも一つ二つひらひらしている、無花果みたいな木が描かれているイコンは、四角四面というものです。イイススとさくらんぼうの木はとてもいいです。まさにロシア的です。それじゃ、このイコンにしようかな。ぼくも気に入っている一つだ。セーヴシュカ、さくらんぼうの花はね、一つ一つをみれば、全体としては豪奢に見えるけれど、一つ一つは、とくに咲き始めの頃は、枝の広がりが優雅で、清らかで、白の色調がどの花もないくらい、寂しくて孤独なんだよ。この孤独な清らかな白が秘密なのさ。

それじゃ、明日天気がよくなれば、カザンスキー家のさくらんぼうの園《その》を訪ねよう。いや、きみにとってはリーザ・カザンスカヤの地主屋敷といいたいところだがね。するとセーヴァが、セルゲイ修道士、ぼくをからかわないでください、と応じるのだった。セルゲイは明日のイコンを選んだあとも、庵の中を歩き回った。そしてはっきりと聞こえるように、セーヴァに向かって語り掛けていた。ねえ、クソったれの徴兵制度だが、それにはそれなりの理由があるにしても、しかし、ぼくにはきみの召集逃れの工作ができない。ぼくらが北部地方の動員予定者リストで調査をして結果を出したようなことは、おそらくあれが最後だったんだ。きみはあのとき愛を行ったのだ。もちろん、きみは、セーヴシュカ、きみは二十歳だ、その若さで。しかしきみは自分の若さが傷だらけであったなどと決して言うことはないだろう。もちろん、きみは、アルツゲイメラの母をかかえているのだから、徴兵猶予の奔走が出来なくもないはずだが、しかし、きみは逃げないと言った。ぼくはきみの判断を応援する。クソったれの、悪霊言語の感染者の国家ではあるが、しばしここを乗り切ろう！　きみの母の介護の問題は、ぼくからもダニール長老にお願いするから、心配はいらない。ここだけの話だが、老師プッチョーンが修道院に多額の寄進をしに来たんだからね。その基金から、きみが徴兵から帰るまで一年間の施設介護費用の工面は、たやすいことなんだ。

　もしこのとき、セルゲイの庵の戸口に誰かが来ていたら、先客がいて話しあっていると思ったことだろう。そのあと、セルゲイはこうして話したことで、まるで夏雲のようにむくむくと広がって空を一瞬だけ暗くしてしまったあとに、ふたたび明るい日が戻ったような、自由さを覚えた。セルゲイは、カザンスキー家のさくらんぼう園を、今、予め、先取りして、その真っ白い雲のなかを歩き回ってでもいるように、鼻歌のように歌を歌い始めた。床に並べられた小さなイコンたちが腰を曲げて、片づけられた。

　　ヴィシュニャの花咲く頃
　　ぼくらはだれも若かった

セルゲイの口ずさむ歌の声は少し濡れていた。さくらんぼう《ヴィシュニャ》ということばが白い夏雲よりももっと白く、何度も繰り返された。

3

その夕べ、祈りの時間も、すべてが終わった時刻に、セルゲイは新たな思いが早い夏雲のように生まれてくるその動きの気配を身内に覚えた。ついに旅への誘いなのだと、その気配の性質で分かるのだった。かつてもそうだった。もう三年になるのだ。床の聖像画の数々は仕分けされてひとかたまりなった。今夜の内にダニール長老にかけあっておこう。自分の去就よりもセーヴァのことが心配だった。そう思っている矢先に、老師からの伝言がもたらされた。老師の執務室に来なさいというものだった。セルゲイは春の夕べの、暮れなずみひんやりとした夜空に、金星《ヴェニェーラ》をさがした。あった。ひときわ、彼女だけが煌々と光っていた。光るというよりもただ一つだけ、ウラル石を研磨した橡《とち》の花のつぼみのようだった。いや、ろうそくの白銀の炎とでも言うべきではないのか。セルゲイは木小屋の庵の上方斜めに宵の明星を見上げ、老師の執務室へ急いだ。

室に入ると、もうそこにセーヴァがいて、セルゲイにうなずいた。何があったのかと一瞬のうちに思いが走った。老師はデスク越しにセーヴァと向かい合っていた。卓上の燭台にろうそくが小さな炎をあげていた。モロゾフ画僧もここにかけなされ、と老師は鼻眼鏡を動かしてすすめた。セーヴシュカから言ったらどうかな、とさらに言った。はい、そう言ってセーヴァは言った。その声は、最初だけ呼吸が整わなかったように、閊《つか》えたが、すぐに平静になった。はい、セルゲイ修道士、あのあと室に戻ったところにベレズニキの徴兵事務所から所員が二人でやって来て、徴兵の召集令状を有無を言わさず手渡し、サインさせて帰って行ったんですよ。予感があたったというより、早くて当然のことだったでしょう。彼らにとっては、急がば廻れなんて諺は無意味で、悪事は急げ、なんです。ぼくは、セルゲイ・モロゾフ修道士、明日のカザンスキー家の訪問が終るまで、黙っておこうと思ったのですが、やはり、心が折れる気持ちで、ダニール老師に打ち明けたのです。

郵 便 は が き

適宜な
切手をお貼り
下さい

〒101-0064

東京都千代田区
神田猿楽町2-5-9
青野ビル

（株）**未知谷** 行

ふりがな	お齢
ご芳名	
E-mail	男

ご住所 〒 Tel. - -

ご職業	ご購読新聞・雑誌

愛読者カード

ご購読ありがとうございます。誠にお手数とは存じますが、
アンケートにご協力下さい。貴方様の貴重なご意見ご感想を
賜わり、今後の出版活動の資料として活用させて頂きます。

書の書名

買い上げ書店名

書の刊行をどのようにしてお知りになりましたか?

店で見て　広告を見て　書評を見て　知人の紹介　その他

書についてのご感想をお聞かせ下さい。

ご希望の方には新刊書のご案内をさせて頂きます。　要　不要

言欄(ご注文も承ります)

そこへ、老師が、おやおやと口をはさんだ。きみたちは明日、カザンスキー家のさくらんぼう園に行く予定だったのかね。はい、とセルゲイが言った。ダニール長老はことのほか優しい微笑を浮かべたのが、白い睫毛の動きで見えた。おお、もう満開じゃろう。あれは一刻一刻、油断してはいられないような早い咲き方をする。いいかね、満開になったと思ったら、もう小さな豆粒くらいの嬰児、アハハ、緑の実をつける。それは急ぎなさい。ところで、われらが修道院菜園の中にたしか、さくらんぼうの老木が一本生き残っているはずだが、あれはどうしておるかな。セーヴァがすぐに答えた。ええ、もう咲いていました。ふむ、あの木はたしか、そうじゃ、もう何十年昔になるかもお、覚えておらんが、たしか、ヤイヴァ川のむこうの、ヴィシュニェヴォ村から寄進されたはずだ。おお、カザンスキー家とは、そこの果樹園地主ではなかったのかな。セーヴァは、そうです、そうです、と声を上げた。老師は言った。それはセーヴシュカ、行きなさい、おたずねしなさい。善は急げじゃ。

ところで、セルゲイ・モロゾフ君、きみを呼んだのは他でもない。わが友ゲオルギー・プッチョーンがわれらが修道院に二千万ルーブルの寄付を寄せていったことは聞き知っているね。そうなのだよ。ペルミの銀行口座にとっくに振り込まれている。そこでじゃ、セーヴシュカがなんの心配不安もないように、一年の兵役を務め上げるように応援したいと考える。アルツゲイメラという難病の母上の介護にかかる費用は、プッチョーン基金《フォンド》から出すことにしたい。さあ、セルゲイ修道士、きみは賛成だね。おお、おお、もちろんです。よろしい。さあ、セーヴシュカ、後顧《こうこ》の憂えなく旅立て。

セーヴァは心なしか眼を潤ませていた。ありがとうございます。ああ、ぼくは、明日カザンスキー家のさくらんぼう園を訪れるに際して、ぼくがまさに徴兵令状を手渡されたことを、カザンスカヤ夫人には黙っていようと思っていたのです。だって、彼女のご子息が去年動員されて音信も途絶えているというんですから。ああ、よかった、これでぼくは、引け目なく、いや罪深い気持ちをもたずに、さくらんぼうの園の満開に会い、そして別れることもできます。

おやおや。セーヴァ・ニェザブドキン、何と言う心映えじゃ。若いのう。実に若い。そう言ってから、卓上のひろげてあった手紙を、セルゲイに述べてよこした。さあ、セルゲイ・モロゾフ君、読んでくれたまえ。これはわたしへの私信だがね、最後の追伸に、えらくだらだらときみ宛てに書いている。わたしは、彼の提案にも大賛成だ。さあ、朗読してくれまいか。それとなく戯作的《カリカトゥルナ》な調べとみたが、これもきみへの親愛の情であろう。

セルゲイはプッチョーン老師の手紙を見た。サハリン島のどこかのホテルのボールペンで書きなぐったのだろう。余白には、プッチョーン老師らしき自画像の落書きまであった。ロシア最北に来て、憂愁に耐えられないというような匂いが文調にあった。セルゲイはよく透る声で、ゆっくり朗読した。長老は左耳に手をあてがって、頷いているのだった。

追伸。
おお、聖像画家修道士セルゲイ・モロゾフよ。やっと思い出した。わたしがきみに書き送りたかった一大ニュースじゃ。今日は二〇二三年、たしかに四月十一日じゃ。室のテレヴィで知ったんじゃが、未明に、カムチャツカ半島のシヴェルゥチ火山が大噴火した。これはきみらでも知っているだろうが、何しろわたしゃ、このサハリン島、クリル諸島の島伝いにとびとび行きつけばカムチャツカであるからねえ、まるで噴火の轟音までが届くような思いだった。あわてて、窓の外を見たんだが、降灰は見られんかった。風向きであろうか。いいかね、若きモロゾフよ、シヴェルゥチ火山ちゅうのは、モスクワから、すなわちクレムリンから、わたしと母音一音違いの小ドラゴンがこもるクレムリン洞窟から、なんと一万二千キロに存在するんじゃ、しかもじゃ、あの二〇一六年！から噴火を繰り返しておるというんじゃからのう。

　おお、セルゲイ・ユーリエヴィチ（……ここでセルゲイは入れゼリフをはさみ、ぼくの父称は、オシポヴィチですが、と言い加え）、シヴェルゥチ火山は、高さ三二八三メートル、この女神が十六キロも上空まで噴煙を吐いて、カムチャツカ半島全域はもう視界ゼロなんじゃ、鳥も飛行機も飛べない。ああ、彼女のしばらく南には、これがまたおそるべき女神がもうお一人控えておるんじゃ。クリュチェフスカヤ火山じゃよ。彼女がまた、何と、四七五四メートル！　おお、ヒマラヤすなわちチョモランマが八八四九メートルじゃから、まあ、問題にはならんが、わがロシアにしては凄い。

　さてじゃ《ヌー・ジェ》、わしの言いたいのはじゃ、こういう意味じゃ。すなわち、この大噴火のシヴェルゥチ火山の名だが、これはカムチャツカのコリャク人の言葉で、何と、何と、クンセイ、イタリクスで書くがね、そうあの燻製《コプチョナヤ》という意味なんじゃ。いいかね、モロゾフよ、わがロシアがユーラシア西南部でミサイルの噴煙をばんばん吐きまくっておるが、ありゃ、まさに死の燻製《スメルトナヤ・コプチョトナヤ》といったところじゃ。そんなもん人さまが食えるわけがあるまいぞ。わがロシアのあるいはウクライナの若者壮年者たちを死の燻製にしてはなるまい。

その夜、わたしゃ、或る夢を見たんじゃ。いずれもエヴローパの腹違いの兄弟じゃろうが、ロシアのヴラヂミルとウクライナのヴォロヂミルが二人で抱き合って泣いている夢じゃ。仲介者は誰だっていうのかな。決まっておろうが。欧米だのなんだのの小者悪霊らではないんじゃ。われらがイイスス・フリストスじゃった。あのお方は言ったぞ。さっきまで地べたに指でなにかを書いていたんだがね、ついに身を起こして言ったんじゃ。汝らのうち罪なきものあれば、まず先にその女《おみな》を石もて打て、と。おお、ヨハネの第八章のどこかじゃなかったかな。はて、この女《おみな》とはそも何の比喩ときみは覚ゆるかのう。まあ、今はそれは脇においてじゃが、おお、おお、イイスス・フリストスのことばを、わたしゃ、あたかも、シヴェルゥチ火山の噴火の音声《おんじょう》のごとく夢に聞こえたんじゃ。十センチ余の灰がしんじんと降る音のようにじゃよ。

ああ、やっとこれで、ややも最北の憂愁が晴れたよ、聞いてくれてありがとう、セルゲイ・モロゾフよ、そうじゃ、わたしゃ、ここ、ユジノサハリンスクで、十六日に復活大祭のミサを、あの空色の壁が美しい復活大聖堂のミサを味おうてから、まあ、その頃は噴煙も大事なかろう。飛行機を乗り継いで、サンクトペテルブルグに帰るつもりじゃ。妄言多謝!

再追伸。あの聡明なセーヴァはいずれ賢者となるだろう。ダニール・ダニールィチに献じた基金から、必要とあらば、どうかセーヴァ・ニェザブドキンに役立ててくれたまえ。これは、わがモロゾフよ、きみにも言える。きみの木小屋の庵室でわたしは、きみが三年間で描いたイコン画をつくづく見さしてもろたが、きみが旅立つときには、忘れずに、ダニール・ダニールィチに言うて、買い取ってもらいなさい。決して一人判断で焚画の刑に処してはいかんよ。

それじゃ、若き友、聖像画家なるセルゲイ・モロゾフ、生きておれば、今度はどこで会おうかのう。

13/ IV 2023　ゲオ・プッチョーン謹言

エピローグ

　セーヴァの徴兵召集令状の出頭期限まで一週間が残されていた。翌日五月一日、五月は晴れ上がり、夏雲と見まごうばかりの雲が、幾つにも崩れて、あちこちに沸き立って、流れていた。セルゲイとセーヴァはさくらんぼう園にカザンスカヤ夫人を訪ねる途中だった。セルゲイはほとんど道を覚えていなかった。ただヤイヴァ川まで来たとき、向こう岸の小丘の下が真っ白な装いに輝いているのを見て、一月の吹雪を思い出した。セーヴァは果樹園までの近道を知っていた。浅瀬を渡り、大きな中洲のカワヤナギに沿って、再び新たな浅瀬を渡るのだった。

　ペルミやベレズニキはメーデーで、にぎわっているのかな。セーヴァは言った。いいえ、そんなじゃないでしょう。母親たちのデモが行われているそうです。

　セルゲイ修道士、カザンスカヤ夫人に会っても、ぼくの召集のことはぜったい言わないでくださいね。分かった、とセルゲイは岸にあがってから、靴をはいた。浅瀬わたりで全身が浄められた感じだった。野道に上がると、真っ白い満開の花の森になったような風景が見え出した。セーヴァは言った。やっぱり、あんなに満開になっている。ああ、カザンスカヤ夫人はこの先どうするんでしょうか、ぼくは心配です。心配はいらないよ、とセルゲイは言った。いいかい、菜園担当の修道士たちがいるから、果樹園の手伝いのことはお願いしておくよ。それにしても、リーザ・カザンスカヤはどうなるのでしょうか。セーヴシュカ、そんな心配は無用じゃないかな。それはそうですが、サンクトペテルブルグで《レンフィルム》に内定しているのなら、大丈夫じゃないか。それはそうですが、ほら、あの夢のようなさくらんぼう園はどうなるんです？　遠目にも、もう、さくらんぼう園は二人のまえに現実の大きさと豊かさを見せ、平たく広がった夏雲と一つになったように、行く手を遮るようになった。清楚なジンクホワイトの純白の中にもうちらちらと緑の点描画さえ見えたのだった。だって、リーザのお兄さんが帰還しなかったら、いったいどうなるんです。すべて神の思し召しだなんて、ぼくは許しませんよ……。それなら、やっぱりまたすべては没落じゃないですか。

二人はいよいよ母屋が見えるところまで来た。セルゲイは吹雪の記憶しかなかったので、母屋の姿に吃驚した。大きな農家だとばかり覚えていたのに、ずいぶん古い、地方に見かける地主屋敷のようだった。その屋敷の裏から、さくらんぼう畑が奥へ奥へと広がって、その花盛りが、そうだ、渚の、岸辺の、打ち寄せる波のように白い渦を寄せては引いて、また押し寄せてきているように見えたのだ。そのとき、屋敷の前に、麦わらの夏帽子をかぶった人影がこちらを向いていた。あ、カザンスカヤ夫人だ、とセーヴァは言った。さあ、急ぎましょう。セーヴァは喜びに満ちた声で、彼女にむかって叫んだ。こんにちは、修道院のセーヴァです。お元気でいらっしゃいましたか！　すると麦わら帽子は、風で後ろに飛び、首にかかったまま、若々しいリーザ・カザンスカヤの笑顔が見えたのだった。

セーヴァは駆け寄った。まだいらしたんですか、と矢継ぎ早に質問しているのだった。彼女はセルゲイに挨拶をした。セルゲイは言った。覚えていますか。吹雪の夜は、お世話になりましたね。リーザは言った。もちろんです。可笑しなプッチョーンさん。あのお方はお元気でいらっしゃるでしょうか。ええ、もちろん。

こうして三人は屋敷の門をくぐった。リーザの母のカザンスカヤ夫人がリーザの呼ぶ声で出て来た。セーヴァは走り寄って挨拶した。まあ、あなた、野辺送りのとき、何てお世話になったことかしら。しばらくぶりで見るエヴゲニア・カザンスカヤは肥えて、足が弱っているらしかった。

こうして今度は四人になって、さくらんぼう園の奥のほうにある中二階のある離れまで行き、そのベンチに腰かけた。さくらんぼうの木々は真っ白な花盛りの翳りでベンチを取り囲んでいた、ふさふさ、さらさら、と小さな風たちが耳元に囁いて過ぎて行くのだ。こうして四人は語らった。背にした中二階のあるとんがった屋根のある小さな離れは、リーザの兄、ゴーシャの仕事場だったのだ。

セルゲイは立ち上がり、語らいからぬけて、さくらんぼうの園の中の小径をしばらくめぐった。頭上で、重力を知らない花の貝殻たちが大気に浮かんでいるのだった。そしてまたベンチが見える小径に出た。ベンチから立ち上がったセーヴァが、リーザ・カザンスカヤに向かって、おおげさな所作で両手をひろげて、まるで役者のように、長い独白を始めたところだった。セルゲイは一瞬、幻のように、真っ白い幻影のように思い出した。おお、あれはチェーホフだな、あれは、彼の〈桜《ヴィシュニャ》の園〉だな。まったく同じセリフじゃないか。〈いいですか、リーザ、全ロシアはぼくらの庭なんです！〉いいですか、そうじゃありませんか、信じましょう、かならず、お兄さんは帰って来ます。かりに松葉杖をついてでも、病院列車で運ばれてでも、帰って来ます。待ちましょう、いいですか、ぼくらには時間が味方なのです。時間は未来なのです。

セルゲイはこのさくらんぼうの庭で行われている一瞬の劇を垣間見た気がしたのだった。そしてセルゲイは、リーザ・カザンスカヤが大学は休学し、兄が帰還するまで、母といっしょにこのさくらんぼう園をまもって働くことにしたのだというセリフを聞いたのだった。セルゲイは心底びっくりした。あの吹雪の夜のリーザとはなんという違いだろう。これは、没落ではない、これは愛の始まりなのだ。

セルゲイはまたさくらんぼうの小径へと引き返した。

＊

六月の終わりの日に、セルゲイ・モロゾフは三年と三か月の間身を寄せさせてもらったダニール修道院をあとにした。セーヴァのこと、カザンスキー家のさくらんぼう園のことなど後顧の憂えのないように手配できた。セーヴァの母のことは、医事班の修道士たちが交代でベレズニキの施設を訪問してくれるのだ。さくらんぼう園の労働加勢については、農事に詳しいエルミロフ修道士に頼んだ。ついでにセルゲイは彼に頼んだ。プッチョーン老師はサンクトペテルブルグに帰っておられようから、カザンスキー家のさくらんぼうの収穫が終わりしだい、ジャムを、お願いですよ、老師はさくらんぼうジャムなしではロシアで生きられんと、頑迷ですからね、ぜひ、一年間分のビン詰めを送っておいてください。ダニール長老も了解くださっています。

そしてダニール修道院を後にしたセルゲイ・モロゾフは、無人駅まで六月の日射しに焼かれながら歩き、木小屋の駅のベンチに腰掛け、届いたばかりのセーヴァの手紙を読んだ。手紙はいまの若者らしく、丸まったブロック体の文字で書かれていた。

――

寛大なる聖像画家、修道士セルゲイ・モロゾフ、やっと手紙を送ります。こちらの暮らしにもなれました。仲間も出来ました。ぼくと同い年の若者たちです。この駐屯地はモロゾフスクという地方都市です。ウクライナとは国境線がちょうどいいぐあいの距離にあります。ここの原野で軍事訓練を受けています。ぼくは非常に元気です。もちろん、だれもがゆくゆく横流し（いわゆるロシア的流用《イスポリゾヴァニエ》）で前線に行かされることもありうると恐れています。ありうることですが、大丈夫です。母を施設に残して、誰であろうと戦地に命を散らすことは断じてゆるされないことです。一時は、徴兵期間中に、契約兵士に応募して、給料を得て、それで母の介護費用を捻出しようという切羽詰まった誘惑にかられたのですが、これぞ、悪霊のことばの企みであったかと思います。感謝します、あなたのおかげで、あのプッチョーン老師がぼくの徴兵期間一年間分の母の介護費用を用立ててくださる配慮をいただいて、もうすっかり安心できました。

親愛なるセルゲイ・モロゾフ、まさしく奇遇というか、奇遇ということばの使い方が間違っているかも分かりませんが、ここは何と、〈モロゾフスク〉という名前の町なのです。まるで、あなたの町とでもいうようにですよ。ドン河が兵営の近くをこの世のことなどかかわりなく悠然と流れて下っていますよ。先日は渡河訓練を行いました。でもぼくにはペルミのカマ河の方が大きいように思われました。アゾフのロシア領土から工兵部隊が参加していました。工兵部隊というのは凄いですね。ぼくは興奮しました。彼らが実に手際よく、このドンに、筏の艀舟を並べ、その上に板の道を敷き、その上を重装備のぼくらが小走りになりながら渡るのです。実際に砲火のもとでだったら、あんなふうに走っていられないでしょう。戦争は机上のゲームではないのですから。

ドンの重い川波を見ているうちに、ぼくは戦争など悪霊のことばの操り以外ではないように思いました。滔々たる河の流れに魅入られると、なんと人間たちの行為の小さく、卑しいことでしょうか。

今日、こちらに来てやっと、一日の市中への外出許可が出て、ぼくは市中のとても古くて寂しげな喫茶店に入って、この手紙をお礼状方々書くことにしたのです。この喫茶店と言ったら、丸太造りで、ただ看板に、大きなペンキの字で、《ЧАЙ《チャイ》》としか書いていないんですよ。これじゃまるで十九世紀ではありませんか。でも、ここのチャイはすぐれものです。ドンのカザークが好みそうな濃厚な紅茶です。砂糖は角砂糖です。これが溶けずにコップの底に残ります、これをスプーンですくって舌にのせると、なんという美味でしょう！　草原のブリヤン草と騎馬の風味、とでも言うべきでしょうか。今しがた、女将さんがサーヴィスにもと、濃い紅茶をもう一杯、サーヴィスだと言ってミルクをつけてくれました。新兵さんだね、どこから来たのかと言うので、ウラルのペルミからだと言うと、驚いていました。オイオイ、オイ、あのシベリア鉄道で越える巨大な山脈からかい、とね。ことほど左様に、ウラルと言えば、ロシアの北の果ての英雄豪傑《ゴルヌイチ》が棲む大山塊地だと思っているんですね。ああ、ロシアはあまりに広大過ぎて、人間の等身大の大きさの愛では追いつかないのでしょうね。

ええ、それはともあれ、今日のお手紙の主旨は、五月の初めに訪れた、リーザさんのさくらんぼう園の思い出についてです。眠られない苦しい夜には、あの花盛りのさくらんぼう園を眼に思い浮かべています。もちろんぼくの家の外庭にもさくらんぼうの古木はありますが、リーザさんの果樹園ほどのさくらんぼうの花は初めての経験でした。まるで花の雲の中を夢見心地でさまよっているようでした。あのとき、聡明なリーザさんはぼくらを案内しながら、言いましたよね。チェーホフの《桜の園《ヴィシュニャ》》みたいでしょ、とね。滅びゆくもの、ともね。ぼくは、チェーホフをくわしく知らないので、答えようもなかったのですが、でも、すべて分かったように思ったのです。

チェーホフの時代は、不在地主たちが領地を手放さざるを得ない、不動産が安く買いたたかれた時代だったのでしょう。いまは二十一世紀、だれも地方の、片田舎のさくらんぼう園など必要としないのです。果実はただ豊かに生産できればいいのです。あの満開のさくらんぼうの真っ白な花が雲よりも美しく、いっときですが、この世を天国のようにしてくれるのなんて、もう必要としていないのでしょうね。さくらんぼうの実だけが大事なのでしょう。でも、ぼくはそうは思いません。リーザさんは、お兄さんが帰りさえ出来れば、サンクトペテルブルグの《レンフィルム》に就職して、きっと将来は映画監督になるでしょう。それで、あれこれ思ったのですが、彼女は二十一世紀の《桜の園《ヴィシュニャ》》の映画を作るのではあるまいかとね。それこそが希望じゃありませんか。ぼくはそれを待ち望んでいます。そうですよ、それこそ、このような現代の戦争を無化するような試みだろうと思うのです。そうです、百年後の希望です。

そりゃあ、僕だって、実は夜には悪夢にうなされます。戦場に駆り出されて残虐行為にまみれている地獄のような映像です。それはすべて戦争映画ですよ。ぼくが願っている映画は、リーザ・カザンスカヤ監督の、新しい《桜の園《ヴィシュニャ》》なんです。おお、彼女がさくらんぼう園を守っていってくれるという決断にぼくは熱いエールを送ります。

尊敬するセルゲイ・モロゾフ、それはまた、あなた自身の未来の新しい二十一世紀の聖像画《イコン》にも通じるのではないでしょうか。


そこまで、セルゲイは読んだ。追伸があった。セルゲイは追伸を読んだ。

もう兵舎に帰る時間なので、急いで郵便局に寄ります、とあった。

そしてもう一枚には、ぼくは詩人ではないけれど、無韻でなら書いてもいいかと思い、次のような詩を書いたので、送ります。もし、セルゲイ修道士のお眼鏡にかなったなら、リーザ・カザンスカヤさんにも転送してくれると嬉しいのですが、と小さな文字で添え書きがあった。セルゲイは、その詩を声に出して読んだ。

リーザに

その日ぼくは二十歳になった

その日ぼくは国家の偽善の捕囚となった
矜持は打ち砕かれた

ぼくは敗北を認めた
その灰の中から立ち上がるだろう
一生かけて
ぼくは愛の本質を追い求めるだろう

そしてその日
ぼくはふたたび天使のきみに会った
そしてぼくらはその夏雲のような
真っ白いさくらんぼうの花の雲の中を歩いた

さくらんぼうの園で
その園生《そのう》のなかでぼくは悟った
天使よ　きみはさくらんぼうの花の下で微笑んだ
新しい《桜《ヴィシュニャ》の園》はここよと

ぼくはその日
徴兵令状を受け取ったことを言わなかった
否　ぼくらは死の唆《そそのか》しに打ち勝つだろう
〈神の誓い《エリザヴェータ》〉というきみの名に誓って
ぼくは証明するだろう――国家の擬制《フィクツィア》は
一片《ひとひら》のさくらんぼうの花にもあたいしないことを

セルゲイ・モロゾフに

夜ごと悪霊がやってきて
兵舎の寝床でまことしやかにぼくに囁く
人の残虐は発揮されるのが自然なのだと
そして眼下に戦場の酸鼻を見せつける

いずれおまえも馴れるだろう
無感覚になってお前も殺すだろう

おお　イイスス・フリストスは
荒野で四十日どのようにして耐えきったのでしょう

そしてぼくは多くの聖像画を思い起こす
そしてぼくはそれらを高く掲げる　去れ悪霊《ダロイベスイ》よと

それからぼくはあなたの聖像画の夢をかけ廻《めぐ》る
おお　昨夜もまたぼくはさくらんぼうの花の下

あなたの《至聖三者《トロイツァ》》が蜃気楼になって
ぼくの弱った心を励ます　あの花のもとで生きよと

もしぼくが戦場に斃れたなら――
友よ　ぼくをあなたの聖像画の中に描き加えてください

否　ぼくは必ず帰ってくるでしょう
病む母を一人残して先に行くわけにはいかないのだから

この二篇の詩を、声に出して読み終えたセルゲイは立ち上がった。自分が二十歳だったとき、どうであったか思い出そうとした。無人駅の菩提樹の若葉はもう小さな粒粒の種子をつけてゆれていた。若々しい樫の木陰に三人の天使の似姿が見えたように、その一瞬、セルゲイは思った。

詩章

セルゲイの画帖の余白から

1

没落と愛
あなたがそうであったように
没落の時に生きて
愛によって

ウラル山脈のように
カマ川のように
荘厳な日没よ
ぼくらもそのようでありたい

2

三つたたみイコンの裏書に
ぼくは父の名の頭文字をしるした
ぼくの名の代わりに
ぼくは春に
あなたの生きた年齢を越えた
そしてあなたをも生きるだろう

3

ぼくの小さな聖像画の裏には
名が記されないが
いつの日か

あどけない子供らが
聖像画家の名を言いあてるだろう

雲《オブロコ》 とか
風《ベーチェル》 とか
川《リェカー》 とか
あるいは覚えたばかりの大地《ゼムリャー》とか

4

一人ずつぼくらは旅立ったのだ
富豪の老師プッチョーンは
サハリン島で復活大祭を迎えよう旅先で
カムチャツカ半島の
シヴェルゥチ火山の噴火の怒りに接したのだと
うつつに
死のクンセイを
クソったれと叫んだ

ヴァレリー修道士は
生涯何者かになることから離れて
老いて故郷のアゾフの海に帰って行った

消息がないアリスカンダル老師は
一体どこで
今日も説きまわっているのか
もう〈スタヴローギン〉はたくさんなのだから

そしてユゼフ大尉は
〈スタヴローギン〉の罪を背負って
砲弾の下で死を超えようとする

生きて帰るのはだれだろう
一人ずつみんないなくなった

願わくは
二十歳のセーヴァよ

きみだけは帰還せよ
さくらんぼうの園《その》がきみを待っている
いつの時代も
ぼくらは没落だったのだから
そして
没落を超えられたのは
愛によってだけだったのだから

さあ、ぼくも旅立とう
ぼくの青春はすでに鳴り止んだ
一人ずつ
帰って来ない数の中に
数えられながら
恐れずに

5

リーザ・カザンスカヤのために

さくらんぼうの園の
あの清楚な花の満開のもとで
きみは演じた

チェーホフの〈桜の園〉の
没落を讃歌しつつ
万年学生の変人《チュダーク》
ペーチャ・トロフィーモフが熱演する
〈ロシアすべてがぼくらの庭なのです〉を

どうして
ぼくらはただ没落するだけで
終るものだろうか
必ず希望があるのだと
どの時代でも
生まれ変わるのだと

おお　セーヴシュカ

きみは
たわわに実る
さくらんぼうの真紅のルビーを
すでに
真っ白な満開の花の下で
夢うつつに見ていたね

その幻影だけが
没落を愛に変えるのだ

6

見たまえ、二十歳の若さを
きみは旅立つとき
ベレズニキの徴兵事務所に出頭するまえに
白樺林の奥にひっそりと眠る
介護施設に
アルツゲイメラ病の母を見舞うだろう

必ず帰ってくるからと母に言うだろう
母は息子を夫だと勘違いするだろう
お父さんはもう死んだのにと
怪訝そうに
ほほえみながら言うだろう

そしてぼくらは
ベレズニキの駅で別れた
どこの軍管区にもっていかれるのか知らず
きみは美しいペルミまで
手を振って列車に飛び乗った

それは
ぼくらの時代の
聖像画となってぼくに残された

7

否、否、否、

ぼくらの人生に
別れということばはない

だから
ぼくらに没落はない

ふたたび愛が
出会った最初の日のように
永遠になるだけだ

8

ぼくはぼくの聖像画の
その草模様の縁取りの中にこそ
きみの名を記す
野の花の
栄華のように
じっと見つめる
きみのほほえみを

作者から

このたびの中篇物語は、未知谷刊二〇一九年の拙作『アリョーシャ年代記』三巻（「春の夕べ」「いのちの谷間」「雲のかたみに」）の、その物語の五〇〇年ほどの後の、いまこの現在二〇二三年を舞台にした続篇のようなものになった。現代の資本主義世界は楽天的でかつまた絶望的であるが、そこを生きるしかないのもまた自明であるにしても、しかしそれだけでもないのだよという直感的確信があるのも本当のところだ。作者はそこのところを文学、詩のことばで考えてみたかった。老年の眼には、だれもが泣いているように見える。泣きながら懸命に生きている。こんなはずじゃなかったと。木曽の山奥の、みそ漬けの鵜たちが、こんなはずじゃなかったと、いや、これを死すべき人間がこう言って嘆いて、首をかしげて並んでいる鵜をお箸で摘まみながら、合掌しているようなつぶやきだが、私はこの物語を語りながら、思い出していたのだった。こんなはずじゃなかったよね、きみたちも。わたしたちも。この物語は、そういう意味で、蟷螂の斧であるが、なお復活篇なのだ。叡智ある希望は間違いなくある。

謝辞。この物語もまた飯島静さんの装幀のお世話になる幸いを得た。登場人物たちからも、感謝の、セルデチノエ・スパシーバ！

札幌はもうニセアカシアの花も、ハマナスの花も咲いた。郭公が啼き、春蝉が鳴く。ダロイ、ベスイ！

（六月四日作者記）

くどう まさひろ

1943年青森県黒石生まれ。北海道大学露文科卒。東京外国語大学大学院スラブ系言語修士課程修了。現在北海道大学名誉教授。ロシア文学者・詩人・物語作者。

『ＴＳＵＧＡＲＵ』『ロシアの恋』『片歌紀行』『永遠と軛　ボリース・パステルナーク評伝詩集』『アリョーシャ年代記　春の夕べ』『いのちの谷間　アリョーシャ年代記２』『雲のかたみに　アリョーシャ年代記３』『郷愁　みちのくの西行』『西行抄　恣撰評釈72首』『1187年の西行　旅の終わりに』『チェーホフの山』（第75回毎日出版文化賞特別賞）『〈降誕祭の星〉作戦』『ポーランディア』等、訳書にパステルナーク抒情詩集全7冊、7冊40年にわたる訳業を1冊にまとめた『パステルナーク全抒情詩集』、『ユリウシュ・スウォヴァツキ詩抄』、フレーブニコフ『シャーマンとヴィーナス』、アフマートワ『夕べ』（短歌訳）、チェーホフ『中二階のある家』、ピリニャーク『機械と狼』（川端香男里との共訳）、ロープシン『蒼ざめた馬　漆黒の馬』、パステルナーク『リュヴェルスの少女時代』『物語』『ドクトル・ジヴァゴ』など多数。

没落《ぼつらく》と愛《あい》　2023

РАЗОРЕНИЕ И ЛЮБОВЬ 2023г.

2023年 6 月30日初版印刷
2023年 7 月10日初版発行

著者　工藤正廣
発行者　飯島徹
発行所　未知谷
東京都千代田区神田猿楽町 2 丁目 5-9　〒 101-0064
Tel. 03-5281-3751 / Fax. 03-5281-3752
［振替］ 00130-4-653627

組版　柏木薫
印刷所　モリモト印刷
製本所　牧製本

Publisher Michitani Co. Ltd., Tokyo
Printed in Japan
ISBN 978-4-89642-693-9　C0093